月　光

誉田哲也

中央公論新社

目次

月光

序章　雨の夜

雨は、夕方の六時頃から降り始めた。そのときに売り物のバイクはしまったので、今夜の店じまいは簡単だった。

「……キヨ、またきてるぞ」

レジで売り上げの集計をしていた明夫《あきお》さんが、目で店の外を示す。

国道沿いの歩道。ライトアップされた店の真ん前に、紫の、ミジンコ柄の傘が見えている。

「関係ないす」

俺はゴミ袋を持って奥の修理作業場に戻った。もう一度点検して、何も落ちてなければ口をしばる。明日の朝、一番で出せるようにしておく。

後ろの方で椅子のキャスターが鳴り、スニーカーの足音が近づいてくる。俺は気づかぬ振りで辺りを見回した。ジャッキの陰にプラグの空箱を見つけ、袋に入れる。他にはもうないか。

「……いってこいよ。もういいから」

「いえ。道具まだ、磨いてないすから」

道具が汚い店は、仕事も汚い。呪文のように、繰り返し俺にそういって聞かせたのは他でもない、この明夫さんだ。

「俺がやっとくから」

「ダメっすよ」

「濡れてっぞ彼女」

「彼女じゃないす」

「いや、そういう意味じゃなくてよ」

硬い髪を掻《か》く音と、溜め息。紙の箱を叩く音と、ライターをこする音。マイルドセブンの匂いが背後から漂う。俺は鑑別所以来、タバコは一本も吸っていない。

「……元カノか」

俺は聞こえない振りで、袋の口をしばった。それを裏口のところに持っていったら、今日使ったレンチを一つずつクロスで拭《ふ》く。

「昔の女なのかよ」

黙って首を横に振る。拭き終わったものからケースに戻していく。

また、溜め息が聞こえた。

「……あんま、女泣かせんなよ。色男」

隣にしゃがみ、手を出そうとするが、いま俺が持ってるのでレンチは最後だ。あとはハンドルだけだ。

「女じゃないす……ダチの、姉貴です」

「ダチの姉貴と、デキちまったのか」

「違いますよ。なんもないですって」

「なんもねえ女がこんな雨の夜に、仕事場の前で待ったりはしねえだろう」

終わった。角がへこみ、留め具も錆《さ》びた赤いフタを閉める。箱を持って立ち上がる。

「……全部終わったら、いきますから。もうこないように、いいますから」

「いや、俺はそういうことといってんじゃなくてよ」

俺は黙って頭を下げた。まだドライバーもジャッキも、床の掃除も汚れ物の洗濯も残っている。

着替えて裏口を出たのが、九時過ぎとか、そんな頃だった。香山初美《かやまはつみ》は場所を替え、閉めた店のシャッター前に立っていた。

歩道に出てビニール傘を広げると、尻尾を振って寄ってくる。

「清彦《きよひこ》くん」

「おい、名前で呼ぶなっつってんだろ」

「時間ある？」

「聞いてんのかババァ」

初美は微《かす》かに眉をひそめた。でも、それだけだった。

「……菅井《すがい》くんは、時間、ありますか？」

「ねえよ。帰って寝るんだ」

俺は右手、駅とは反対の方に歩き始めた。

「……話なら、歩きながらだってできんだろ」

歩を速めると、「待ってよ」とヒールの足音がついてくる。

「ファミレスくらい、入ろうよ。ご馳走するから」

「嫌だっつってんだろ。いま話しゃいいだろうが」

「怖いの？」

「何が」

「私が」

「馬鹿いってんな」

さらに歩を速める。重たい風にあい、ぼつぼつと傘が鳴る。

初美は懲《こ》りずについてくる。

「居酒屋でもいいし」

「俺は未成年だ」十八歳だ。

「なにいい子ぶってんのよ。前科者が」

俺は立ち止まり、ぶつかりそうになった初美の胸座《むなぐら》をつかんだ。

黒いプリントTシャツにモスグリーンのブルゾン。細面の顔に並んだ切れ長の目が、恐怖の色を帯びて静止する。

「オメェにいわれたかねえんだババァ」

「……ごめん……口、すべった」

「話があるならここでいえ。聞いてやる」

手を放すと、初美はセックスが終わったあとみたいに襟元《えりもと》を直し、そろりと長い髪を撫《な》でた。腐った化粧の臭いがした。

「だから……」

初美は、タイミングを計るように、白いハンドバッグの口を開けた。知らない銘柄の、たぶんメンソールの細いタバコを出し、血の色をした唇に銜《くわ》える。こっちにも箱を向けるが、すぐに「あ、やめてんだっけ」と引っ込める。

「だから……例の、強請《ゆす》りの元ネタよ」

安っぽいガスライター。一応、今は普通の会社にもぐり込んでOLをしているらしいが、お里が知れるというのだろうか、タバコを吸わせると、途端に「お水臭さ」が漂ってくる。

「だからじゃねえよ。ないっつってんだろそんなもん」

「ウソよ。瞬《しゅん》は絶対に持ってるっていったもの」

初美の背後を、一台のダンプが通り過ぎる。豪勢に泥水でも撥《は》ね上《あ》げてくれればいいものを、そのダンプは無駄に大人しく奔《はし》っていった。

「……奴がいったらなんでも正しいのかよ。そもそも、あれは俺のもんなんだからよ、俺がもう持ってねえっつったらねえんだよ。瞬が何いおうが知ったこっちゃねえよ」

ビニール傘越し、黒い空に一つ、濡れた街灯がぎらぎらと光っている。それすらも腹立たしく、俺は下を向いて唾を吐いた。自分のジーパンにも、初美のストッキングにも、だいぶ泥が撥ねている。白いスカートは、案外無事なようだったが。

「弟だもん。信じるに決まってんでしょ」

「気持ちワリーんだよオメーら」

「清彦くんは一人っ子だから分かんないのよ」

「名前で呼ぶなっつってんだろ」

もう一度唾を吐き、俺は再び歩き始めた。

眉をひそめた初美が、慌てたように並んでくる。

「そんな、怒んないでよ」

そりゃ無理ってもんだろう。

「……大体よ、なんで当人がこねえんだよ。テメェのこったろうが。話があんなら直接いいにくりゃいいんだよ」

「瞬はいま大事な時期なの」

「なんだそりゃ。四、五回雑誌に載ったら、もうスター気取りか」

初美は、ほんの一瞬言い淀んだ。

ぬるい風が吹き、ブルゾンのモスグリーンを濃く濡らす。

「……大手から、声がかかってるの」

大手の、なんだ。モデル事務所か。それとも芸能プロダクションか。

「へえ。そういう大事な時期だから、前科者のダチんとこになんざこられねえ、ってわけか」

「卑屈な言い方しないでよ。分かるでしょ。瞬はこれからが大事なの。まだ始まったばかりなのよ」

確かに。俺の「これから」なんて、別に大事でもなんでもない。とっくの昔に終わってる。

「ああ、分かるよ。だから邪魔はしねえって、応援してるって、何度もいったろうが」

「だったら、四の五のいわないでこっちに渡して」

もう、堂々巡りはうんざりだ。

「……あんた、闇金の取り立てより性質《たち》ワリーな」

金なら、額さえ合ってれば誰も文句はいわない。だが一つしかないものは、手放してしまったら渡そうにも渡せない。そんな簡単な理屈が、どうしてこの姉弟には分からないのだろう。

「観念した？」

なぜか初美は得意げだ。

「してるよ。とっくに観念してるって。でも、持ってねえもんは渡しようがねえだろ。何度いったら分かるんだよ」

初美は、足下の水溜まりに吸い差しを放り込んだ。

「……あなた、自分では気づいてないのね」

「ハァ？　なにが」

「あなたは一度も、捨てたとはいってない。持ってないとはいうけれど、捨てたとは絶対にいわないの……でしょ？　それって、いま手元にはないけど、どこかにちゃんと保管してあるってことなんでしょ？　違う？　どこにあるの。どこかにあるのよね、今も」

正直、ひやりとした。そうかもしれない。そういえば、無意識のうちに「捨てた」という言葉は、避けていたかもしれない。

ただ、驚きを表情に出していない自信は、まだあった。

「……気のせいだろ。捨てたよ。捨てたから、もう持ってない。それだけのことだ」

「ウソ。本当は持ってる。いま持ってなくても、どこかにあって持ってこれる」

「しつけーよあんた」

「要するに、条件次第なんでしょ？」

いつ、俺は立ち止まったのだろう。歩き出そうとすると、スニーカーの中にだいぶ水が溜まっていた。

「……私が寝たら、渡してくれる？」

まったく、自信過剰もいいところだ。

「あんた、頭おかしいんじゃねえの」

「じゃあ、瞬がきたらくれるの？」

「いいか、よく聞け。俺はもう持ってない。ないもんは誰がきたって渡せない」

「じゃあお金？」

振り返って、ぶん殴ってやりたかった。倒れたら、その細っこい足首をつかんで、店まで引きずってって下着を毟《むし》り取《と》って、毛だらけの股座《またぐら》にマイナスドライバーを突っ込んで子宮がトマトソースになるまでぐりぐりに掻き混ぜて——、

「十万？」

引き抜いたら、今度はそれをこめかみに突き立てて串刺しにする。そのまま店の壁に吊るしてサンドバッグだ。それから、バイクをトラックの荷台に固定するワイヤーロープで滅多打ちにする。それでずたずたに、赤剝《あかむ》けに、血染めの焼き茄子《やなす》になるまで打ち据えてやる。

「二十万でどう」

だが、とどめは刺さない。こんな女、殺す価値もない。

俺は黙って足を速めた。

「……分かった。三十万出すわァ」

初美の声が背後に遠くなる。

「それならいいでしょォーッ」

もうほとんど駆け足だった。

「今度会うときッ、三十万持ってくるから、だからァ、今度はちゃんと持ってきてよォーッ」

そんな、でけえ声で金の話なんかするな。馬鹿女が。

俺はビニール傘を電柱に叩きつけた。風が吹いて、傘は背後にすっ飛んでいった。初美が「キャ」と短く啼《な》いた。

第一章　亡き姉

1

あたしが棚林《ほうりん》高校に入学して、半月が過ぎた。学校に慣れたとか慣れないとか、友達ができたとかできないとか、そんなことははっきりいって、今のあたしにはどうでもいい。でも、朝の気まずいこの雰囲気だけは、いい加減どうにかしてほしい。

お母さんがあたしの前にお皿を置く。目玉焼きと、サラダがちょっと。トーストはもうきてる。

「……お父さん、お塩とって」

あたしより早く出かけるお父さんは、もうスーツに着替えてる。

「お塩を、とって、ください」

ここまでいってても顔も上げない。黙って目玉焼きの白身を口に運んでいる。無視か。

大人気《おとなげ》ない。

　仕方なく自分でとる。伸ばせば手は届く。

　あたしは、玉子もサラダも塩。これはお姉ちゃん譲りの習慣。お父さんはしょう油とマヨネーズ。お母さんはソースとノンオイルドレッシング。なのに、なんでお塩の瓶がお父さんの手元にあるんだろう。もしかして、その段階からの嫌がらせなのか。じゃなきゃ、いまだにあたしがお姉ちゃんと同じ食べ方をしてるのが気に食わないのか。だとしたら、ますます大人気ない。

　お母さんがあたしの左、キッチンに近いお誕生席に座る。

「……結花《ゆか》。もう、部活は決めたの」

　病人みたいな声。血圧が低い他は健康体だって、この前も病院でいわれたっていってたのに。いい加減、しゃんとしてほしい。

「だから、写真部にしたっていったでしょ」

　正面のお父さんがギロリと睨《にら》む。でも黙ってる。

「……なによ」

　まだ黙ってる。やがて諦《あきら》めたみたいに、サラダにお箸を突っ込む。

「ねえ、なによって訊いてるのよあたしは。いいじゃない、あたしが写真部に入ったって。お姉ちゃんがカメラに興味持って始めたときはでれでれに喜んだくせに、なんであたしがやろうとすると怒るのよ。ヤラしいよ。無視して睨みつけて」

「結花」

お母さんが、眉をひそめてこっちを見る。目が、重そうな二重になってる。

「……なにも、部活まで真似《まね》しなくたっていいでしょっていってるのよ。棚林にいくことは譲って許したんだから、だったら今度は、あなたが譲ってくれたっていいでしょう。写真部じゃなくて、音楽部とか、合唱部とかにすればいいじゃないの。そうしたら、ピアノだって弾けるんだし」

残念だけど、今のあたしにピアノは弾けません。そもそも、それをどうにかしようと思って棚林に入ったっていうのに。この両親ときたら――。

あたしがお姉ちゃんの通った棚林高校を受験するっていったとき、この二人は揃って、まるで駆け落ちを止めるみたいな勢いでそれに反対した。

都立だけどそこそこ進学校なんだから、別に世間体が悪いわけでもなんでもないでしょうが。誰が世間体の話をした、なにも涼子《りょうこ》が通った学校にしなくたっていいだろうといってるんだ。なんでよ、お姉ちゃんが通った学校なんだからいいじゃない。逆よ結花、私たちは、涼子が通った学校だからよしなさいっていってるのよ。なんでお姉ちゃんが通った学校だと駄目なのよ。結花は結花の人生を生きるべきなの、涼子の真似をするのはもうよしなさい。高校が同じだって人生は別々でしょうが。だったら学校も別にすればいいだろう。真逆、結局人生なんてバラバラなんだから、学校くらい同じだっていいでしょっていってるのよあたしは。

そんなやりとりを半月続けて、願書受付のリミットがきて、あたしが他の高校の受験手続をまったくしていないことが判明して、それでようやく、あたしは棚林を受験することを許された。

今回だって同じ。あたしは写真部に入る。その決心は絶対に変わらない。っていうか、もう入部届け出しちゃった。

「……どうしてあなたは、涼子のあとばかり追おうとするの……」

このやりとりも、もううんざりだ。

「だから、あたしは別にお姉ちゃんの真似をしてるんじゃないの。お姉ちゃんに何があったのか、それを知りたいだけなの」

すると、

「それをやめろといってるんだッ」

お父さんがいきなり腰を浮かせ、両方の拳《こぶし》をテーブルに落とした。

六枚のお皿が跳ね、何本かのお箸が床に転げ落ち、コーヒーの黒い水面が激しく揺れた。お母さんのはちょっとこぼれた。あたしのミルクティーは無事だった。

「お前は、自分の人生をなんだと思ってるんだッ」

また始まった。無視されるのもムカつくけど、怒鳴《どな》られるのはもっとムカつく。

「あたしの人生はあたしのもんだって、何度いったら分かるのよ」

「だったら涼子のあとを追うような真似ばかりするな」

「お姉ちゃんのあとを追ってんじゃなくて、真相を究明するんだっていってんでしょうが」

「それをやめろといってるんだ。涼子の何を調べるつもりかは知らないが、そのために学校を同じにして部活まで真似して、それじゃお前自身の高校生活は、一体どこにいっちまうんだ」

もォ、あったまきた。

「あたしの人生はこの問題が解決した先にあるのよ。気が済んだらピアノのレッスンだって再開するし、コンクールにだってちゃんと出るわよ。東京音大だって国立《くにたち》だって、現役で合格してみせる。でもそれは、お姉ちゃんがなんで死んだのか、その本当の理由が分かってからだって遅くないでしょうが。あたしは、あたしのことを何より大切にしてくれてたお姉ちゃんの最期《さいご》を、曖昧《あいまい》にしたまま忘れるような真似したくないのよ」

「涼子は事故死だ」

「違う」

「もうやめてッ」

いつもこうだ。お父さんとあたしが怒鳴り合って、お母さんが泣き出して、ジ・エンド。そうやってみんな、それぞれ気分の悪い一日を過ごすんだ。

あたしのお姉ちゃん、野々村《ののむら》涼子は去年の九月二十九日、ある高校生が無免許で運転していたバイクに撥ねられて、地面に頭部を強打して、その日のうちに亡くなった。十八歳だった。

あたしは、お姉ちゃんが大好きだった。

友達はみんな、兄弟だろうと姉妹だろうと、毎日のように喧嘩するのが普通みたいにいうけど、あたしたちは、全然そんなことなかった。そりゃ、たまには意見が食い違うこともあったけど、でもあたしのお姉ちゃんは、いつもあたしに譲ってくれた。

「いいよ、結花が先にやって」

「じゃあ、結花にあげるね」

「うん、結花の好きな方でいいよ」

小さい頃は、それが当たり前だと思ってた。うちのお姉ちゃんは優しいんだ。みんなのお姉ちゃんが意地悪なだけなんだ。そう思ってた。でも物心ついてくると、それはとても特別なことなんだって思うようになった。

うちのお姉ちゃんが、特別優しいんだ。それは決して私に対してだけじゃなくて、友達にも、動物にも、なんにでもお姉ちゃんは優しかった。

それでいて、すっごい可愛《かわい》かった。

顔はつるっとしたタマゴ形で、あごがきゅっと尖《とが》ってて。笑ったときの口の形が綺麗《きれい》で。目も、大きいのに強い感じは全然なくて、柔らかく、いつも笑ってるみたいに少し細めてた。だからだろうか。美人、っていうよりは、可愛い、っていわれる方が、断然多いみたいだった。

小学校の終わり頃からは、背も高くなった。ずっと細い感じだったけど、中学の途中からは胸も大きくなった。他はそのままなのに、胸だけ大きく。お姉ちゃん、それヤバくない？　電車とか痴漢されまくりじゃない？　って訊いたら、お姉ちゃん、うんって、恥ずかしそうに頷《うなず》いた。でも、そのあとにいった。最近は大丈夫、ヒロミと一緒にいくようにしてるから、って。ヒロミってのは、高校でできた友達のこと。あたしも文化祭で紹介されて、納得した。柔道黒帯。下手《へた》にお姉ちゃんに手出しした男は、腕の一本くらいは折られるかもしれない、って思った。

「へえ。さすが涼子の妹だけあって、可愛いね……でも、あんま似てないんだね」

その台詞《せりふ》にはあたし、ちょっと傷ついた。お姉ちゃんはお母さん似、あたしは明らかにお父さん似。あたしだって、できることならお母さんに似たかったよ。まあ、キョウダイなんてたいがい、そんなもんなんだろうけど。

あたしは、お姉ちゃんに案内してもらって文化祭を見るのが好きだった。お姉ちゃんはどこにいっても人気者だった。あたしはそのおこぼれに与《あずか》り、同じようにチヤホヤされるのを楽しんでた。

お姉ちゃんは、中学の頃からカメラに興味を持ち始めて、高校に入る前からかなり本格的なフィルム写真を撮るようになっていた。小学校の頃まではあたしと一緒にピアノを弾いてたのに、中学に入ってからは、ぱったりと弾かなくなった。

けっこう上手《うま》かったのに。あたし、お姉ちゃんの弾くベートーヴェンの『月光』、すごい好きだったのに。あたしは、お姉ちゃんが一緒にいってくれるから、つらくてもピアノのレッスンに通い続けられてたのに。お姉ちゃんに置いてかれないようにって頑張って、そのお陰で、コンクールとかでも優勝することができてたのに。なのに、すっかり弾かなくなって、カメラに懲りだしちゃった。

でも、それはそれでお父さんが喜んだ。無理もない。お父さんは工芸大学の写真学科卒で、現在もそれ系のメーカーに勤めている。いわば、写真ひと筋の人生。カメラ馬鹿。そうかそうか、写真やりたいか、だったら最初からきちんとしたものを使った方がいいぞ、とかいって、二十何万もするカメラを中一のお姉ちゃんに買い与えて、お母さんに怒られてた。

それからは、あたしが発表会とかコンクールで弾くのを、お姉ちゃんが撮ってくれるようになった。それ以外にも家の庭でとか、近くの公園でとか、あたしが被写体になることが多かった。

あ、結花、今のポーズ可愛い、とかいわれて、あたしもモデル気分を楽しんでた。

でもほんとは、カメラ構えて片目つぶってる、お姉ちゃんの方が断然輝いてた。被写体のあたしより、お姉ちゃんの方が絵になってどうすんの、とか思いながら、あたしは要求されるポーズをとり続けていた。

そんなお姉ちゃんが、去年の九月、急にいなくなってしまった。

あたしが弾くのを、いつも後ろで聴いてくれて、そこのリタルダンドもっとゆるやかに、とか、左の薬指が弱いよ、とかいってくれてたお姉ちゃんが、突然――。

あたし、先生に注意されても、けっこう内心ムッとくること多いんだけど、お姉ちゃんにいわれるのは、不思議と全部、素直に聞けたんだ。お母さんも昔はピアノ教室の先生やってて、横からなんやかんやいうんだけど、でもそれよりも、お姉ちゃんにいわれる方が、あたしはずっと納得できたし、意地にならないで直せた。すぐできなくても、できるように努力した。

変な意味じゃなくて、世界で一番あたしを愛してくれてるのは、お姉ちゃんなんじゃないかって思ってた。彼氏とかいたのか、そこんとこはよく分かんないけど、いや、きっとあんだけ可愛かったんだから、誰かしらいたとは思うんだけど、でも、そういうのは別にして、お姉ちゃんがあたしのこと、ものすっごい大切にしてくれていることを、あたしは全身全霊で感じてたんだ。

そのお姉ちゃんが、あたしを置いて、逝《い》ってしまった。

お父さんもお母さんも、お姉ちゃんの事故について、あたしに詳しく話そうとはしなかった。確かに、病院で半狂乱で泣《な》き喚《わめ》いて気絶したりしたし、不登校も拒食症も少しの間あったし、以来ピアノはまともに弾けなくなったけど、でも、知ったらショックだろうからいわないって、それって却《かえ》って逆効果なんだよ。

事故自体は新聞沙汰にはならなかったけど、記者みたいな人たちは一応、家の周りをうろうろしてたし、話聞かせてくれって、チャイムを鳴らしたりした。

そんな一人に、あたしも声をかけられた。逆にあたしは、その記者を質問攻めにして聞き出した。

犯人の名前は、菅井清彦。元棚林高校三年C組の生徒。つまり、お姉ちゃんの当時のクラスメート。

菅井は、ムシャクシャしてたからバイク盗んで、無免許で運転して、埼玉まで奔ってって、そこで人を撥ねてしまった。それが、たまたま同じ高校の、しかもクラスメートの野々村涼子だった、と警察でいったらしい。

でも、そんなのあるわけない。あり得ない。常識からいって。

殺したんだ。絶対。

その菅井清彦って奴が、あたしのお姉ちゃんを、殺したんだ。

でも、分かったのはそこまでだった。

お父さんもお母さんも、いくら訊いても何も教えてくれないし、その菅井がどうなってしまったのか、今どこで何をしているのか、そういうことは一切分からなかった。これが、少年法の壁ってやつなんだろうか。

だったら、あたしのとるべき行動は一つでしょ。

自力で調べる。それしかないでしょ。


とはいえあたしも、お父さんが思ってるみたいに、一日中学校で探偵の真似事をしているわけじゃない。授業だってちゃんと受けてるし、クラスメートとだって普通に上手くやってる。

今日の午前中は国語総合、保健と情報I、それに現代社会。お昼は隣の席の高松郁子《たかまついくこ》と食べた。あたしはお弁当で、郁子は学食のコロッケパンとメロンパン。なんでも高松家の電子ジャーは最近ご機嫌斜めで、朝になっても水と生米の状態であることが多いらしい。そういう日は、お弁当はナシにされるのだとか。

午後は苦手な数学Iと、比較的得意な体育。百メートル走のタイムを計った。

「結花、すっごい速いんじゃん」

あたしは十三秒八六。郁子は十五秒二三だった。

「うん、まあね」

中学までは、たいがいクラスで一番だったけど、高校に入ったら、さすがにそうはいかなかった。三番目だった。

教室に帰るとき、男子の石塚《いしづか》が声をかけてきた。石塚、なんだっけな。下の名前は覚えてない。

「野々村ァ、お前、陸上部入れよ」

なにいきなり。俺、陸上部なんだけど、みたいな前置きはないの。

「……やだ。あたし走るの嫌い」

「いやいや、お前くらい速けりゃ、そのうち好きになれるって」

全然、意味分かんない。それに、お前に「お前」とか呼ばれたくない。

「あたし、嫌いなものを好きになるまで堪える根性とかないから」

「そんなことないって。写真部とならか兼部できるだろ」

だから「そんなことない」って、なんであたしのことなんにも知らないあんたが断言するの。

隣の郁子が、冷やかすような目で覗《のぞ》き込《こ》む。

「あれぇ？　石塚ァ、よく結花が写真部だって知ってるねぇ」

そういえばそうだ。写真部に決めたのは一昨日。郁子以外には誰にも報告していない。

「いや、お、お前たちが、でけー声で、喋《しゃべ》ってっから、だから」

「悪い。お先」

あたしは足を速めて自分の下駄箱に向かった。

やっぱこういうじゃれ合いみたいなのは、今のあたしには優先順位低い。


放課後は、写真部に顔を出す。部活は別に何曜日って決まってなくて、これる日にこれる人がくる、って感じになっている。

実は、うちの学校の写真部は独立した部室ってのを持ってなくて、電算室の隣にある細長い部屋を、新聞部と共同で使ってるというのが実情だった。なぜか新聞部は男子だけで、写真部は女子だけ。あっちは新入生なしの五人で、こっちはあたしが入って六人になった。

別に人数で争ってるわけじゃないんだろうけど、あたしが入部します、お願いしますって頭下げたら、先輩たちはみんな、すごい喜んだ。

それでなくともあたしは、みんなの憧れだった、野々村涼子の妹。入学するって決まった時点で、けっこう噂《うわさ》になってたらしい。文化祭も写真展も必ず見にいってたから、先輩たちにも一応顔は知られてたし。

最初に見学にきたとき、三年生の藤野麻美《ふじのあさみ》さんは、あたしを抱きしめて泣いた。涼子先輩にはすごいお世話になった、いっぱい面倒見てもらった、って。それで、少しでもその恩を返したいから、できればあたしにも入部してもらいたいって。

入部はほとんど決めてたけど、でも一応三日考えて、写真のことは全然分かんないけど、よろしくお願いしますっていった。次の日、お姉ちゃんがサブで使ってたデジカメ持ってったら、麻美さん、懐かしいって、また泣いた。

あたしはこの三日、連続で部活に出ている。

「こんにちはァ」

それでも俗に「部室」と呼ばれている部屋には、新聞部の人が三人と、麻美さんがきていた。

「あ、結花ちゃん」

四人は、月刊紙『棚林タイムス』五月号の打ち合わせをしてたみたいだった。

あたしを見た麻美さんは、「ちょっとゴメン」とみんなにいって、カバンを持ってこっちにきた。

「結花ちゃん、ちょっと」

そのまま、あたしを電算室の方に連れ出す。そっちではパソコン部とか、他の暇な生徒とかがゲームで遊んでたりするんだけど、あたしらの部室に近い四台は、いつも新聞部と写真部のために空けられている。麻美さんはそのドアから遠い、左の方の椅子に座った。あたしにも座れと示す。

「なんですか？」

「うん……これ」

麻美さんがカバンから出したのは、五枚ほどのCD-ROMだった。真っ白の、何も書かれていない、二十枚ワンパックで売られてそうな、安めのやつ。でも今は一枚一枚、ちゃんとケースに入っている。

「涼子先輩の、残してったフィルム」

「ああ」

お姉ちゃんは基本的にフィルム派だったんで、部にも大量のネガや現像してないフィルムを残していた。あたしはそういうの全然扱えないんで、麻美さんが全部スキャナーで読み込んで、パソコンで見られるようCDにしてくれるといっていた。

「ありがとうございます。こんなに早く……」

両手で受け取ると、なんか、ずしりと重かった。お姉ちゃんが見たもの、きっと街の風景とか、鳥とか、空とかが、お姉ちゃんの気持ちと一緒に、この中にはいっぱい詰まってるんだ。

綺麗だな、っていう思いも、もちろんあるだろうけど、それよりたぶん、このままでは消えてしまう瞬間を、切り取って永遠にとっておきたい、みたいな、なんかそういう切ない気持ちが、この中には入ってるんじゃないだろうか。

顔を上げると、麻美さんは妙に深刻な顔をしていた。また泣かせても悪いと思ったので、あたしはもう一度「ありがとうございます」といい、今度は笑ってみせた。でも、

「うん……」

麻美さんの表情は変わらなかった。

「そんな、麻美さん、暗くならないでくださいよ。これ、すごい嬉しいです。父も喜びます。ほんと」

「んーん、そうじゃないの」

首を横に振って、麻美さんが、こくりとつばを飲み込む。

そうじゃない、って――。

「……なん、ですか？」

うん、と呟《つぶや》いて、何か捜すように、あたしの手元を見る。迷ってるっていうか、おろおろしてるみたいな、そんな感じ。

「……麻美さん？」

胸の高鳴りを鎮めようとするように、麻美さんは窓の外に目をやった。まだ暗くはなっていない、でも夕焼けにもなってない、薄紫の空。

「うん……あの、結花ちゃん、この前、涼子先輩に、付き合ってる人とかいなかったか、訊いたよね」

　ふいに大きな脈動が、胸の奥に膨らんだ。なんか、急に苦しくなって、なんで苦しいのかと思ったら、あたし、無意識に息を止めてたんだった。

「……ええ」

　いうと同時に吐き出す。次の、麻美さんの言葉を待つ。

「うん……その、付き合うとか、彼氏とか、そういうのは、全然分かんないんだけど、でも、先輩の写真、まとめて読み込んでたら、ちょっと、気になったっていうか……うん、なんか、気になったの」

「……何が、ですか」

　麻美さんは、占い師が水晶玉に手をかざすように、あたしの持ってるＣＤの束に触れた。

「これ、見てけば分かると思うんだけど、一人だけ、妙によく写り込んでる人がいるの。もしかしたら、私の勘違いなのかもしれないけど……でもたぶん、涼子先輩は、その人のことを意識して、何十枚も撮ってたんじゃないか、って思うの……」

　まさか、菅井清彦――。

　顔の内側で、血が沸騰した。

　乱れた脈が、痛い。

「……だれ、ですか……」

そう訊くのがやっとだった。あとはもう、口の中がごわごわして、言葉にならなかった。

麻美さんが頷く。

「……ハタ先生。音楽の」

ハタ、先生？

心の中では、「は？」と、訊き返していた。

予想外、ではあったけれど、でもそれ以前にあたし、そのハタ先生ってどんな先生だか、よく知らなかったんだ。

2

妻のいない朝。私はそれを、いつから当たり前のことと受け止めるようになったのだろう。

ベッドに裸の上半身を起こす。そう、上だけ裸。二十歳《はたち》くらいの頃に見たハードボイルド映画の影響が、今も習慣として残っている。

サイドテーブルに置いた腕時計をはめ、一服する。ラーク・マイルド。

閉じたブラインドの羽の隙間から、朝陽が射し込む。煙に当たると、それは板状に乳化していく。

天井も壁も、クローゼットの扉も窓枠も、すべてが白い。むろんブラインドも。床板はさすがに白ではないが、でも近いトーンの、淡いグレーのものが貼ってある。何もかもが妻の趣味。当然だ。このマンションは彼女の稼ぎで購入し、リフォームしたのだから。

歯を磨き、電動シェーバーで髭《ひげ》を剃りながらカレンダーを覗く。ちょうど今日からフランス公演が始まるようだった。ということは、彼女が旅立ったのは十日か、二週間くらい前だったのだろう。

オペラ歌手、羽田《はた》ユリア。その亭主は冴えない音楽教師。

一体、何が悲しくて西麻布《にしあざぶ》から、一時間もかけて埼玉の手前の赤羽《あかばね》まで出勤しなければならないのだろう。

逆なら分かる。田舎《いなか》から都会に働きに出るのは、よくあることだ。だが都心から郊外にというのは、やはり少ない。自分以外は見当たらない、とまではいわないが、少数派であることは確かだった。

職場が近づくにつれ、周囲の建物はどんどん低くなっていく。その空いた分だけ、空が大きくなっていく。灰色に濁った空。煤《すす》の混じった薄暗い青。眼下には、電線に覆われた住宅地が広がっている。

西麻布から、北赤羽。毎日が都落《みやこお》ち。これは、埼玉方面から通ってくる他の教師たちにはない類《たぐい》のストレスだろう。

だから駅を出ると、少しだけほっとする。学校までの、徒歩十分ほどの道のりでは、みんなと同じ方向に進むことが許される。

「おはようございます」

「……ああ、おはよう」

遠慮なく私を追い越していく、生徒たちの背中を見送る。

そう。歩調を合わせてまで、私と話をしようとする生徒は少ない。若干嫌われ気味といえるのかもしれないが、だとしたらそれは、私がそうなるよう仕向けているのだともいえる。生徒と個人的な係わりを持つべきではない。いま私は、それを自身に徹底している。

ようやく校舎に辿《たど》り着《つ》き、スリッパに履き替え、蒸れた空気の教員室に足を踏み入れる。

「……おはようございます」

「あ、羽田さん。おはようございます」

隣の席の美術教師、佐久間《さくま》と挨拶《あいさつ》を交わす。彼は私より一年早くこの棚林高校に赴任しているが、歳《とし》は逆に一つ若い。互いに芸術系の選択科目を受け持っているというのもあり、彼とは何かと口を利《き》く機会が多い。

「あれ、羽田さん、今日はサンドイッチですか」

「あ、そう。……何か？」

駅前にあるコンビニの袋。白い直角三角形が透けたそれを机に置き、私は椅子を引いた。佐久間が「いやぁ」と、似たような袋を差し出してくる。中には楕円形のタッパーが一つ入っている。

「うちの嫁、実家がほら、千葉でしょう。これ……瓜《うり》の鉄砲漬け、何かっちゅうと大量に送ってくるんですよ。でほら、羽田さん、朝いつもお握りだから、合うかなと思って持ってきたんだけど……でもパンじゃ、合わないですよねぇ」

ありがたいが、私はそもそも、その鉄砲漬けというのが苦手だった。しかし、ここで好き嫌いをいうのも大人気ない。

「ええ……今日は、パンなんですよ」

「でもよかったら、このままお持ちになってください。容器はいいですから。そこの冷蔵庫に、入れておきますから」

「ああ……」

佐久間は席を立ち、窓際にある共用の小型冷蔵庫にタッパーを押し込んだ。持って帰るのを忘れたら、ますます気まずいことになる。忘れぬように心がけねば。

私は礼をいいつつ、袋からサンドイッチを取り出した。佐久間は自分でお茶を淹《い》れて、隣の席に戻ってきた。

「……そういや例の、ほら、うちのクラスの、野々村涼子の妹。あれ、写真部に入ったみたいですよ」

頰が強張《こわば》るのが自分でも分かった。が、パンが上顎《うわあご》に貼り付いたような芝居をし、私は「へぇ」と平静を装う。

「……部活まで、死んだ姉さんの真似ですか」

「ええ。なんなんでしょうね。なんでも、井上《いのうえ》さんとこには直接、訊きにいったらしいですよ。菅井は、どんな生徒だったのかって」

井上和世《かずよ》は古株の英語教師で、去年は野々村涼子と菅井清彦がいた三年C組の担任をしていた。

「菅井は今なにをやっていて、どこに住んでるのか、とか、色々、根掘り葉掘り……むろん、井上さんは〝知らない〟で通したらしいですがね。写真部に入ったのも、なんかそういう、野々村涼子の過去を探るのと、関係あるんじゃないかなぁ……悶着《もんちゃく》、起こしてくれなきゃいいけど」

私は、一緒に買ってきたトマトジュースで口を湿らせた。そうでもしないと、口の中が乾いて乾いて、パンが喉《のど》に詰まって窒息しそうだった。

佐久間は日報のファイルを眺めている。

「……まあ、無理もないといえば、そうなんですけどね。あんなにできた姉を事故で亡くして、挙句《あげく》に加害者は、そのクラスメートだったなんて……何か裏があると睨むのも、無理はないんだけど、でも警察が、事故だっていってるんだから……」

この時点ではまだ、私は野々村涼子の妹、結花の顔をちゃんと見たことがなかった。あまり涼子に似ていない、それでもまあ可愛らしい、若干小柄な少女を、想像していたにすぎなかった。

私が涼子の存在を強く意識するようになったのは、彼女が三年に上がる直前だったと記憶している。つまり去年の二月半ばか、遅くとも三月の初め頃だったはずだ。

その日、私は顧問を務める軽音楽部の年度末決算に付き合っていて、帰るのが遅くなっていた。

最初は部費が三万五千円、ごっそり足りなかった。部長を始めとする幹部が財布を引っくり返してレシートを掻き集めても、まだ二万八千円ほど足りない。それから、全部員への電話攻撃が始まった。校内での携帯電話使用は原則として禁止されているが、そんなことをいっている場合でもない。部長、副部長、会計、庶務、それに顧問の私。部室やその前の廊下に散らばって、とにかく五人で電話をかけまくった。

きみ、部費使ってないか？　部費で買ったもののレシート、まだ出してないの、あるんじゃないか？　え、ある？　なに、模造紙？　それいくらした。百二十八円、か——。

途中から、二万八千円くらいの欠損なら、私が補塡《ほてん》して済ませようという気になっていた。だが、六時を少し回った頃だ。部長を務める男子生徒が声を荒らげた。

「お前、なんでそれさっきいわなかったんだよ」

一巡しても埋まらず、もう一度ずつ全員にかけてみることになり、それでようやく、当時の一年生部員がシンバルの購入代金の領収証を提出していなかったことが明らかになった。相手の女子部員は電話口で、泣いて詫《わ》びたという。

「……もういいから。明日、学校に持ってきて。ああ、部室にいるから。うん……いいって。みんな、別に怒ってないから。大丈夫だって」

その日が金曜日だったため、私と部長の二人が翌日の土曜日、その一年生部員から領収証を受け取って、それで帳尻を合わせるということで決着がついた。

その頃には、外はすっかり夜の暗さになっていた。

軽音の部員を帰し、それから、吹奏楽部が使った音楽室がちゃんと片づいているかどうかを確認にいった。私はリコーダー以外の管楽器はまったくできないので吹奏楽部の顧問はしていないのだが、それでも教室と楽器の管理には責任がある。どこの誰が使用しても、最後には私が確認する。それが最低限の、音楽教諭の務めであるとも思っていた。

私は、教員室から離れる方向に、暗く長い廊下を進んでいった。

階段とトイレ以外の明かりは、もうほとんど消されていた。向きによっては、窓から月明かりが射し込んでいた。だがそのときは、ああ、空は晴れているのだな、という程度にしか思わなかった。

音楽室は、もう一つ角を曲がった先の突き当たり。

そこまできて、私は初めて気がついた。

どこかで、ピアノが鳴っている――。

むろん、最も考えやすいのは音楽室の中だ。誰かが残って、そこでピアノを弾いている。しかし、なぜこんな時間に。吹奏楽部も合唱部も練習を終え、教師も生徒もほとんど校内には残っていない、こんな遅くに、誰が。

教室の前までいくと、旋律がはっきりと聴き取れるようになった。

ベートーヴェンのピアノ・ソナタ第十四番、嬰ハ短調『月光』第一楽章。

三連符のアルペジオに絡む、ゆったりとした旋律が美しい。楽譜だけを見ると演奏の難易度はさほど高くないようにも思えるが、実際に弾いてみるとテンポがゆっくりなため、誤魔化《ごまか》しが利かない難しい曲であることが分かる。タッチに繊細さが要求される。音量を中程度に保ちつつ、なお粒立ちを揃えるのにはかなりの集中力も必要とされる。曲の構成が一本調子なので、一度の失敗がすべてを台無しにする。『月光』は、そんなデリケートな曲だ。

誰が弾いているのだろう。

私は無性に奏者の正体を知りたくなり、そっと、音をさせないよう音楽室のドアをスライドさせた。

室内は、暗かった。左奥に位置するグランドピアノは、むろん普段は私が使用するものだ。しかしそのとき、そこには一人の少女が座っていた。自らの演奏に酔うように、肩までの髪をゆるく揺らし、鍵盤に両手を踊らせている。

それは、一枚の絵画だった。

まさに高窓から月の明かりが射し込んでおり、奏者の、ブレザーの肩を斜め上から照らしていた。薄い、華奢《きゃしゃ》な肩だった。それでいてぴんと伸びた背筋には、凜々《りり》しさすら感じられた。

私は彼女の顔を見ようと、足を忍ばせて近づいていった。

月明かりに照らされた、癖のない髪。白い頬。微笑《ほほえ》むように細められた瞳。生真面目《きまじめ》に結ばれた形のよい唇。

ああ、写真部の――。

しかし、私に思い出せたのはそこまでだった。

この学校には芸術系の選択科目が書道、美術、音楽と三種類あるが、彼女が私の担当である音楽を履修したことはなかった。クラブ活動も写真部であるため、直接の接点はない。ただ、華《はな》のある娘《こ》だな、という印象だけは私も遠目ながら持っていたし、何かの行事のときに、代表してカメラを構えて走り回っている姿も見ていたから、まったく知らない生徒というわけではなかった。

ゆっくりと二度、同じ和音を弾いて、彼女は『月光』を弾き終えた。私は、少し意地悪な気持ちで、わざと大きく手を叩いた。彼女は驚いたように、いや、実際にひどく驚いて、まだ最後の和音が消えきる前に、椅子から飛《と》び退《の》いた。

「あっ……」

反動で、椅子が真後ろに傾《かし》ぐ。彼女は振り返り、とっさにそれをつかもうとしたが、間に合わなかった。

残酷なほど大きな音を立て、背もたれ付きのピアノ椅子は床に倒れた。彼女は小さく悲鳴をあげながら椅子を起こし、向き直ったときには、泣きそうな顔になっていた。

「……すみません」

その滑稽さに、私は思わず頬をゆるめた。だがそれは、もしかしたら彼女には、見えていなかったのかもしれない。暗がりにいる私の沈黙を、彼女は、何か責められてでもいるかのように受け取ったのかもしれない。

彼女の表情が、徐々に、複雑な色合いを帯びていく。

勝手に音楽室に入り、ピアノを弾いたことに対する罪悪感。もう一方にあるのは、黙って近づいてきて、弾き終えた途端に拍手で驚かせた、私に対する抗議の色か。

言い訳しようとしたのか、彼女は真っ直《ま》ぐ《す》私の方に視線を向けた。

「私……」

私はそれを遮《さえぎ》った。

「すまなかった。驚かせてしまったね」

踏み出すと、私の顔にも明かりが当たった。浴びてみれば、それは決して月光などではなかった。塀の向こうの、学校裏の通りに立っている街灯の、白けた明かり――。知っていたはずなのに、彼女の演奏が、それを今の今まで、幻想的に見せていた。

「……いえ。私こそ、すみません……椅子」

彼女が背もたれの角を撫でる。黒い塗りが剝《は》がれて、木地が少し白く覗いている。

「かまわない。どうせ安物だ」

それより見事な演奏だったね、と話を継ごうとし、はたと気づいた。私はまだ、彼女の名前すら知らないのだった。

「君は確か……写真部の」

はい、と彼女は、両手を揃えてお辞儀をした。

「野々村涼子です。二年B組の」

そう、野々村涼子。耳にしたことのある名前だった。

先の泣き顔はどこに消えたのか。彼女は少し歯を見せる、特徴のある笑みを浮かべてみせた。立つと、わりと背が高い。私自身は百八十センチあるので、むろんそれには及ばないが、それでも百六十後半、百七十センチ近くあるのではと思われた。

「君が、こんなに見事なピアノを弾く人だとは知らなかった。どうして、音楽を履修しなかったの」

ころころと、よく表情を変える娘だった。笑みを引っ込め、また難しい顔をしてみせる。

「いえ」と漏らすだけで、はっきりとは答えない。

「履修してくれれば、満点をあげられたのに」

それにも曖昧に、かぶりを振るだけだった。

「……軽音部は、どうだった。誰か、キーボードとかに、誘ったりしたんじゃないのか」

残りの一年だけでも、彼女に音楽系の部に入ってもらいたい。そんな気持ちがそのとき、私の心には確かにあった。だが、反応は依然として鈍かった。

「じゃあ、合唱部は？　三年の阿部が卒業すると、ピアノの後釜がいなくなるんだ。どうかな、三年の間だけでも、やってみたら」

また、曖昧にかぶりを振る。無口な娘なのか。いや、私が興奮して、一人で喋っているだけなのか。

「もったいないな、そんなに弾けるのに。ぜひ、何かやってみてくれよ。こんなピアニストが身近にいたなんて、本当に知らなかった。ほんと……」

それでいて私は、少し腹を立ててもいた。こんなに弾けるのに、それを校内ではまったくの秘密にしていたなんて。まるで、音楽教師の自分の立場を無視されたような気がした。どうして今まで、弾けることを隠していたんだね。

そう訊こうかとも思ったが、やめた。それはいくらなんでも大人気ない。誰もいない音楽室に忍び込み、静かに『月光』を弾いていた彼女の気持ちを、自分は少し、慮《おもんぱか》るべきだと気づいた。

「……人前で弾くの、好きじゃないのか」

目を伏せて、彼女は短く頷いた。

「でも、ピアノは、嫌いじゃないんだろう？　嫌いだったら、わざわざこんな時間に弾きにきたり、しないもんな」

今度は、どうだったろう。頷いたような、そうではないような。

「あの……もしよかったら、またこんなふうに、弾きにこないか。邪魔なら、私は外に出ているよ。でも、外で聴くことだけは、許してほしい。……また、君の演奏が聴きたいんだ。また、弾きにきてほしい」

そのときだけ、彼女ははっきりと笑った。

「いいんですか」

それなのに、今度は私の方が、

「あ……うん」

戸惑いの、虜《とりこ》になっていた。

いつ以来だろう。胸の奥で、小さな泡粒が立て続けに弾けるような、こんな感覚を味わうのは。

ピアノを弾きにこいと彼女にいい、それを受け入れられ、私は、何をそんなに、喜んでいるのだ。

慌てて言葉を継ぐ。

「……いいに、決まってるだろ。ピアノは、学校の備品だ。君はいつだって、自由に、弾いていい」

なんということだ。私は正面から、彼女の顔を見られなくなっていた。自分の戸惑いを、彼女に見透かされるような気がしてならなかった。あまりに真っ直ぐなその視線に、そのとき私は、完全に気圧《けお》されていたのだ。

「ほんとに、聴いてくれますか」

高く、それでいて少しかすれた声だった。倍音を多く含む声質は、それだけでとても魅力的だった。甘えるような語尾のニュアンスも、決して無視できるものではない。

「ああ……」

精一杯だった。自分の感情を殺してできる返事としては、これが一杯一杯だった。

「よかった……じゃ、また内緒できます」

小さく会釈し、彼女は出入り口に小走りで向かっていった。翻《ひるがえ》ったチェックのスカートが、偽りの月光を振り切り、暗がりへと紛れ込む。私はそれを、ひどく切ない思いと共に、目で追っていた。

出入り口の戸が開く。くるりと体を出し、最後にもう一礼、彼女は体を折り曲げた。私は頷き、軽く手を上げた。見えたわけではなかったが、また彼女が微笑んだような、そんな気配を感じ、私は改めて、自らの鼓動に戸惑った。

これは、罪だと思った。

3

俺の母親は、針金ハンガーだった。空っぽの、タダ同然の、みすぼらしい人間の抜け殻だ。

——おはよう、キヨちゃん。

朝飯は、いつものベジタブル風味のシリアルと、牛乳。エセ健康志向。つまり、怠惰の象徴。

いただきます。ああウマい。バリバリしてて。時間になると草を食わされる家畜みたいで、まったくいい気分だ。ただ、できることならふやける前に平らげるべきだな。ふやけっとこれ、ほら、ほとんどヘドロ同然。色も緑だし。しょう油をたらして黒みを加えたら、見ろよ、さらにそっくり。ウケる。

——おはよう、清彦。

おう、ソロバン。調子はどうよ。ほら、朝メシ食えよ。野菜シリアルのヘドロ仕立て。なに、生意気に家畜気分が嫌だってのかよ。でもどっちみち、あんたは奴隷だろ？　市民の奴隷。奴隷と家畜、大差なくね？　ああ、奴隷はあくまでも人間だから、家畜よりはいくらかマシってことっすか。切り刻まれて食われることもないし。なるほどね。だったら俺も、早く奴隷に昇格したいっすね。憧れちゃうなあ。

——清彦、勉強は……どうだ。

どうもこうもねえよ。普通にやってるよ。

——やっぱり……大学くらいはな、出てないと……これから何かと。

何かと、なんだよ。高卒がきいたふうな口利くんじゃねえ。

——高卒は、駄目だ……俺みたいになっちゃ、駄目だぞ。

ああ、駄目だな。あんたは駄目だ。駄目人間だ。

——そうよ。お父さんみたいに、なっちゃ駄目よ。

分かってるよ、ならねーよ。ならねえっつってんだろがこの針金ババァが。

——ちょ、ちょっと。

おい、聞いてんのかよ。聞いてんのかって訊いてんだテメェこの野郎。

——清彦、落ち着け、落ち着け。

落ち着いてらァこの糞馬鹿《くそ》が。偉そうに上からものいってんじゃねえ。

——しっかりしろ、清彦。

——キヨちゃん、どうしちゃったの。

どうもしねえよ。どうもしねえし、どうにもならねえよ。

俺は、オメーらの息子なんだからよ。ぶっ壊すぞ終《しま》いにゃ。


それでも一応、俺は高校に通ってるし、授業にも出ている。今日の午前中も、睡眠学習程度の成果は上がっていたはずだ。

で、今は昼休みだ。

「ちーす」

教室で弁当食ってたら、隣のクラスの香山瞬が入ってきた。空いていた前の席に、後ろ向きに座る。こいつとは中学からの腐れ縁。そして猿。あらゆる意味で、こいつは猿だ。

「……なに、もうメシ食ったん」

「うん。コロッケパン」

好きだね。学食のそれ。

「キヨ、これなに」

おら、俺様の食事をその汚え指で差すんじゃねえ。

「……なんだろ。ホタテ？」

のフライか。どっちにしろチンだ。飯もな。味なんざ、あってねえようなもんだ。

「分かった。チンコの輪切りだ」

よせよ。隣の女子が顔しかめてるぜ。

「っつか……だったらこれ、誰のチンコなんだよ」

「え、キヨのじゃねーの」

「俺が自分のチンコ、揚げて昼飯に食うのか。そりゃいくらなんでもシュールすぎねーか」

「大丈夫。チンコなんて、ほっときゃ明日にはまた生えてくる」

ウケる。と同時に食欲減退。誰か養命酒持ってこい。

「うでぇりゃッ」

俺は弁当箱を、すぐそこのゴミ箱に放り込んだ。ナイッシュー。米粒一つこぼさなかったし、誰にも当たらなかった。立派なもんだ。

しかし、猿は困惑の面持ち。

「……なにも、捨てなくても」

何いっちゃってんの。お前が食えなくしたんだろが。

「瞬、容器だけ回収してきて」

「なんで俺が」

だから、お前が食えなくしたんだよ。

「いいから。俺、まだ食ってるし」オレンジ残ってるし。

「……ったく、極端なんだよ、キヨは」

お前にいわれたかねーんだ、ボケ。

俺は、猿が弁当箱を拾いにいっている間にオレンジを食っちまおうと急いだ。でも、丸ごと一個、どうやって食ったらいいものか。剝くか。苦い汁を飛び散らせて。猿の顔にかかれば面白いかもしれないが、自分の目にでも入ったら馬鹿だ。

案外、丸ごとってのはダリーな。

俺は筆箱からカッターナイフを取り出し、長めに刃を出した。なんか刃に黒い汚れがついてっけど気にしねえ。

しかし、ここでまた問題発生だ。縦に切るのか、横に切るのか。

まあ、横でしょう。横に切って、ガブついて前歯で穿《うが》って食うでしょう。普通。文明人は。

俺は特に深い考えもなく、右手に持ったカッターナイフで、左手に持ったオレンジを、ザクザクと横に、真っ二つに切り始めた。

ザクザク。おお、順調だぜ。

ザクザク。半分まできた。だいぶ汁が垂れてっけど。

ザク——。

「……あ?」

自分でも一瞬、何が起こったのかよく分からなかった。

ふいにオレンジをすり抜けたカッターの刃が、机を叩いていた。そのちょっと前に、左手に何か当たったような、当たらなかったような。いや、当たってたぜ。確実に。

見てみると、左の掌《てのひら》の端っこ、小指側の、膨らんだところの真ん中が、パックリと割れてた。

「ああー」

戻ってきた猿が、ゆるく雄叫《おたけ》びをあげる。

「うん……切っちった。やべーよ」

ピンク色の肉が見えていた。白い脂肪も見えていた。なに、人間の手の肉って、まんま肉じゃん。もろ食えそう。とか思ってたら、どこからともなく血が滲《にじ》んできて、机に垂れ始めた。

「うわ、血ィ、血ィ」

騒ぐな猿。

「いてーの？　キヨ、いてーの？」

お、そういえばあんま痛くねーわ。変だな。神経切っちゃって、痛覚までイカレちまったかな。あ、でもいま汁が沁《し》みたのは痛かった。っつかいつまでも持ってねーで、オレンジなんかさっさと置けばいいんだよな。

「おい瞬、はしゃいでねーでなんとかしろ」

「え、え、俺、俺」

猿のポケットから出てきたのは、クソしてケツ拭いてしまっといたのかってくらい汚えハンカチと、糸屑と、ジャラ銭と、コンドーム。それはいいからしまっとけ。いや、案外いま、役に立つかも——。

「ンンーッ」

とそこに、斜め右前の席の女子が割り込んできた。メシを頬張った直後だったのか、可愛いほっぺを膨らませて、目だけ怒ったみたいにでっかくして、上に上に、と手振りで示す。え？　何を上に？

その女子、野々村涼子は、いきなり俺の左手首をつかみ、

「ンーンッ」

上に引っ張り上げた。

ああ、傷口をね。心臓より高くってことね。けっこう君、基本に忠実なタイプなのね。

でなに。邪魔臭そうに猿の私物を机からどけて。オレンジも払い落として。まだ食ってねーのに。別にいいけどよ。

ほんで、俺の肘《ひじ》を机につかせて。おや、ご自分のハンカチを取り出して。さすがに綺麗っすね。いい匂いするし。そして惜しげもなく、血だらけの手に巻いてくれて。いやいや、すんませんね。

「ンッフンーフ」

もっと高く？　いや、でもそうすっと、血が袖ん中に入りそうで嫌なんすよ。服が汚れたら面倒じゃん。ああ、今そういうことといってんなってことね。っつか、いつのまにかお前のニットに、俺の血が跳ねてるし。ヤバ。ちょうど乳首んとこだ。

しかしまあ、前々から思ってたけど、こうやって改めて間近で見っと、お前の胸、やっぱでけーな。童顔のくせに。

その真剣な目つきも、けっこうヤバいっすよ。惚れられてんのかと思っちゃうかもよ。

きゅ、と縛って止血完了、ですか。

「ん……あとは、保健室で」

おお。ようやく飲み込めたか。

「おう、ワリぃ。これ、新しいの買って返すわ」

ハンカチ血だらけ。洗濯してもぜってー落ちねえ。

「んん、そんなのいいから、ちょっと動かしてみ」

「は？」

「小指動くか、やってみ」

そうだな。動かなかったら大変だよな。どうだろ。

「……あ、動く動く」

野々村は笑った。なにげに可愛い顔で。

「よかったじゃん。でもそれ、たぶん縫わなきゃ駄目だよ。保健室じゃ処置しきれないと思う」

「マジで」

俺はその日、五時間目をキャンセルして、学校の近くの外科やってる町医者にいった。

去年の四月。まだ俺たちが、三年になったばっかの頃のことだ。

その日の最後、英語ⅡRの授業が終わると、また野々村が「どうだった」と寄ってきた。

こいつ、乳はでけーし背はたけーし、それと童顔とのギャップは微妙にエロいんだけど、でも動きは犬。小犬。キャンキャン。

俺は包帯の巻かれた左手を見せた。

「七針縫われた」

「うひー」

白い歯を剝き出し、両腕を抱いて寒がってみせる。胸、思いっきし寄ってますが。あ、乳首に跳ねてた血、いつのまにか薄くなってるし。どうやら、俺がいない間に洗ったらしい。別にいいけどよ。

野々村は眉をひそめて「痛い？」と訊いた。俺は「別に」と答えた。

「……でも、やっぱ医者ってけっこう、容赦ねえのな。傷口に直接、しかも内側に麻酔打つんだぜ。こう、傷口がぱっくり割れてんじゃん。その内側にさ、注射の針を刺すんだよ。何度も何度も」

「ひぃ……怪我《けが》より痛そ」

リアクションが一々面白いんで、俺は調子に乗った。

「でもってさ、縫われるのもさ、ぷす、つつつーって……針で肉を刺されてさ、そこに糸が通っていく振動が、リアルに伝わってくるんだよ」

もうやめてぇ、とかいってるわりに耳も塞《ふさ》がないし立ち去りもしない。こいつ、ぜってー俺に気があるな。ま、冗談だけど俺は確信したわけ。

断じて俺は、年がら年中猿と行動を共にしているわけではない。ただ、この日は妙に猿がつきまとってきて離れなかった。そうなると地元が一緒だから、いつまでも一緒ってことになる。

赤羽から京浜東北線に乗って、川口で降りて、駅の辺りをしばらくぶらつく。最後はHMVでCDを物色。お決まりのコース。

「……なあ、キヨぉ」

「あぁん」

右手だけでCDを選ぶのって、想像以上にかったりい。

「それ、手ぇ、大丈夫なん」

「ああ、案外平気」

黙って選べ健常者。

「なあ、キヨぉ」

あんだよ、さっきからうるせーな。

「なによ」

ん、なんだこれ。頭脳警察？　バンド？

「いや、さっきさぁ、それ手当てしてくれたさぁ」

ああ、分かってるよ。お前が野々村涼子のこと気になってて、それについて話したいんだけど照れ臭くていえなくて、CD探す振りしてずっと機会を窺《うかが》ってたことくらい。

「……手当てが、なに」

「いや、手当てしてくれた奴」

「うん」

ちなみに俺は二年と三年で、野々村と同じクラスになった。猿とは一年のときだけ一緒だった。つまり、猿と野々村が同じクラスになったことは、今まで一度もない。

「名前、なんつーんだっけ」

だから、名前すら知らない振りをする。

「なんで」

「え？」

「なんで名前知りたいの」

「ああ、なんか可愛いじゃん。おっぱいデカいし。脚細いし」

そう。猿には、意外とストレートな一面もあるのだ。

「なに、やりてーの」

「はい、やりたいっすね」

なぜ敬語。

「……へえ。お前、ああいう優等生っぽいの、好きなんだ」

知っていう俺。中学んときも、猿には優等生系美少女に欲情する傾向が見られた。俺の知ってるのだけでも三人。そして三人全員が、猿をふった。三人とも、俺の好みではなかった。でも今回は、ちとかぶってる。

「あれさぁ、彼氏とかいんの」

「知んね。学内にはいねえんじゃねーの。そういうの聞かないし」

仲のいい後藤博美《ごとうひろみ》は、いないと断言していたが。

「あれ、キヨの治療してるとき、ちょっと目ぇヤバかったろ。ひょっとして、キヨに惚れてんじゃね？」

猿よ、お前もそう思うか。でもな、それは勘違いというものなのだよ。

「いや、野々村って、なんか誰かが怪我したりすっと、飛んできて世話するタイプなんだよ」

「あ、そうそう。野々村涼子ね」

って猿、オメー、下の名前まできっちり知ってんじゃねえか。

「……だから、別に俺じゃなくても、ああいう目するんだよ、あいつ。試しに明日、野々村の目の前でお前のチンポ切り落としてやろっか。きっと同じ目で見つめて、痛くない？って、訊いてくれっぞ。どうせ次の日には生えてくるんだし」

一瞬、猿は頰をヒクつかせたが、すぐに別の妄想が頭に湧いたようだった。

「切り落とす前に、あのお口で止血してほしい」

「切り落とす前に止血は必要ねえだろ」

「っつか、今すぐやりたい」

タイミングよく、エロいジャケットのCDが見つかった。

「まあ君、今日んところは、これで我慢しときなさい」

「いや、キヨちゃん。涼子に、この俺の切ない気持ちを、伝えてはもらえないだろうか」

なにいきなり名前呼び捨てにしてんだ、この猿は。しかもなんでこの俺が、お前の欲望の使いっ走りをしなきゃならねえんだよ、糞馬鹿野郎が。

だからお前は、いつまでたっても猿なんだよ。

4

あたしは麻美さんにもらったCD‐ROMを、順番に家のパソコンで再生していった。家のっていうか、あたしとお姉ちゃんの共有パソコンで。

一枚目から、あたしは激しく感動しっぱなしだった。お姉ちゃんの写真って、やっぱりすごい綺麗。センスがいい。

ビルとビルの間に落ちた夕陽。いや、もしかしたら朝陽なのかもしれないけど、でも雰囲気は夕方っぽい。その一日が過去になる瞬間の切なさを、見事に捉えている。周囲の建物の深い暗さも、なんだかとても幻想的。

次に気に入ったのが、どっかの畑の上に広がるウロコ雲を撮った一枚。どうしてこんなに鮮明に撮れるんだろうってくらい、雲の粒子の一粒一粒にまで目配りが利いてる。こんな空、実際に見たら泣いちゃうかも。いや、実物よりもしかしたら、この写真の方がいいのかも。

そう、お姉ちゃんは犬も好きだった。これどこの子だろう、ゴールデン・レトリーバー。わふ、っていって笑ってる。んーん、笑ってるのは、きっとお姉ちゃんなんだ。

ああ、お花もいいよね。あじさい。雨のあとだったのか、花弁の一枚一枚に水滴が載っている。よく見たら、そこに反射でお姉ちゃんが写ってるんじゃないかと思ったけど、さすがにそれはなかった。

そう。当たり前だけど、お姉ちゃんの撮った写真に、お姉ちゃんの姿はない。でも不思議と、見ていて寂しくはない。それはたぶん、この写真を見るという行為が、お姉ちゃんと視線を共有する疑似憑依《ひょうい》体験だからなんだと思う。

シャッターを押した瞬間、お姉ちゃんが何を思い、感じ、愛し、笑い、涙したのか。そんなものが、写真を見ることで、共有できる——。

カエル。葉っぱに乗ってるから、たぶんすごくちっちゃいんだと思う。それを真正面から撮ってる。カエルと睨めっこ。このときのお姉ちゃん、きっと笑ってる。カエルは仏頂面。ってことは、お姉ちゃんの負け。

かと思うといきなり柔道の試合。たぶんこれ、ヒロミさんだ。ヤーッ、みたいな、凜々しい顔。組み合って、揉み合って、離れて向き合って、またヤーッ。オッとこれは、背負い投げっていうのかな、肩に担いだ相手が浮き上がっている。次では、寝そべった相手の上に乗ったヒロミさんが、はっと何かを見上げている。審判を見ているのだろうか。その次、やった、ガッツポーズ！　見事、勝利を収めた模様です。

そこで、いきなりドアがノックされた。

「……結花、ご飯よ。聞こえなかった？」

「ああ、ごめん」

「開けるわよ」

「うん」

お母さんがドア口に顔を覗かせる。ちなみにここは、ずっとあたしとお姉ちゃんの部屋だった。最後まであたしたち、一緒の部屋で勉強して、一緒の部屋で寝てた。別に、他に部屋がないわけじゃなくて、ただ仲が良かったから、あたしたちはそうしていた。

「ごめん、全然聞こえなかった」

「なあに、それ」

中に入ってきたお母さんは、すぐにこれがなんだか悟ったようだった。

「……どうしたの、こんなの」

溜め息を漏らし、食い入るようにモニターを見る。

「うん。三年生の先輩が、お姉ちゃんのフィルムを取り込んでCDにしてくれたのを、もらってきたの。今日」

これ、すごい綺麗なんだよ、これ、すっごい可愛いの、って、何枚か見せたんだけど、お母さん、ただ寂しそうに目を細めて、力なく笑うだけだった。

「……続きは、またあとにして……ご飯にしましょ」

背を向けて、一人で先に部屋を出ていく。

「あ、うん……」

ときどき、あたしは思う。どうしてお父さんとお母さんは、お姉ちゃんが死んだことに、もっと熱くならないんだろう。なんで、そんなに冷めてるんだろう、って。

お父さんはまだ帰ってなくて、今日は二人で食べることになった。

お姉ちゃんのことは、ほとんど禁句みたいになってる。かといって、他に話題があるわけでもない。テレビ見てても、反応は一切なし。笑いはおろか、意見も同情も、怒りも悲しみも、なんにもない。

仕方ない部分もあるとは思う。愛娘《まなむすめ》を亡くしたんだ。親なら、笑えなくなって当たり前だと思う。

でも早いもので、お姉ちゃんが亡くなってから、もう七ヶ月になる。それが長いのか短いのかは分かんないけど、そろそろ、そこまで感情を押し殺す必要はないんじゃないかと、あたしは思い始めてる。

それでいて皮肉なことに、二人が感情を取り戻すのって、あたしがお姉ちゃんのことであーだこーだなったときなんだ。だからあたしは、ムキになって棚林受けたり、写真部に入部したりした部分もある。

「……ん、美味《おい》しい。この金目鯛」

料理を褒《ほ》めても、お母さんは、フフフって笑うだけ。たぶんお母さんの中では、どんなに美味しくても、もうお姉ちゃんには食べさせてあげられない、って思いに直結してしまうんだろう。分かるけど、あたしだってそう思うけど、でもそれ突き詰めていったら、家族なんて、一人死んだら全員死んじゃえって話になっちゃう。よくないと思う。いい加減、そういうの。

そう。だからあたしは、進んでムキになる。お姉ちゃん、病気で死んだんじゃないんだよ。殺されたんだよ。しかも、よりによってクラスメートに。事故ってのはたぶん上辺《うわべ》だけのことで、いわば結果論で、きっとその菅井と何かあったに違いないんだ。

ねえ、もっとちゃんと憎もうよ。熱くなろうよ。そりゃ、いまさら何やったってお姉ちゃんが帰ってくるわけじゃないけど、でも、殺されてしぼみっぱなしじゃ、情けないじゃない。その方が、よっぽど悲しいじゃない。

「あー、美味しかった。ごちそうさま」

「……お風呂、沸いてるわよ」

「うん。もうちょっとしたら入る」

「そう……」

暗い。暗すぎる。

一日も早く、なんとかしなければ。このお葬式ムード。

写真を見続けていったら、なんとあたしも出てきた。これは確か、去年の梅雨の頃。あたしが新しい傘買ってもらって、じゃあ記念に撮ろうかってなって、近所の公園までいったときのだ。

いくらお姉ちゃんの撮った写真が好きだからって、自分の写ってるのまで手放しでは褒められない。そこまであたしも図々しくはない。

なんか、目つき微妙に悪いし。別に嫌なことあったわけじゃないはずだけど、どう見てもあたし、機嫌悪いし。

それでもまあ、背景はさすがにいい感じだ。傘のモスグリーンと、ジャングルジムの黄色と、コンクリートのグレーが、いい感じに配置されている。

そういえばこのジャングルジム、前は黄色じゃなくて、水色だった。少なくとも、あたしが小学校低学年の頃までは。

そうだ。まだその水色だった頃、あたし、ジャングルジムの天辺《てっぺん》から落ちたことあったんだ。そのときはお姉ちゃんもいて、真っ先に助けにきてくれた。あとでいってた。ガンガンガンガンって、何度も頭ぶつけて落ちたから、絶対死んだと思ったたって。

その公園からうちって、たぶん四、五百メートルあると思うんだけど、お姉ちゃん、その距離を一人で、あたしをおんぶして帰ってくれたんだ。一緒にいた友達の話では、ものすごい速さで走ってってたらしい。なんか、漫画みたいだったたって。

そう。お姉ちゃんって、そういう人だった。誰かが怪我したり、大変なことになると、それ助けるのに、異様に燃えるタイプだった。お母さんが寝込んだら家事全般なんでもこなしたし、あたしが怪我しても、家で治療してくれるのって大体がお姉ちゃんだった。

その代わり、やりすぎて失敗することも多かった。

中学のとき、近所の小学生同士が喧嘩してるのを仲裁しようとして、なぜか傘で目をつつかれて、一ヶ月以上眼科に通う破目になってた。スーパーで買い物してるときも、知らないうちの赤ちゃんがベビーカーから落ちそうになったのを助けようとして、とっさに手を出したら、そのベビーカーの車輪かなんかに指が絡まっちゃって骨折してた。あれはもっと前か。六年生頃だったか。

でもお姉ちゃん、それでもいつも、笑ってた。ああよかったって。怪我したの、私でよかったって。そんなわけないじゃん、ってあたしは思うんだけど、どうも本気みたいだった。

いけない。なんか懐かしくて泣けてきた。次いこう。

ディスクを替えたら、何かの行事になった。去年の入学式か。あ、そうだ。麻美さんがいってた、ハタ先生ってどの人だろう。

お姉ちゃんの机から、卒業アルバムを引っ張り出してくる。もちろん、実際には卒業してないわけだから、集合写真にお姉ちゃんは写ってない。ただ同じ学年だから、もらえたってだけ。ちなみに加害者の菅井清彦も写ってない。途中で退学処分になってるから、そっちは全面的に排除されててどんな顔かも確認できない。まるで最初からいなかったみたいな扱いになってる。でも、先生なら載ってるはず。

ハタ、ハタ、音楽の、ハタ先生。あったあった。羽田稔之《としゆき》教諭。ああ、この人か。そういえば見たことある。背ぇ高いし、肩幅広いから体育かと思ってたけど、音楽なのか。意外。あたし、選択科目書道にしちゃったから知らなかった。

で、羽田先生の顔がどんなかを踏まえたうえで、お姉ちゃんの撮った写真を見ていくと

――。

なるほど。そういわれてみればよく写ってる。特に新歓イベントの、部活紹介の写真ではやたらと写ってる。軽音楽部と、合唱部の顧問をしてるのだろうか。その二つの部のときは必ず羽田先生がフレームに入ってる。他の場面でもちょくちょく写り込んでる。

まあ、そういう目で見れば、けっこうカッコいい方なのかもしれない。あたしそういう中年趣味ないから評価しづらいんだけど、あたしのクラスの担任で美術の佐久間先生よりは、だいぶいい感じだと思う。

お姉ちゃん、好きだったのかな。羽田先生のこと。もしそうだったとしたら、羽田先生、お姉ちゃんから相談受けて、何か聞いてるかもしれないな。そうじゃなくても、菅井のこと、何か教えてくれる可能性はある。

よし。近いうち、羽田先生に声かけてみよう。

眠れなくて、夜中の二時に、いったんベッドから出た。二段ベッドの下の段。もちろん、お姉ちゃんが使ってた上の段は、今は空っぽになっている。あんまり見ないようにして部屋を出る。

一階に下りて、キッチンの明かりを点《つ》け、コップ一杯お水を飲んだ。お父さんもお母さんもいないリビングは、当然真っ暗だ。

そこにある、しばらくさわってもいない、カワイのアップライトピアノをじっと見つめる。そしたらなんか、普通に弾ける気がしてきて、あたしは慌てて部屋に戻った。

二階の部屋には、夜中でも弾けるようにヤマハの電子ピアノが置いてある。その電源を入れる。楽譜を見て弾くわけじゃないから、明かりはスタンドだけで充分。

椅子に座って、鍵盤に両手を置いてみる。

ショパンの、『ワルツ第七番』にするか。

はい、最初はゆっくりと、優しく――。

ゆっくり、優しく、ゆっくり――。

でも、いつまでたっても、指は動いてくれない。

寝起きみたいに痺《しび》れてて、ちっともいうことを聞かない。

さあ、弾いて。ほら早く――。

ねえ、弾いてよ、結花――。

駄目だ。やっぱり今日も、弾けない。

5

野々村涼子は、吹奏楽部の片づけが終わった頃を見計らって、そっと音楽室の様子を覗きにくるようになった。

部員が全員帰り、私が教室の照明を消し、準備室に引っ込むと、しばらくして、静かにドアをすべらせて入ってくる。

最初は、教室と準備室を隔てるドアは閉めていた。彼女は五分か十分、得意の『月光』や、ショパンの『別れの曲』『雨だれ』、ドビュッシーの『アラベスク』などを弾き、最後に準備室を覗いて、

「……ありがとうございましたぁ……」

ちょっとハスキーな声で挨拶をして、帰っていく。初めは、それだけのことだった。

しかし、何度目くらいだったろうか。隣から、彼女にしては珍しい、明るく軽快な曲が聴こえてきた。

ショパンの『小犬のワルツ』。

聴く分には楽しいが、テンポも相当に速いため、演奏の難易度はかなり高い曲だ。でもそれを、そこそこ上手く弾きこなしている。

私は、彼女が演奏する姿を無性に見たくなった。まさに「鶴の恩返し」のお爺さんの心境だ。

この扉を開けたら、彼女は、見ないっていったじゃないですか、と顔を真っ赤にして怒り、もう弾きにきてくれなくなるかもしれない。それは、避けたい。そうなってはいけない。駄目だと分かっている。なのに、手が、ドアノブに伸びていく。

教室は暗く、準備室は明るい。そのままドアを開けたら明かりが漏れて、すぐに分かってしまう。だがそれを承知で、私はドアを引いた。

案の定、彼女は動揺したのか、直後にミスタッチを連発し、テンポを乱した。が、少しすると持ち直した。やめずに弾き続けた。

私は教室に入り、ゆっくりと、ピアノに近づいていった。

街灯の明かりを浴びる彼女の顔は、やや強張っているように見えたが、すぐに照れ笑いに変わった。

やがて弾き終えると、形のいい唇を、ふざけたように尖らせる。

「……駄目じゃないですか、出てきちゃ」

大人気ないが、私は謝るまいと決めていた。

「見たかったんだ。君が弾くのを」

彼女はおどけて、華奢な肩をすくめた。

「……恥ずかしいんです。下手だから」

「何いってるんだ。ちっとも下手じゃない」

するると、激しくかぶりを振る。舞い上がった黒髪は、すぐにすとんと、元の形に落ち着く。

「……うちでは今、私が一番下手です」

鍵盤に、丁寧にクロスを掛け、フタを閉める。当たり前だが、ピアノの扱いに慣れた、深い愛着を持つ者の手つきだった。

「それは、驚きだな……ご家族、みなさん弾かれるの」

「いえ、父は弾きませんけど、母と妹は、弾きます。妹は去年、中学の部で全国優勝しました。天才なんです」

その言葉に、ひがんだふうはなかった。純粋に、妹を自慢する口振りだった。

「それは凄《すご》い。でも……君だって」

また、遮るようにかぶりを振る。

「やめたんです、私。ピアノは小学校で」

小学校でやめて今この腕前なら、逆に大したものだというべきだ。

「なぜ……」

その日、彼女は理由を告げぬままお辞儀をし、足早に音楽室を出ていった。また弾きにおいで。そんなことをいう間すら、私には与えられなかった。

翌日だったか、彼女とは偶然廊下ですれ違った。含み笑いで会釈をされた。私は目礼で応じたが、不思議と安堵に似たものを覚えた。また弾きにきてくれるな。そんな確信めいたものすら感じていた。

果たして、数日して彼女はまた、音楽室を訪れた。私しかいない時間の、暗い音楽室に入ってきた。

その日、私は堂々とピアノの前に立った。最初こそ彼女は弾きづらそうに眉をひそめていたが、まもなく『悲愴』の第二楽章を弾き始め、最後まで通すと、満足そうにひと息ついた。

「……ああ、ドキドキした」

そのままピアノから離れ、私のすぐ近くの、生徒用の机に腰掛ける。椅子ではなく、机にだ。

棚林高校は普段の服装を自由としているが、彼女はいつも校服か、それに近い恰好《かっこう》をしていた。その日もリボンタイこそしていなかったものの、ブラウスにベスト、紺のブレザーを着用していた。

「やっぱり、ベートーヴェンが好きなのか」

私を見る彼女の瞳は、街灯の明かりを受けて輝いていた。

「どっちかというと、ショパンの方が好きですね。本当は『幻想即興曲』とか、かっこよく弾きたいんだけど、難しいから……それに、もう無理だし」

「どうして」

私も腰掛けた。彼女の隣の机に。

何か、いい匂いがした。香水の類ではない。喩《たと》えるなら石鹸《せっけん》のような、清潔な感じの、好ましい香りだ。

彼女は意味ありげに、右の薬指の、第二関節の辺りを揉んだ。

「……怪我、したんです。中学に入る、ちょっと前に」

「そこを？」

うんと、少し幼稚に頷く。

「どうして」

「馬鹿だから」

若者特有、といっていいのだろうか。私はこういう紋切り型の返答に、あまり慣れていなかった。思わず黙ると、彼女はやがて、ばつが悪そうに話を継いだ。

「……スーパーで、なんですけど……母と妹と買い物してたら、すぐ前を通ったベビーカーから、赤ちゃんが、落ちそうになったんです。ちょっと立てるようになって、嬉しかったんじゃないかな。うにー、って、私を見て、笑いながら立ち上がろうとして、そしたらこっちに、ぐらっ、て……私、とっさに手を出して、その赤ちゃんをすくい受けようとして、そしたら……勢いで指が、そのベビーカーの、車輪のところに入っちゃって。で、車輪はそのまま回って……ボキボキ、って」

ありそうなさそうな話だが、いま目の前にいる彼女なら、そういうことも起こり得るかなと、なんとなく思った。

「ピアノが弾けなくなるほど、ひどかったのか」

彼女は、斜めに開いたピアノの上蓋辺りに目をやった。長い睫毛《まつげ》が、切なく、愛らしい。

「そうでも、なかったんですけど、しばらく庇《かば》って弾いてたら、なんか、だんだん、変な癖がついてきちゃって。ああ、下手だなぁ、って思ったら、ちょっと、弾くのがつらくなってきちゃって」

ふいに、高窓を見上げる。

「……ねえ、先生。前に私、妹の方がすごいって、いったじゃないですか」

「あ、ああ」

「先生、この話、内緒にしてくれます？」

内緒、秘密。そういうのが、好きな年頃なのだろうか。

「なんだか、分からないけど、でも……君が他言するなというなら……うん。誰にもいわないよ」

よかった、のひと言を、深い息と共に吐き出す。

その瞬間、つぶらな瞳に、少し、翳《かげ》りが射したように見えた。

「妹……ユカって、いうんですけど……実は、私や母とは、血が繋がってないんです」

私は小さく「へえ」と、漏らしたかもしれない。いや、正直どう反応すべきなのか、分からなかったのだ。

「父の連れ子なんです。私が五歳、ユカが二歳のときに、母が再婚したんです」

暗い話が続くのかと思うと、そうでもない。ふいに笑みを浮かべたりする。

「可愛かったなぁ、あの頃のユカ。……んん、今も可愛いんですけど、でもやっぱり、二歳って特別じゃないですか。白くって、ぷわぷわしてて。……先生、お子さんは？」

いや、とかぶりを振ると、彼女は私の左手をちらりと見て、すぐあらぬ方を向いた。

「私、そのとき思ったんです。私は、この子のお姉ちゃんになったんだから、何があっても、どんなことからも、この子だけは、守らなきゃって。この子を傷つけるようなことだけは、絶対にしないし、誰にもさせないって……」

私が頷くと、生徒用の机は頼りなく軋《きし》んだ。

彼女は、はっと目を上げた。

「馬鹿でしょ、五歳のくせに、そんな」

「いや……」

実のところ私は、彼女の方がよほど大人なのではないかと、思っていた。果たして自分は、妻をなんとしても守ると、どんなことからも守ると、そんな決心を、かつて一度でも、したことがあっただろうか。

でもね、と彼女は続ける。

「その決心、意外と今も、活《い》きてたりするんですよ。ピアノやめたのも、それとちょっと、関係あったりするんです」

表情の明暗が、ふいに入れ替わる。私はそこに、何やら危ういものを感じていた。

「……ユカ自身は、私や母と血の繋がりがないこと、知らないと思うんです。だって、二歳でしょ……覚えてないと思うんですよ、最初のお母さんのことは。病気で亡くなられたんだし。でも、なんとなくどっかで、不安を感じてるみたいなところもあって……これは、私の思い過ごしなのかもしれないけど、私や母と、似てないっていわれると、彼女、すごく気にするんです。逆に、似てるねっていわれると、一日中上機嫌だったりして……とにかく、ものすごい喜ぶんです」

小さな穴の並んだ吸音壁に目をやる。彼女の見ている妹の姿を、できることなら、私も見たいと願う。

「……三歳から、ユカもピアノを始めたんです。母は昔、自分で教室を持ってたんで、家で教えることもできなくはなかったんですけど、でも、家だとけじめがつかないからって、結局は母の知り合いの教室に、ユカと通うことになったんです。……ユカ、最初からけっこうセンスがあって。で、さすがアツコさんの子ねって……あ、母、アツコっていうんですけど、そういって褒められると、ユカ、もう、ものすっごい喜んで、メチャメチャはりきっちゃうんですよ」

彼女が笑みを浮かべたときは、きっと私も、同じ表情をしたのだと思う。彼女が眉をひそめれば、私も倣《なら》い、同じ情を共有しようとした。

「……ユカと母の、具体的な繋がりって、いってみれば、ピアノだけなんです。私は血が繋がってるし、顔も似てるけど、でもユカは……ピアノ上手いのね、お母さんも上手だものねって、そういわれることでしか、ユカは、繋がりを確かめられないんです……」

白い歯が、薄く整った形の唇を噛む。桃色の、唇。

「だったら、ピアノは、ユカに譲ろうって……ちょうど、怪我のこともあったし、私はユカの、応援に回ろうって……そう思ったんです」

すると急に、彼女は何かを後悔するように、きつく眉間にしわを寄せた。

「あっ……傲慢《ごうまん》ですよね。ピアノを譲ろうだなんて……違いますね、全然。怪我して下手になっちゃったから、逃げただけなんですよ、私。ほんと、妹のせいにするなんて、卑怯ですよね」

美しかった笑みが、見る見るうちに歪《ゆが》んでいく。

私はといえば、恐る恐る、その華奢な肩に、手を伸ばそうとしていた。

震える背中に、抑えがたい愛《いと》しさを感じていた。

少しだけ、自身と重なる部分もあった。

妻とは音大時代に知り合い、学生結婚だった。妻は声楽科、私は作曲科。在学中から妻は、オペラ修行の留学をしたいといっていた。一方、私はプロになるつもりは毛頭なかった。だったら、自分は教師になって、経済面での支援をしよう。そんな程度の志で、私は音楽教師になった。

やがて妻は、海外でオペラ歌手としての成功を収めた。それと引き替えにするように、我々の結婚生活は、徐々に破綻《はたん》していった。

海外で成功すれば当然、離れて暮らす時間が多くなる。だがそれを問題としないよう、しばらくは互いにそこから目を背《そむ》け合っていた。

帰国して、それでも土産話《みやげばなし》があるうちは、私もそこそこ朗らかに振る舞うことができた。しかし三日も一緒にいると、どうしてもそこかしこから、不平不満が噴出してくる。そうなるともう、抑制などというものは跡形もなく砕け散った。

互いに罵《ののし》り合《あ》うと、妻の気性の激しさより、自身の内面の醜さに打ちのめされた。

こんなにも自分は、残酷な言葉を使うのか。

ここまで自分は、自己憐憫《れんびん》を腹に溜め込んでいたのか。

終いには激しい自己嫌悪に苛《さいな》まれ、互いに会話を封印し、知らぬまにまた、妻は異国へと旅立っていく。そんな不毛な夫婦関係を、もう十何年も続けている。

いや。こんなくたびれた中年の、枯渇して捻《ね》じ曲《ま》がった献身と、彼女の身の上を重ねてはいけない。ましてや、彼女の情の深さに心打たれたからといって、その身を抱き寄せるなど、決してしてはならない――。

「……先生……」

だが、遅かった。彼女が拒まなかったことも、私をいっそう調子づかせた。引き寄せると、彼女は容易《たやす》く私の胸に納まった。先から感じていた清潔な香りが、いま鼻先にある髪から、さらに濃く芳《かんば》しく漂った。

癖のない黒髪を指で避《よ》け、頬を探った。今《いま》し方《がた》妹への愛を語った唇をそこに見つけると、私は堪えることをせず、自らそこに口を寄せていった。

濡れた、柔らかな唇だった。

私はその露《つゆ》を貪《むさぼ》り吸った。

腰に腕を回し、彼女の背伸びを手助けした。

搔くように尻をつかみ、鼻から漏れる息を余さず嗅《か》いだ。

細い体だった。それでいて弾けるような肉感があった。

若い肉体の放つ逞《たくま》しさに、私の鼓動はひたすら圧迫された。教室という枷《かせ》、校内という縛りのきつさに、脳が痺れた。進むことも、退《ひ》くこともできなかった。ただ彼女の顔を乱し、口を塞ぐことに、私は熱中した。

いつ、どんなきっかけで体を離したのかは、よく覚えていない。思い出すのは、重い疲労感と、互いの下着の湿り気。それと、強い後悔だった。

第二章　語る男

1

何日かすると、また野々村が寄ってきた。六時間目が終わったときだった。

「どう？　調子」

くいくい、と自分の左小指を動かしてみせる。俺はノートやら教科書やらを重ねていた。左手は、まだ包帯でぐるぐる巻きだ。よく見ると、少し汚れてきている。

「……ああ、大丈夫っぽい」

「いつくらいに抜糸できるって？」

「十日か、二週間っていってた」

「そう。よかったじゃない」

その日、野々村は珍しくカジュアルな服でキメていた。白いブルゾンに、ベージュ地のプリントTシャツ、デニムのタイトスカート。いつもは校服かそれに似た恰好なのだが。

「なに、お出かけモード？」

上から下。下から上。目で舐《な》め回《まわ》す。

「ん、いや、そういうわけじゃないけど」

じゃどういうわけだよ、と訊くほどの間柄ではない。黙って話題を立ち消えにする。ただ、それでもノー・メイクでいる辺りはしょせん野々村というか、優等生なのだなと変に納得。その髪はいつまで黒いままなのだろう。

「じゃ、お先」

「あ、うん……お大事に」

「おお」

そんなに早々と立ち去る必要もないのに、俺はなんとなく、流れで廊下に出てしまった。出てしまったら、まあ、帰るしかない。


その日も暇だった俺は、なんとなくガキの頃から知っているバイク屋に顔を出した。

「オートショップ池上《いけがみ》」。店主の池上明夫さんは、俺がガキの頃からずっとオッサンだった。トレードマークの口ひげが、とにかくイメージを固定している。きっとこの人は、死ぬまでこのままなんだろう。

「キヨ。今お前、屁ェこいたろ」

そういって、二五〇ccバイクのアクセルを吹かす。

「いや、してねっすよ」

往来の激しい国道沿い。しかもFMラジオがかかっていて、エンジン音もしている。排気ガスも充満してる。すかしっ屁《ぺ》だから聞こえるはずがないし、臭いを嗅ぎ分けられるはずもないのだが。

「ウソをつくな」

「はい……こきました」

明夫さんは「フン」と鼻息を吹いた。

「大体よ、ちっちぇー音の方が、余計耳につくもんなんだよ。ぷすぅ、ってな。それに、ろくなもん食ってねえ野郎の屁はくせえ。キヨ、お前、もっと芋を食え。芋を」

「はあ……」

それから明夫さんは、バイクの異常は耳で見つけるんだと、訊きもしないのに勝手に喋り始めた。

バイクと自動車の構造に、さほど大きな差はない。その大差ない構造を、バイクは数分の一のスペースに納めている。だからバイクは緻密だし、デリケートなんだ。小さなボディに、きちきちに機能が詰め込んであるから、手を入れる隙間なんてありはしない。さわれないし、覗き見ることもできない。だから、聞くんだ。エンジン音を聞いて、耳で異常を見つけるんだ。それができなきゃ、バイク屋は勤まんねえ――。

「って、死んだ親父さんが、いってたんすよね」

「……あれ、この話、したっけか」

「ええ、何度も」

もう百回以上聞いてる。そう、明夫さんの親父さんはわりと早死にして、それで明夫さんは、高校を中退してこの店を継いだのだそうだ。

「……ここんとこよ、一種の職業病だろうな。ちっちゃな音が耳について、眠れねえんだよ」

その話も同じくらい聞いている。

「冷蔵庫の音でしょ」

「いや……」

違うのか。新ネタか。

「心臓。自分の、心臓の音」

「ウソでしょう。それはネタでしょう」

明夫さんは、カバーパーツを車体に当てながら首を横に振った。

「いや、マジだ。不整脈が出てんだよ。それが気になって気になって、眠れねえんだ」

ウケる。でも吹き出すのはなんとか堪えた。

「……でも、いいじゃないっすか。自己診断、バッチリじゃないっすか」

「しかしなあ、人の体はバイクみてえに、簡単にはパーツ交換できねえからなあ」

オートショップ池上は、国道に面した店の半分を新車陳列スペースに、奥の半分を修理作業場にしている。むろん、いま俺たちがいるのは奥の作業場だが、俺は表が見える位置でウンコ座りをしている。誰かきたら、明夫さんに知らせられるようにだ。

「……ん、誰かきたな」

でも、先に気づくのは、いつも明夫さんだった。

「ああ、恵美《えみ》さんです」

この近所でスナックをやっている、明夫さんの幼馴染《おさななじ》み。大昔に付き合ったこともあったらしいが、別れて互いに別々の相手と結婚して、でも両方とも離婚して、じゃあよりを戻すのかというとそうでもない、微妙な関係で今に至っているのだという。

「……ああ、キヨちゃん。明夫いる？」

俺は挨拶と肯定を兼ねて会釈をした。昔は美人だったというタイプだ。今はちょっと、余計な肉がつきすぎている。それとシワ、肌のたるみ、くすみ、シミ。そのすべてを、派手な化粧でなんとか誤魔化そうとしている。

「あんだァ、テメーに貸す金なんざァねーぞ」

明夫さんは目も向けない。

「失礼ね。誰もあんたに金なんか借りないわよ」

「この前二十円、貸してやったろうが」

「あれは、たまたまタバコの自販機の前で会って、足りなかったからもらったんじゃないさ」

「ちぇ。勝手にもらったことにしてやがら」

別に、この人も用があってここにくるわけではないようだった。暇だから、明夫さんの仕事を茶化しにくる。つまり俺と同じだ。

「キヨちゃん、もう男になった？」

これもお決まりの質問。俺は童貞じゃねえと、何度いったら分かるのだろう。

「ええ、まあ」

この答えが、信憑性《しんぴょうせい》を欠いているのだろうか。だが、あまりはっきり肯定すれば、今度はそのときの様子を説明させられる。それはそれでダルい。

「あたしが鍛えてやろっか」

何を。

「相手にすんな、キヨ。こいつの場合、鍛えて、じゃなくて、汚くして、だからな」

「失礼な男だね、まったくあんたは」

そのくせ、ときおり蒸れた空気を漂わせて、二人揃ってここの二階から下りてきたりもするのである。大人の男と女、というよりは、爛《ただ》れた中年のたるんだ肉体関係。

「あ……俺、そろそろ帰ります」

何かを思い出した芝居は得意だ。

「あん、うちで何か食べてきなよ」

彼女の店で食えるものといったら、ポテトチップとアタリメくらいだ。柿ピーは埃《ほこり》の臭いがするし、肉じゃがは不気味に酸《す》っぱい。お新香《しんこ》はキュウリもナスも漬かりすぎで半透明になり、そのくせ白飯はない。

「いえ、約束あるんで。また」

約束はないが、またの機会はもっとない。俺は嘘が大好きだ。

よう、針金ハンガー。

――お帰り。お腹空いたでしょう。

夕飯は、これか。よくいえばマグロ。分かりやすくいうとツナ缶。とても、贅沢《ぜいたく》な気分だよ。まるでペルシャ猫にでもなったようだぜ。時期がきたら殺される家畜より、愛玩動物の方がいくらかマシってことだ。

いや、近頃は一概にそうともいえないか。頭のおかしいのに、なんの理由もなく足を切り落とされたりするから。

——清彦。帰ってたか。

おう、ソロバン。帰ったぜ。

そういえば、向かいの畳屋の猫、前足、二本とも切られちゃったらしいね。知ってた？後ろ足だけで器用に歩いてるって。猫の二足歩行。これも一種の進化かね。もうちょっと待ってたら、朝の挨拶くらいするかもしんねーぞ。

——勉強はどうだ。

いきなりきたね。別に、どうもこうもねえって。テストもまだだしよ。ま、ぼちぼちやってっから心配すんな。っつか、あんたもちったぁ進化しろよ。パソコンとはいわねえけど、せめて電卓くらいにはよ。

——いい大学いけよ。

また大学かよ。オメェよ、自分が高卒だからってよ、そこまで大学に幻想抱くか普通。あんなとこいったってよ、駄目な奴ァ駄目なんだよ。たぶん俺もそれだよ。

——キヨちゃんには、頑張ってもらわないと。

おい針金。俺にこれ以上何を頑張れっつーの。っつか、頑張ってどうすんの。いや頑張るよ。ああ、大学だろ。いい大学。東大とかな。おお、任しとけ。東大な。いくだけいって、四、五十人刺し殺してきてやるよ。下手に合格して入学するより、その方がオリジナリティあっだろうが。

あー、なんか俺、今日機嫌ワリーわ。なんでだろう。

数日後――。

「抜糸なら、あたしがやったげるわよ」

俺はそれまで、保健室のおばちゃん先生にほぼ毎日、傷口の消毒をしてもらっていた。だがすでに、縫ってから十日という時間が経過している。もう抜糸してもいいだろう。なんとなくそういってみたら、先のような答えが返ってきた。

「よかったじゃん」

いやいや、なんで野々村が見学にきてんの。

「おい、帰れよ。見せもんじゃねーっつの」

「いいじゃない。私、抜糸見たことないんだもん」

分かんねえよ、その論理。見たことないからなんだっつの。

「なにお前、医者とかなりたいの」

「こら、抜くのか抜かないのかはっきりおし」

キレんなよババァ。

「ああ……じゃあ、お願いします」

そんなこんなで、俺は野々村に見守られながら、保健室のおばちゃん先生に糸を抜かれることになった。実際に見てみると、なんだそれくらいなら俺にだってできるよ、ってな程度のことだった。

糸の結び目を切って、ピンセットでつまんで、引き抜く。その繰り返し。むろん抜糸直後の患部には、まだ糸の通ってた穴が空いたままになっている。漫画で見るような、アンテナ型の縫い痕《あと》にはならない。正しくは、一本線の左右、っつか上下に、ぽつぽつ穴が並んでる状態になる。そんなのは、自慢するほどの新発見でもなんでもねーか。

「なんか、可愛い」

んなわけねえだろ馬鹿が。っつかお前、私服着るようになってから、なんかキャラ変わってねえか。

でもって、消毒、また包帯をしてもらう。

「ほい、いっちょ上がりだ」

「どうも……ありがとぉざいやした」

「あーあ、見えなくなっちゃった」

なにいってんだテメェ。犯すぞ。そして七割がた本気だ。

六時間目が終わって廊下に出ると、猿がモジモジしながら、ポケットに手を突っ込んで股間を弄《いじ》くって待っていた。痒《かゆ》いのか。だったらさっさと病院いけ。

「キヨぉ……」

気持ちワリーぞおい。

「なに」

「付き合ってよ」

泌尿器科？　心当たりなんかねーぞ。

「なにを」

「ちょっと」

「だからなに」

「だから、ちょっときてくれよ」

しばらく校内を連れ回されて、最終的には電算室に辿り着いた。だったら三年C組の教室からもっと近道の、効率的なルートがあっただろうが。

「あんだよ。対戦ゲームでもやんのか」

周りにいるのはそういう連中か、ネッターか、情報処理とかの課題をやってる勤勉家だ。

「ちゃうちゃう。あれ」

猿の視線の先にあるのは、電算室の予備室、俗に「新聞部と写真部の部室」と呼ばれている小部屋だ。そこに、激しく見覚えのある背中が今、入っていった。

「ああ、野々村な。それがどうした」

「可愛い」

俺はそんなお前が腹立たしい。

「じゃいけよ。いって頭下げて、セックスさしてくださいっていってこいよ」

「キッ」

しっ、だろ猿。

「……声でかいよ、キヨ……そんなこと、いえっかよ。だから……なあ、頼む。キヨ、中継して」

なんか、中学んときもこういうことあった気がするな。細かいところは覚えてないし、さすがにここまではっきり「セックス」という表現は使わなかったと思うが、でもあった。確かに。こういうことが。

「馬鹿かオメェ。俺が中継して、香山くんとセックスしてやってくださいっていう方が、よっぽど変だろが」

「いや、台詞回しは、もうちょっと工夫してもらって」

「エッチしてやってください、とかか」

「もう三十パー、オフ気味で」

めんどクセー野郎だな。

「あのなぁ、そんなことをわざわざ中継するくらいだったら、俺が直接やるっつの」

「えっ」

　イチイチ驚くな。

「……キヨって、野々村、アリなの？」

「アリ？　あー、アリかナシかでいえば、アリだよ。普通に」

　そして泣くな。

「マジかよ……じゃ俺、勝ち目ねーじゃん」

　何も、そこまで卑下しなくてもいいとは思うが。

「いや、俺に中継させるくらいなら、俺が直接いっちゃうよってだけで、お前がいくのまで邪魔はしねえよ。好きにいきゃいいじゃん。土下座でもお祈りでもして、頼んでみりゃいいじゃん」

　猿は手近な椅子に座り、頭を抱えて唸《うな》り始めた。俺は暇になった。

「……じゃあ俺、帰るから」

「やだ」

　駄目、じゃなくて、やだ、という言葉を選ぶ辺りに、猿の自己中心的性格が如実に表れている。

課題をやり終えた奴、ゲームに飽きた奴、ネットで目当ての情報をゲットした奴らが、次々と去っていく。電算室にいる生徒の数は、すでにかなり少なくなっていた。

馬鹿な上に意気地《いくじ》のない猿は、部活動に勤《いそ》しむ野々村涼子の背中と尻を遠くから眺め、たぶん今も、脳内犯罪を繰り返している。

「なあ、瞬。なんでそんなお前、急に、野々村に萌《も》え始めたの」

そして、ウーンと伸びをしつつ、鼻の下も伸ばして向こうを覗く。

「いやぁ、前からよさげだなとは思ってたけど、でもあの、キヨが手首切ったときの、あの目に、じゅわわーっと、きたですよ」

手首は切ってねえ。あくまでも掌だ。人聞きの悪いことというな。

「ああ、まあなぁ……」

あのときの野々村は、確かによかった。俺はこれまで入院した経験はないが、ナースはヤバいという奴の気持ちが、少し分かった気がしたものだ。

そう。野々村は、すべてがなんか、正しい感じがするのだ。

色なら白。それはたぶん下着の色にも反映されている。女性ホルモン含有率は百パーセント。男性ホルモンはゼロ。健康で真面目。発育良好。エロくなさげなところがエロい。オタク系とも、俺らみたいにチャラいのとも均等に口を利く。

と、そんなこんなしているうちに、部活動も終わりになるようだった。折り目正しく校服を着こなした新聞部員や、ただ喋ってパソコンを弄くってただけのような写真部員たちが、自分たちの占有していたパソコン四台の電源を落とし、部室のドアを閉め、電算室を出ていく。

「……よし、いくぞ」

なにを張り切っているのか、猿はいきなり俺の肩を叩いた。いくならお前一人でいけと、さっきからいっているだろう。まあ、黙って付き合ってしまう俺も俺だが。

ドアの外を覗くと、野々村とその仲間たちが、固まって廊下を向こうに歩いていくところだった。

「……涼子、まだ帰んないの？」

「うん。私、これ置いてくから、先帰ってていいよ」

これ、がなんなのかはよく分からないが、野々村は新聞部の群れからも写真部の群れからも離れ、三年C組の教室の方に戻っていった。マズい。これでは、猿にまたとないチャンスが訪れてしまう。

こっそりとあとを付けていく。まもなく野々村は、なんのヒネリもなく三Cの教室前までいき、その向かいにあるロッカーを開け、何かを納め、再び鍵をかけた。さてどうするのかと思いきや、なぜか三Cの教室に入っていく。それとなく近くまでいき、覗いてみたが、中には誰もいなかった。野々村の他には。

俺たちはとりあえず、隣の三Bに入って待機した。むろんそこも無人だった。

猿が何事か呟いている。

「……いくべ……いくべ……」

だな。ここまでお膳立てが整ってていかなかったら、もうそんなチンコは輪切りにしてフライにして食っちまった方がいいな。

「……いく……いく……」

いやいや、今お前がここでイッちゃってどうするよ。とりあえず、コクりにいけ。じゃなかったら、ただのお漏らしだぞ。

しかし、野々村はこんな時間に、誰もいない教室で、一体何をしているんだろう。

しばらく動きがなかったので、俺は退屈になってきた。

「ちょっと、様子見てきてやるよ」

「あ、ああ……頼む」

そして抜き足差し足。俺は三Cの戸口まで進んだ。

そっと片目だけ覗かせる。野々村は、すぐ見つかった。向こうの窓際にいた。こっちに背を向けて、グラウンドを見下ろしているようだった。

再び三Bに戻る。

「……なんか、校庭、見てっぞ」

息だけでいう。

「なんで？」

「知るかよ」

そのときだ。ふいにペタペタという足音がこっちに近づいてきた。ヤベ、隠れろ、って、なんで隠れるんだよと思いつつ、隠れる。

しかし足音は、なぜか廊下を向こうの方に遠ざかっていった。玄関とは反対方向。なんだ。まだ何か用事があるのか。

「いくぞ、キヨ」

おい猿。お前、基本的にビビリのくせに、尾行するときだけ、なんでそんなに張り切るんだよ。

野々村は階段を下りて、校舎の端というか奥というか、どん詰まりの方に進んでいく。振り返られたらバレバレなのだが、それでも俺たちなりに細心の注意を払い、尾行を続けた。

いい加減、校舎には誰も残っていないようだった。教室も廊下も、照明はほとんど消されている。実際、野々村が進んでいく方は真っ暗だった。なんだ。何をしようってんだ。

やがて野々村が立ち止まったのは校舎のどん詰まりもどん詰まり、音楽室の前だった。ドアをすべらせ、するりと中に身をくぐらせる。まさか、楽器盗んで転売して、小遣い稼ぎでもするつもりか。

俺たちもドアの前まで進んだ。音楽室のドアには手垢《てあか》で白く汚れた小窓があり、ある程度なら中の様子が見えるようになっている。ただこのときは真っ暗で、ほとんど何も見えなかった。

やがて、ピアノの演奏が始まった。どうでもいいけど、かなり上手いと思った。野々村が弾いているのだろうか。何の曲だかは知らないが、静かな、悲しげな曲だ。

演奏自体は、そんなに長くは続かなかった。せいぜい五分か、そんなもんだった。だがそれが終わっても、野々村は一向に出てこない。俺たちは向かいの階段の裏で待機していたのだが、二分経《た》っても三分経っても出てこない。またも俺は、退屈で苛々《いらいら》してきた。

「ちっと見てくる」

俺がいこうとすると、今度は猿もついてきた。もう、自分たちの目的がなんなのか、はっきりいってよく分からなくなっていた。

小窓から覗く音楽室内部は依然として暗かった。左の方に教壇とピアノはあるが、そっちは角度が急すぎて小窓からは見えない。

ドアを開けようとしたら、猿に止められた。でも睨みつけると、猿は大人しく引いた。音を立てないよう注意して、ゆっくり、ゆっくり——。

左の方まで見られるくらいに開いた。が、どう目を凝《こ》らしても、野々村の姿はそこにはない。この教室、どこかに抜けてるのか？　いやいや、そんなはずはない。

だんだん遠慮がなくなってきて、俺は頭を丸ごと入れ、続けて上半身もくぐらせた。すると、準備室のドアが少しだけ開いていて、そこから明かりが漏れているのが目に入った。

そのときは、これで野々村は袋のネズミだ、こっちは猫だ、そんな程度の気持ちしかなかった。じりじりと四《よ》つん這《ば》いで近づいていくことに、妙な興奮を覚えたりもした。

しかし、その明かりを漏らしているドアの、中の光景を見た瞬間に比べれば、そんな興奮は、あってないようなものだった。

音楽準備室にはソファがある。

野々村涼子は、そこにいた。

いや、ある意味それは当たり前なのだが、光景としては、意外としかいいようがない。

野々村は恥ずかしそうに、誰かの上にまたがって揺れていた。

デニムのミニスカートが腹まで捲《まく》れ上がっている。あるはずの白い下着は、そこにはない。代わりに下腹部の肌と、そこから伸びる太腿《ふともも》が、蛍光灯の明かりの中で、異様に白く目に映った。

その真ん中にある、曖昧な輪郭の、黒い縦筋。

野々村は自分のそれと、下になっている相手の茂みをこすり合わせて、困ったように目を閉じていた。自分で動いてるくせに、唇を噛み締めて、ひどくつらそうにしている。

他の女ならともかく、野々村のそんな顔を見ることになるとは、正直俺は、思ってもみなかった。

隣の猿の生唾を飲む音が、やけに大きく聞こえた。だが野々村も、その下にいる奴も、まったくそんなことにはおかまいなしだった。

下の奴が体を起こした。青く汗の染みたシャツの背中。赤いぶつぶつのある汚えケツ。そのケツが、野々村の足を大きく割って、遠慮なく真ん中に、真ん中に、ど真ん中に——。

野々村の、靴下だけになった膝下《ひざした》が、力なく、音もなく、ぶらぶらと揺れている。

俺の中にあった白い何かが、急激に、黒く塗り潰されていった。

ああ、野々村——。

お前って、そうだったんだ。

2

棚林高校は決して新しい学校ではないけれど、校舎自体は最近建て直しているので、けっこう新しくて綺麗だ。教員室も、テレビドラマにありがちな昭和の村役場っぽい雰囲気ではなくて、充分に平成っていうか、二十一世紀的でお洒落《しゃれ》。

入り口もガラスドアになっていて開放的。

「失礼しまぁす」

先生たちそれぞれの机は、右手に川の字に並んでる。でもぱっと見、どこにも羽田先生の姿は見当たらなかった。一つ一つ川を覗いていくけれど、いない。

「ん、野々村」

誰かが呼ぶともなしに呼んだので振り返ると、三つある談話用の丸テーブルの一つに、担任の佐久間先生がいた。同じクラスの、あの陸上部の石塚が何か相談していたようだ。

「何か用か」

「ああ、あの、羽田先生って今、いらっしゃいますか」

首を伸ばして、佐久間が机の川を見渡す。

「……いない、みたいだな。もう、音楽室にいってるんじゃないか？　次、選択芸術だから」

なるほど。

「えっと、音楽室って、どこでしたっけ」

自分に関係ない教科の教室って、案外どこにあるのか知らなかったりする。

なぜか、石塚がドアの方を指差した。

「ここずっとずーっといって、右に曲がって、一番奥の突き当たりだよ」

「あ、そう……ありがと」

まさかあんた、選択芸術を音楽にしたんじゃないでしょうね。激しく似合わないんですけど。

昼休みもちょうど中頃。女子もお昼ごはん食べ終わって、思い思いの場所でお喋りの真っ最中だ。

「おう、結花。どこいくの」

「うん、ちょっと」

「ハァーイ、結花ァ。元気ィ?」

「う、うん……元気元気」

そこそこ怪しまれない程度の学校生活を心がけて過ごしているのだが、それでもけっこう、友達というか知り合いのようなものは増えていく。怪しまれない努力が友達を作り出しているのか。だとすると、友達を作ろうとしてできない人って、やはり努力の仕方が間違っているのだろうか。

そんなこんなしてるうちに、校舎のどん詰まりまできた。

音楽室。今そのスライドドアは開いていて、中からピアノの音が聴こえてくる。覗いてみると、二年生か三年生の女子が中島美嘉《みか》の曲を弾き語りしている。腕はぼちぼち。音の粒立ちがバラバラなのが気になる。まあ、友達と鼻歌を唄うだけならそれで充分でしょう。

少なくとも何かを弾けるだけ、今のあたしよりはだいぶマシだ。

それはさて置き、依然として羽田先生の姿は見えない。あたしは近くの席でiPodを聴いている女子の肩を叩いてみた。この子は確か一年A組。タメ口でいいはず。

「……なに？」

「あの、羽田先生、知らない？」

彼女は、インナー・ヘッドホンの片方をつまんだ手で教壇の方を指差した。いや、その左手にあるドア、準備室か。

「ありがと」

礼をいってはみたもののすでに聞いてはいないようなので、あたしは軽く頭を下げ、その教えられたドアの方に歩いていった。

教壇の左手。中くらい開いたそのドアの中には、確かに、あの写真の男がいた。羽田稔之。イメージしていたより若干白髪が多い。今は眼鏡をかけて、背中を丸めてパソコンと格闘している。

軽くドアをノックする。

「失礼します……」

彼はこっちを見もせずに「はい」と呟き、二ヶ所ほどクリックしてから、やや邪魔臭そうにあたしの方を見た。

互いの視線がぶつかり合う。先生は、声には出さなかったが、その口を小さく「あ」の形に開けた。

「一年D組の、野々村です」

お辞儀をすると、先生は「ああ」といいながら下半身をこっちに向け、眼鏡をはずした。

椅子に座っていても、彼が長身であることは充分に分かった。百八十センチはあるだろう。肩幅も広くてがっちりしている。髪の量も立派なもので、担任の佐久間の十倍くらいはある。ただ、強いていうならば肌色が悪い。浅黒いんだけど、ちょっと不健康な色をしている。表情も、気難しそう。

「何か」

「あ、はい……」

あれ。どう喋るか考えてきたのに、ど忘れしてしまった。でもまあ、お姉ちゃんの名前さえ出せばなんとかなるはず。

「あの、あたし、野々村涼子の妹で、野々村、結花といいます……去年の秋、事故死した、三年生の」

「ええ……」

気の毒そうに表情を曇らせ、彼は足を揃えた。

「存じてます。妹さんが入学されたことは……お姉さんは、大変優秀な方でしたね。残念です。謹《つつし》んで、お悔やみ申し上げます」

立ちながらいい、深く頭を下げる。なんとなくこっちもお辞儀を返し、しんみりした雰囲気になる。たぶんあたしが知らなかっただけで、この先生もお姉ちゃんのお葬式にはきてくれたんだろう。

「ええと……何か私に」

「あ、はい」

準備室は小さかったけれど、それでもパソコンデスクと、小振りのソファセットは置いてあった。立っててもなんだと思ったのか、先生はあたしにソファを勧めた。

「すみません」

ドアの前を通りかかった生徒が、怪訝《けげん》な目で中を覗いていく。先生は若干困った顔で、また「何か」と訊いた。

「はい……あの、姉は在学時、羽田先生の授業を履修したり、していたのでしょうか」

彼はひと呼吸置き、首を横に振った。

「いえ。私は、お姉さんに教えたことは、ありませんでした」

「じゃあ、菅井清彦には」

一瞬、その表情が強張る。

「ええ……彼になら、彼が一年生のときに、ありました」

ということは、少なくとも菅井とこの先生には、接点があったわけだ。果たして、この人は菅井について、素直に話してくれるだろうか。

「あの、あたし、姉の死について、調べてるっていうか、学校関係者に、話を聞いて回ってるんです。何しろ、少年法っていうんですか……」

と、そんなことをいっている間に、ドアの外が騒がしくなってきてしまった。早くも、音楽を履修している生徒が集まってきているようだった。いや、よく考えたら他人事ではない。あたしのとってる書道の先生は、授業が始まる前に墨をすり終えておかないとすごく怒るのだ。遅れるのはかなりマズい。

そこら辺の事情は、羽田先生も似たり寄ったりらしかった。

「すまない。実は、次の授業の用意が、あと少し残ってるんだ。君さえよければ、放課後なら、ゆっくり話を聞かせてもらうんだが」

具体的な進展、ではもちろんないんだけど、なんかあたしは、この学校にきてようやく手応《てごた》えというか、初めて大人の人に、まともに相手にしてもらえたような、そんな感触を得ていた。

「あ、ありがとうございます。ぜひ」

羽田先生は、やや厚めの唇を歪ませて、笑みを浮かべた。

ちょっと、渋いかな、と思った。

六時間目が終わって急いで音楽室に戻ると、もう普通の生徒は全然いなくなっていた。代わりに吹奏楽部の部員だろうか、数人が準備室向かいの小部屋から、せっせと楽器ケースを運び出している。あのやけに大きな箱はチューバか。

羽田先生はというと、やっぱり準備室にいた。パソコン脇の小さなブックレストに、教科書みたいな薄い本を差し込んでいる。

「失礼します」

あたしに、さっきほどの緊張はなかった。先生の態度も、やや軟化したように感じられる。

「ああ。ええと……どうしよう。ここ、しばらくうるさくなるけど」

目でドアの外を示す。たぶんこれから、パートごとの基礎練習とかが始まるのだろう。早くもトロンボーン辺りが、ブーボーブーボー始めている。

「先生はお時間、大丈夫ですか」

「私は、うん。かまわない」

「どっかいいとこありますか」

彼は、ちょっと思案するみたいに口を尖らせた。

「……教員室でも、学食でもいいけど、込み入った話なら、喫茶店とか……いや、でも、却って怪しいかな」

あたしはその喫茶店というアイディアに賛成した。学内ではない特別な場所で、特別な雰囲気って方がいい。たぶんその方が、特別なことを話してくれる。そんな予感が働いたのだ。


先生が選んだのは、駅の向こうにあるコーヒー専門店だった。あたしはどっちかというと紅茶派だけれど、コーヒーも飲めなくはない。それより何より、少し暗めで大人っぽい店の雰囲気が、特別な感じで気に入った。先生は、周囲の目が気になるみたいだったけど。

あたしはアイスコーヒー、先生はマンデリンというのをホットで頼んだ。

「ケーキは、いいの」

「はい。飲み物だけで」

すぐに両方とも、ちょっと和風で、素敵な陶器のカップで出てきた。あたしはまずストレートで飲んでみて、やっぱちょっと苦かったので、ミルクとガムシロップを少しずつ入れた。

先生はひと口飲んで、深く息を漏らした。

「……それで、お姉さんの、何を調べてるの」

あたしは頷いて、お水をひと口飲んでから始めた。

「はい。あの……なんていうんだろう、もう、ほとんどなんにも、分からないんです。おね……姉は、クラスメートの運転していたバイクに撥ねられ、しかもそれは盗んだバイクで、挙句にそいつは無免許で……成人なら、過失致死《ちし》と窃盗《せっとう》で、何年か刑務所なんだけど、事件当時は十七歳だったし、初犯だったし、留置場に何週間か入っただけで、すぐに出てきたって……ほんと、そのくらいしか知らないんです」

先生に、これといった反応は見られない。

「どういう経緯で事故になったのかとか、そういう説明は、警察と家庭裁判所から教えてもらいました。菅井清彦という名前は、家に訪ねてきた記者の人から聞きました。でも……明らかに変ですよ。先生は、事故の起こった場所、知ってますか?」

小刻みに、何度か頷く。でも黙ってる。

「朝霞《あさか》ですよ。埼玉の朝霞市。学校から、十キロ以上も離れてる。学校帰りにお姉ちゃんが一人でそんなとこいくはずないし、しかもそんなとこで、なんで偶然クラスメートの運転するバイクに撥ねられなきゃなんないんですか。そんなの、おかしいじゃないですか」

少し、声が大きくなってしまった。でも、あっちの方にいるスーツのおじさんがうるさそうにこっちを見た他は、別にどうってことなかった。

「……警察は、頭っから事故だって決めつけてるんです。なんで東京の、同じ高校の生徒が、わざわざ埼玉で加害者になって、一方は被害者になるんですか。そういう矛盾とか、たぶん、めんど臭いからつっかないんですよ。事故でした、すみませんでしたって、菅井清彦が自首してきたから、ああそうですかって認めて、それで済ませちゃっただけなんですよ。そう思いませんか」

　先生はさっきより、少し深く頷いた。

「……先生の、知ってる範囲でいいんで、教えてください。菅井清彦って、どういう生徒だったんですか」

　はっとしたように目を上げる。わりと彫りが深いので、表情は、深刻そうに見える。まだ黙ってる。

「あたし、いまだに菅井の顔も見たことないんです。他の先生たちは、菅井の名前出すだけであからさまに迷惑そうな顔するし。写真とかは事故直後に、プライバシー保護のために全部処分したっていうし。一体、警察も学校も、菅井の何を守ろうとしてるんですか」

　溜め息をつきながら、先生は少し首を横に振った。そしてようやく、口を開いた。

「……別に、学校ぐるみで何かをしようとなんてしてないよ。ただ、野々村涼子と菅井清彦の両方に係わった先生方にしてみれば、どちらかに、意図的に加担するわけにはいかないんだよ」

　お姉ちゃんと、菅井清彦の両方の担任だった井上先生は、とにかく何も話せないの一点張りだった。

「そんな……」

それでも先生は「分かってる」というふうに頷いた。

「だから、私でよければ、私の分かる範囲で、お話しさせてもらうよ。……菅井は、不良というほどではなかったが、決して、真面目な感じではなかった。つまり、なんといったらいいのかな……ちょっと、チャラチャラした感じの生徒だったように、私は記憶している。服も、いつも私服だったし。ただ、それまで窃盗とか、無免許運転だとか、何か問題を起こしたことはなかったはずだよ」

あたしは、菅井に関することはひと言も聞き逃すまいと、聴覚に意識を集中していた。

先生は、あたしが頷くのを見てから続けた。

「あと、菅井に関しては、事件後の教員会議で話題に出たくらいのことしか、私は知らないんだ。部活動は特にしておらず、成績は、あまりパッとしなかったようだ。背は、百七十センチとちょっと。痩せていて、当時は少し髪を伸ばし気味で、茶髪にしてたかな……まあ、いまどきの、どこにでもいるタイプだよ」

つまり、典型的なチャラ男ってわけか。

「先生。なんとか菅井の写真、入手できないですかね」

「そんなものを手に入れて、どうするんだね」

どうするんだろ、あたし。いや、引くな結花。

「……なんか、見たいんです。顔も見れないなんて、卑怯です」

「それは、そうだが……」

あれ。あたしいつのまにか、羽田先生に、色々わがままいってる。

そう。この羽田先生なら、ちゃんとあたしの話を聞いてくれるし、協力もしてくれる。

なんか、そんなふうに思えるんだ。

「じゃあ逆に、先生から見て、お姉ちゃんはどんな生徒でしたか」

先生は、少し驚いたというか、一瞬、緊張したみたいに見えた。

「そう……お姉さんは、そうね……」

数秒、真剣に考え込む。

「……真面目そうな、人だったよね。背が高くて……運動部の試合とかを撮影してる姿は、なかなか様《さま》になっていた。カッコよかった」

それくらいは、聞かなくても分かってる。

「彼氏がいたかどうか、分かりませんか」

すると、思いっきり困った顔をされた。

「……それは、私には、分からないよ。友達とかに訊いてもらわないと」

そうでしょう。でもう、それはやってみたのだ。卒業名簿に載ってて、お姉ちゃんと仲良さそうだった人にはひと通り電話して、話を聞いてある。そのときには菅井の名前も分かってたから、二人に何か繋がりがあったんじゃないかって訊いた。でも、それっぽい話は、全然聞けなかった。

先生がコーヒーを口に含む。少しの間口に留めて、ゆっくりと飲み込む。尖った喉仏が、ぐりっと上下する。

「……君は、菅井のことを調べて、それで、どうするつもりなの」

そのひと言に、あたしはなんか、急に突き放されるような冷たさを感じ、少し、意地になった。

「知りたいんです。とにかく、本当のことが知りたい。ただの事故ってことは、絶対にないはずなんです」

「だから、それを知ってどうするんだ」

追い討ち。けっこうカチンときた。

「そんな、知ってどうするとか、警察が事故だっていったら事故だとか、なんかそういう、大人の論理で煙《けむ》に巻くのやめてください」

また、声が大きくなってしまった。でも、

「そうじゃない」

その羽田先生の声の方が、もっと大きかった。

お店の人までこっちを向いた。

先生はマズった、みたいに目を閉じ、興奮を抑えようとするように、長く息を吐いた。

「……私がいっているのは、そういうことじゃない。私は、君が菅井について調べて、最終的に、君が菅井に直接、復讐するつもりなんじゃないかと、そういうことを、懸念しているんだ。もしそうだとしたら、申し訳ないが、私は協力できない」

カタン、と天窓が開いて、光と新しい空気が、きらきらと舞い下りてくるような、そんな感覚を、あたしは味わった。

「じゃあ、そうじゃなかったら……協力、してくれるんですか」

「あ、いや……」

「菅井について調べて、でもあたしが復讐しようとかしなければ、先生、協力してくれるんですね」

理屈では、そういうことになるはずだ。

「お願いします」

あたしはアイスコーヒーを脇に避けて、テーブルに額をつけた。

「協力してください。お願いします」

大人の協力者がいるのといないのとでは、調査の進行状況に、ものすごい違いが出てくると思う。

絶対、いた方がいい。んーん、絶対に獲得しなきゃ。

これで「うん」といってくれなかったら、この場で土下座するくらいの覚悟はできていた。

でも、

「……分かった。ただ、約束してほしい」

意外なほど優しい声でいわれて、あたしは思わず先生を見上げた。

先生は、あたしの目の中を覗くようにして続けた。

「もし新事実が何か出てきて、それで菅井を、よりいっそう憎む結果になったとしても、君が自分でどうにかしようとはしない……そう、約束してほしい。必要とあらば、再び警察と司法に、その判断を委ねる。君は直接手を出さない、冷静に行動する……そう、約束してほしい。……約束、できるかい」

あたしは誠心誠意、これ以上はないというくらい、大真面目に頷いた。

「はい、約束します」

先生は、また厚い唇を歪めて、渋く微笑んだ。

「なら、私に何ができるかは分からないが、協力させてもらうよ。とりあえず、菅井の写真が見られればいいんだろう」

でも、そういったときにはもう、先生は笑っていなかった。根拠はないけど、どっかから盗んできてくれるのかなって、ちょっと思った。

なんか、共犯者って感じがした。

生徒と教師の、禁じられた、共犯関係――。

3

野々村涼子との密会は続いていた。

彼女は音楽室にくると、儀式のように一曲弾いた。

私は間近でそれを聴き、それから準備室に誘った。

「自分でも、驚いてるんです……私が、こんなこと、するようになるなんて」

涼子は私の腕の中で熱を帯び、ほどけていった。

初めのうちは、私もこの逢瀬《おうせ》に細心の注意を払っていた。周りに誰もいないことを確かめ、ドアに鍵を掛け、声を殺して互いの蜜を吸い合った。

だがあるとき、私の指先が涼子の肉芽に触れ、彼女が火照《ほて》った溜め息と共に、あの特徴のあるかすれた声を漏らした瞬間に、私の中にある、何かにヒビが入った。激情が、その亀裂からほとばしった。それはいきなり、とてつもない勢いで暴走を始めた。

私は、彼女が声を漏らした場所を探り当て、再び同じ声を聞くまでしつこく責めた。指先で転がし、潰し、つまみ、こねた。涼子はいやいやをするようにかぶりを振り、唇を噛み締め、はだけた胸を押さえて責め苦に耐えた。しかしその表情が、皮肉にも私をいっそう残酷な気持ちにさせた。

この娘を穢《けが》したい。

この娘に恥ずかしい思いをさせたい。

この娘がどこまで淫《みだ》らになるのか、見てみたい。

私はあるとき、忘れた振りをして、避妊具を付けずに入れた。ちゃんと避妊してください。涼子が恥じらいながらもそういうことに、期待したのだ。

いや違う。私は承知していた。そういう面において彼女はおくてな方だから、おそらくいえないであろうことを知っていた。いえずに私を受け入れ、困り果てながら、肉の刺激に耐えるのだろうと。

その顔を、私は見てやりたかった。

案の定、彼女は何もいわなかった。

吊り橋から下を覗くように、不安げに繋がりを盗み見ては、私に下から突かれてきつく目を閉じる。その繰り返しだった。私はいつもよりも激しく動いた。涼子は堪えきれず、裏声で唄うような声を漏らした。初めて聞く声だった。そんな涼子は見たことがなかった。

私はそれに、ある種の満足感を得ていた。だがそれでも、まだ私はやめなかった。細い腰をつかんで引き寄せ、やがて奥の奥に、すべてを注ぎ込んだ。

なるようになればいい。そんな捨て鉢な気持ちにさえなっていた。

かといって、私が涼子をぞんざいに扱ったのかというと、そんなことは絶対になかった。弄《もてあそ》んだつもりも決してない。大切に思っていた。

何に誓ってもいい。神にでも、仏にでも、なんなら司法にでも私は誓おう。私は涼子を愛していた。彼女のためならすべてを失ってもかまわない。本当に、そう思っていた。

「……ひどいこと、してるんですよね……」

涼子は私の左手の指輪をなぞり、そんなことを漏らした。

「すまない……君は、何も悪くないのに」

すると彼女は、叱るような目で私を睨んだ。

「謝ったりされるの、女の子は一番傷つくんですよ。先生」

それでも私は彼女に詫び、心の中では妻にも詫び、世間に対する後ろめたさまで感じながら、卑しくも彼女に溺れていった。

高校生に夢中になって、身を持ち崩す四十過ぎの男性教師。なんて馬鹿な奴なのだろうと、世間は笑うに違いない。また妻帯者であることを慮れば、どうしようもない恥知らずと罵られもするだろう。しかし、それは致し方のないことだと諦めがつく。ただ、彼女を悪くいわれるのだけは、心底嫌だった。

涼子は、その肌も、心も、どこまでいっても白い人だった。くたびれた中年男の卑しい性欲など瞬くまに飲み込み、さらには純白に中和してしまうような、そんな犯しがたい処女性を備えた人だった。

だからこそ、というのは、いささか言い訳じみているだろうか。

私は躍起になって、涼子を辱《はずかし》めようとした。

立ったまま後ろから突いたり、不必要に大きく足を開かせたりした。閉めてといわれても聞こえない振りをし、ドアを開けたまま行為に耽《ふけ》った。

私はこれまで、男としては実にありふれた性癖の持ち主であると、自らを定義していた。が、涼子に出会って初めて、愛しき者を傷つけたいという欲求が、自分の中にも存在するのだと認識した。

むろん実行はしなかった。ただ、あの白い肌を汚物で汚してみたらという妄想には耽った。あの傷一つない体を、荒縄で縛ってみたらと想像を逞しくした。

要するに性とは、突き詰めれば征服欲なのだと悟った。

相手が穢れなき処女であるからこそ、穢したい。この浅黒い手で、あの白い体をいつまでもこねくり回していたい。もういやだ、許してほしいと、泣いて詫びるまで突いてみたい。そして実際、それに近いことをしてみる。

それでいて、行為が終わるたびに安堵するのだ。白い肌に覆われた、痩せた背中がそこにあることに。丸い二つの膨らみが、滑らかな曲線を描きつつ長い足に繋がっていることに。二本の腕では隠しきれない乳房が、変わらぬ弾力を保って前を向いていることに。

何者も、この美しさを穢すことなどできはしない。

そして初めて気づくのだ。私が彼女を抱いたのではない。私が彼女に、抱かれていたのだと。

今でも、不思議といえば不思議なのだ。

なぜ彼女のように若く美しい女性が、私のようなくたびれた中年男の求めに応じたのかと。

あれはいつだったろうか。私は自分の身の上についても、涼子に話して聞かせた。妻と付き合い始めた頃のこと。結婚し、彼女が海外で成功し、二人の関係が変化していってしまったこと——。

だがそれは、結ばれたよりだいぶあとのことだ。その話で彼女が私に同情し、あるいは共感し、持てるすべてで私を癒《いや》してくれたというのは、事実に反する。まったく辻褄《つじつま》が合わない。

かといって、彼女が理想とする男性像の範疇《はんちゅう》に私が入っていたとも考えづらい。

私がそれについて彼女に尋ねたことはなかったが、その答えともとれる発言は確かにあった。

「人を愛するのに、理由や制限なんて、ないと思うんですよ」

だから私を受け入れた、のではないかもしれないが、私を拒む理由は、少なくとも彼女の中にはなかった。そんなふうには、解釈できるのではないかと思う。


休日には、外で食事をしたりもした。涼子は和食が好きだったので、私も色々情報を収集して、一度や二度はかなりの無理もして、二人の逢瀬にわずかながらの彩《いろどり》を添えた。そのあとで、私は涼子を、西麻布のマンションに誘った。ホテルの類を、涼子はひどく嫌った。西麻布のマンションとて、決して好んだわけではなかったが、それでもラブホテルよりは気が咎《とが》めないようだった。

内装のすべてが白いこのマンションは、ある意味、涼子にこそよく似合っていた。ベッドから抜け出てリビングを通り、浴室まで歩いていく後ろ姿は、神話の一場面を見るような、幻想的な眺めだった。

「奥さんのCD、買いました。すっごく素敵。いま一番のお気に入りなんです」

裸のまま、そんなことをいっては屈託なく笑う。

自分が何をしているのか。それが世間ではどういうふうにいわれる類のことなのか。それに頓着しないほど無分別で、わきまえのない娘ではなかったはずだが、不思議なほどこの部屋にいるときの涼子は、無邪気に振る舞っていた印象がある。

妻の存在など微塵《みじん》も感じず、むしろここは誰のものでもない空間で、今は私と自分のためにあるのだというような、あるいは裸でどこかの草原にいるかのような、そんな振る舞いであったように思い起こされる。

罪を意識し始めたらきりがない。身動きが取れなくなってしまう。それに対する防御意識だったと見ることもできる。だがそれは、あくまでもあとになって思うことであって、そのときは、ただその奔放さと愛らしさに、私は目を細めていただけだった。

そう。音楽室での密会と違って、マンションでの涼子は伸び伸びとしていた。感じるままに身をくねらせ、堪えることなく声をあげた。

着衣をすべて脱ぎ捨てて交わる。その点だけをとっても大いに違っていた。こんなにもこの娘は美しかったのかと私は感嘆し、彼女一人を壁際に立たせて、飽きることなくいつまでも眺め続けたものだ。

やがて、白い壁と一体になった涼子にそっと手を伸べ、すくい取る。すぐにそれは赤みを帯び、絹の手ざわりの間に、潤《うる》みを蓄えた。

私はその潤みを吸った。涼子は身悶《みもだ》えた。

私は放さなかった。涼子は爪を立てた。

私は舌で抉《えぐ》った。涼子は四肢を突っ張った。

私は這い上がり、そして涼子に重なった。

私たちは自由だった。私たちは一つだった。それを誰かに分かってほしいとは思わなかったが、私たちの間では、確かめるまでもないことだと思っていた。

そう。私と涼子の間にある絆ほど確かなものはないと、本当に、当時の私はそう思っていたのだ。

狂っていたかどうかでいえば、狂っていたのだと思う。

しかし、冷静でなかったのかというと、冷静だったと思う。

何しろ、時間の感覚は確かだった。彼女が八時には家に帰り着くよう逆算し、それに間に合うように服を着た。

最後に交わす口づけは、さらりと軽く。それは涼子が決めたルールだった。

それと帰り際、涼子は決まって私にではなく、空っぽの部屋に向かってお辞儀をした。

「……お邪魔しました」

涼子が、妻の存在をちゃんと意識していたと知る瞬間だった。

あれは確か、まだ梅雨も明けない、七月の初旬だった。

私はいつものように椅子に座って、音楽室で涼子がくるのを待っていた。

高窓から見上げる空は、まだ少し明るかった。それでも雨はかなり降っていて、窓ガラスにはたくさんの飛沫がかかっていた。

いつのまにか私は、生徒用の机に頬杖をついて、時計の音ばかりを耳で追っていた。遅いなと思っていた。いつもより三十分以上は遅い。

高窓の飛沫に、街灯の明かりが当たるようになった。空は瞬くまに暗くなり、伴って室内も、重く湿った闇に支配されていった。

私は涼子の携帯にかけてみた。電波の届かないところにいるとのことだった。あるいは電源を切っているのか。

まあ、実はそんなことも、初めてではなかった。涼子は学校から出ても、携帯の電源を入れ忘れていることがよくあったし、前には一度、いくといっておいてこなかったこともあった。

その日涼子は、友達に強引に誘われ、買い物に付き合う破目になったらしかった。連絡をとろうにもとれず、結局すっぽかす形になってしまったと電話口で詫び、泣いているのか鼻をすすった。

むろん私は、怒ったりはしなかった。こんな中年男との、約束ともいえない約束を破ってしまったといって泣く涼子を、むしろいっそう愛しく思ったものだ。

ただ、この日はわけもなく、妙な胸騒ぎを覚えた。

音楽室にこないということは、涼子はもう学校にはいないと思った方がいい。そう頭では分かっているのに、私は校内を探したくて堪らなくなった。万が一、私が出てから涼子がここにきた場合のことを考え、私は帰っていないということを示すために、ピアノ椅子の背もたれに上着を残した。

暗い廊下に出た。早足で真っ直ぐ進んだ。

遠い教員室にはまだ明かりがあったが、そこまでの道のりはただひたすらに暗かった。右手には一年生の教室が並んでいるが、どこも無人で、物音一つしない。私は階段で二階に駆け上がった。

そこには三年生の教室が並んでいる。三年C組。涼子のクラスだが、むろんそこにも彼女はいない。他の教室にもいない。三階まで上がって二年生の教室、さらには理科棟と呼ばれる別館や図書室、体育棟と呼ばれる室内運動施設を集めた建物にまで足を運んだ。

ウェイトトレーニング機器を集めた部屋や、いわゆる体育館、スカッシュもできる小部屋も覗いてみた。どこにも、涼子の姿はなかった。

再び校舎に戻った。雨の降る、誰もいない校庭を見渡した。淡く回り込んだ明かりで、かろうじて地面に水溜まりができていることが視認できる。そこに雨が落ち、蒼白く水面がささくれる。

私は廊下に目を戻し、また音楽室の方に歩き始めた。

涼子。どこにいるんだ、私の涼子――。

ピアノ椅子にかけた上着は、そのままになっていた。準備室のドアは閉まっている。私が出ていったときと、何一つ変わったところはなかった。

もう一度涼子の携帯にかけてみた。やはり通じなかった。

私は、あと三十分だけ待ってみようと、またもとの椅子に腰を下ろした。


休日をはさみ、一週間経っても、涼子に電話は通じなかった。そんなに頻繁に連絡をとり合う間柄ではなかったので、それが普通のことなのか、あるいはそうでないのかの判断はできなかった。

だがある日、たまたま二時間目のあとの休み時間に、偶然一階の廊下を歩いている涼子を見かけた。まず安堵した。普段通り、元気そうな涼子だった。私は思わず足を止め、その後ろ姿を目で追った。久し振りに見る校服姿だった。

顔を見たくて堪らなくなった。先週の待ちぼうけが、愛しさの濃度を息苦しいまでに高めていた。抱き寄せることはできないのだから、せめてその笑顔だけでも見せてほしかった。

すると思いが通じたか、あるいはただ忘れ物に気づいただけなのか、涼子は途中で踵《きびす》を返し、友達の輪からはずれた。胸に教科書や筆記用具を抱え、少しつっかけるような小走りで、こっちに戻ってくる。

私はそれとなく辺りを見回した。一年生の教室には生徒が大勢いる。ここで涼子と個人的な会話をするわけにはいかない。だが、せめてその目を見て、顔色を窺うくらいはしたかった。涼子にも説明したい事情があるだろうから、何かしらの合図は送ってよこすはず──。

表情が見えるくらいの距離まで近づいたとき、涼子はうつむき加減にしていた顔を上げた。私に気づき、だが足を速めるでもなく、遅くするでもなく、そのままの速度で、なんと、左手に曲がった。

瞬時に、嫌な汗が額に浮いた。

焦った。表情もおそらく強張っていたことだろう。

思わず、二、三歩前に踏み出していた。

左手は階段。私が見上げたとき、涼子はすでに十段目くらいまで上っていた。そのまま踊り場に至り、こっちを見もせずに折り返し、二階に上っていく。

呆気《あっけ》にとられた。

私に、気づいたのではなかったのか。

涼子の視力は決して悪い方ではない。少なくとも私よりはいい。つまり、私が彼女を認識できる距離で、彼女が私を認識できないことはあり得ない。

避けられたのか──。

耐え難い仮説だった。

無視されたのか——。

脳味噌を掻き毟って打ち消したいひと言だった。

涼子、君は——。

つい数日前まで重ねてきた二人の逢瀬は、すべて幻だったのか——。

あれほど確かに感じられた想いは、たった一度のすれ違いで、いとも容易《たやす》く瓦解《がかい》し始めた。

それでも私は、未練がましく階段を見上げていた。

人目がなくなった頃、涼子がひょっこり顔を出してくれる。そんな妄想に、しがみついていたかったのだ。

4

音楽教諭、羽田稔之と野々村涼子の関係発覚は、なんとも言葉にしづらい、複雑な思いを俺たちに抱かせた。

健康美、才色兼備、性格良好。そんな野々村のイメージは、たったの一秒で脆《もろ》くも砕け散った。

何しろ学校内で、しかも女房のいる中年男に股を開いていたのである。羽田の女房がわりと有名なオペラ歌手であることは周知の事実。一発不倫認定。一切の言い訳は通用しない。

この分じゃ、あのくず饅頭《まんじゅう》みたいにポマードを塗ったくった校長や、柔軟体操のついでに女子の背中に硬くなった股間を押し当ててると評判の体育教師にもやらせてる可能性があるな、と俺は思った。

川口駅前のファーストフード店でそのことをいうと、猿はストローを銜えたまま不気味な笑みを浮かべた。

「ってことはさ、金次第では、俺らでもやれるってことだよね、キヨちゃん」

俺はマルボロメンソールを灰皿に潰した。

「……ああ。かもな」

だが、それはそれで微妙に腹立たしい。いくらそういう女だったからといって、二万や三万のはした金で猿が野々村とやるのは勘弁ならない。そしてその程度の金も、今の俺にはない。

俺はささやかなる反論を試みた。

「でも、よく考えたら、援交かどうかは分かんねえぞ」

「んあ？　どうして」

「だってよ、野々村が羽田から、金受け取ってるとこ見たわけじゃねえだろ」

「え、なに、逆に、野々村が金払ってるってこと？」

馬鹿。本当に馬鹿。その点に限っていえば、お前は決して「猿」ではない。

「んなわけねえだろ。俺がいってるのは、金が介在してるとは限らねえだろってこと」

「金……カイザイ……」

そうだ。その少ない量の脳味噌をフル活用して、よーく考えろ。

「つまり、野々村は、好きで、羽田と、付き合ってる……ってこと？」

よし、正解だ。

「その可能性も、なくはない」

「つまり、純愛？」

「いや、そういえるもんかどうかは知らねえけど、でも、不倫であることに違いはねえよな。ま、密《ひそ》かに羽田が離婚してれば、その線もなくなるから、純愛と……お前が呼びたきゃ呼んでいいんじゃね？」

その時点で俺たちの興味から、野々村の性格云々《うんぬん》は完全に抜け落ち、その魅惑的なスタイルを持つ、肉体だけに意識が集中したことは間違いなかった。

それからは、とにかく野々村の放課後の行動を見張ろうということになった。幸い俺にも猿にも、部活やアルバイトといった縛りはなかった。要するにただの暇人。女子高生一人の行動を調べ上げて素っ裸にするくらい、面倒でもなんでもなかった。

野々村が人目を忍んで音楽室を訪れるのは、大体水曜日か金曜日のようだった。他の日は写真部の部室に顔を出し、終了後は部員たちと少し寄り道をして、場合によっては小腹を満たして家に帰るというパターンだった。

で、問題の水曜及び金曜日だ。

野々村はその日も写真部に顔は出すのだが、なんやかんや理由をつけては途中退場するようだった。それからは、図書館で暇を潰したり、いったん学校から出て、遅くなってから戻ってきたりする。

そして、三Cだ。あの日のように校庭を見下ろして、時間調整に入る。

校庭を見下ろすのは、どうやら音楽室の明かりの具合を見るためのようだった。三Cから直接音楽室は見えないのだが、コンクリート塀の向こうの電信柱をよく見ると、音楽室の高窓から明かりが漏れているかどうかだけは確認できるのだ。

俺たちはそれを同じように、隣の三Bから見張り、音楽室の明かりが消えると同時に、野々村が動き出すことを確認した。そう、その頃には、野々村が不特定多数の男と関係しているのではないことは分かっていた。猿は少し残念がったが、落ち込むことはない。やり方は他にいくらでもある。

音楽室に入ってする最初の儀式には興味なかった。野々村涼子、ミニ・リサイタル。んなこたぁいいからさっさと脱げよ、という気持ちは羽田も同じだったのではないだろうか。

そして五分か十分してから、俺たちも参戦する。静かに音楽室に忍び込むこともあれば、外から高窓越しに覗き見することもあった。たまに準備室のドアが閉まっていたりして、そんな日はさすがの俺たちも撤退せざるを得ないのだが、そうでなければたいがい、薄汚れた中年男がピチピチの女子高生に仕掛ける粘着質なセックスショーを、思う存分堪能することができた。

いやしかし、しつけーしつけー。変態だな、あの羽田って野郎は。女房が海外いったきりになってっから、よっぽど溜まってんだろう。もうほんと、やりたい放題って具合だ。あんまよ、やりすぎてユルくすんなよ。こっちはこれからなんだからよ。

でだ。俺たちはどうするべきか。

ビデオの隠し撮りというのも、もちろん考えた。ただ、あいにく猿にも俺にも、自由にできるビデオカメラというものがなかった。むろん、新たに買う金もない。

じゃあ写真で我慢しよう、ということになった。それだったら携帯のカメラで事足りる。新しい出費はなくて済む。ただ、何かしらシャッター音が出てしまうのは困りものだった。

それについては、珍しく猿が気の利いたアイディアを出した。

「キヨ、近々携帯買い換えるっていってたじゃん。だったら今のそれ、カメラ専用にしてさ、スピーカーぶっ千切っちゃえばいいじゃん。そしたらシャッター音もしないじゃん」

猿、ナイスだ。

俺は早速、猿に付き合わせて家電量販店まで新しい携帯を買いにいき、引き取ってきた古い携帯を分解して、スピーカーの配線を切ってまた組み直した。改造は、ばっちり上手くいった。

そして、次なる淫行場面に挑んだ。

何しろ現場は暗いし、カメラの解像度もさして高くないもんだから、オカズにするにはちと物足りなかったが、でも交渉のネタにするのなら、充分な出来栄《できば》えの写真が撮れた。うむ。でかしたぞ、猿。褒めてやる。

激しい雨の夕方だった。

それでも野々村は、暗くなった校庭を、三Cの窓辺からじっと眺めていた。

今日の先生は、私にどんなエッチなことをしてくれるのかしら。

野々村の頭は、そんなことでムンムンになっていたはずだ。いや、ギンギンか。ベチョベチョか。別になんでもいいけどよ。

その日の俺たちの計画は周到だった。まず俺が、三Cにいる野々村に声をかける。

「あ、いたいた……オーイ、お前のこと、なんか、音楽の羽田が捜してたぞぉ」

「えっ、私？」

意外そうに振り返る野々村。って、お前しかいねえだろ。

「ああ。なんか、体育館のピアノの調律がどうこうで、手伝ってほしいから、見かけたらくるようにいってくれっていってたからいってんだけど」

「……そう」

マズい。イマイチ納得してないみたいだった。だが、

「うん、分かった。ありがと」

野々村は頷きながら、小走りで体育棟に向かっていった。

はは。馬鹿め。


俺は曲がり角一つ分ずつ距離をとりながら野々村を追った。

何も知らない野々村は体育館前に至り、重たい扉を引き開けて中に入っていく。俺が戸口のとこまできたときには、「センセー、羽田センセー」と、あのちょっとハスキーな声で叫んでいた。

俺も扉を入った。そのときにはもう、野々村の姿は見えなくなっていた。早くも舞台に上っていたのだろう。

ゆっくりと扉を閉め、俺も体育館の中央を歩いて進んだ。途中で「誰？」という声がした。俺に対してではない、もっと遠い声。つまり、舞台袖に待機している猿への問いかけだ。

俺は足を速めた。ホップ、ステップ、ジャンプ。右足で飛び上がり、両足で舞台に着地する。

その足音に驚いた野々村が、こっちを振り返る。相当怯《おび》えている。

「……菅井、くん……？」

その後ろには猿がいる。

「よォ、どこまで話した」

「いや、まだなーんも」

なんだ。ただ出てきただけか。

野々村は、俺と猿とを、恐る恐る見比べていた。

「なに……羽田先生は、どこなの」

俺はもう、笑いを堪えるのに必死だった。

「い……いねーよ、そんなもん」

頭のいい野々村は、完全に悟ったようだった。いま自分が置かれているのが、どういう立場なのか。自分の前後を塞いでいる二人の男子が、どれくらい悪い子ちゃんなのか。

「愛しの羽田先生なら、音楽室だと思うぜ……い、つ、も、の」

舞台袖の薄闇で、大きなお目々が極限まで見開かれる。

「……なんのこと、いってるの……」

おやおや。早くも声が震えてまっせ。

「瞬、例のコレクション、見せてやれよ」

「あ……おうおう」

猿は、俺が渡しておいた例の改造携帯をポケットから出し、二人で決めたベストショットを選択して、野々村に向けた。

ディスプレイの明かりに照らされた横顔が、見る見るうちに強張っていく。その変化を、俺はじっくりと観察した。

「……ワリぃ。あんま、写りよくねえだろ。わざわざ写真部の部長さんにお見せするような出来栄えじゃ、ねえよなぁ」

野々村は黙っていた。何もいわず、ただ全身の神経を尖らせて、感覚を研ぎ澄ませて、なんとかこの事態に上手く対処しようと構えているようだった。

まあ、そんな逃げ道はありゃしねえんだけど。

「でもまあ、お前と羽田が何をしてるのか……それは分かるよな、こんだけ写ってりゃ。そういった意味じゃ、充分なデキだよな。だろ？」

まだ黙ってる。身じろぎ一つしない。

「いけないいんでしゅよォ？　優等シェーがこーんなことしちゃあ」

俺は、その写真の野々村を真似てポーズをとった。

猿、大ウケ。お前、ちょっとツボ広すぎ。

「ちなみに俺、ちょっと腹減ってんの。たまにはステーキとかさ、三百グラムくらいガッツリいきたいんだけど、あいにく、金がねーんだよな……ま、君が貸してくれるっていうんなら、ありがたく借りて食べにいけるんだけど」

俺も暗さに慣れてきて、ディスプレイのバックライトが消えても、わりとはっきり野々村の表情を見ることができた。強張りは相変わらずだったが、財布を取り出す動作は機敏だった。明るい色の、革の財布。これで済むならいくらでも、って感じだ。

「……ん？　なんだ。あんま持ってねえじゃん」

俺が覗くと、野々村はビクッと肩を震わせた。

「これしか……ないの……今は」

くーッ。可愛いねえもォ。

「これしかないんじゃ、しょうがないでしゅねェ」

ごっそり札だけ抜き取る。といっても四千円。こんなもんはどうでもいいのだが、一応ポッケにしまっておく。

「じゃ……あとはこっちか」

俺は間髪を入れず、デニムスカートの下から手を突っ込んだ。野々村は「イッ」と短く叫び、腰を引いたが、すぐに後ろから猿が腕ごと抱え込んだんで、逃げられはしなかった。

「ねえ、野々村さん……羽田とだったら、やっちゃうんだろ？　いけないこと、いっぱい、いっぱい、しちゃうんだろォ？」

猿、お前ほんと遠慮ないね。もう両手でモミモミかよ。

野々村は歯を食い縛り、きつく両目を閉じて耐えている。

俺は改めてその顔を覗き込んだ。

「つつか羽田ってさ、女房持ちじゃん。ってこたァ君ら、思いっきし不倫じゃん。そうだよねェ？」

むろん、頷いたりはしない。困ったように眉をひそめて、目をつぶっている。あれ、それとも早々と感じちゃってるんですか。

「もう、あれだよね。あんま、むつかしいこといわなくたっていいよね。でしょ？　野々村さん」

俺はパンツの脇から中指を突っ込んだ。硬い陰毛はすでに濡れていた。

「……へえ。案外、気が早いのね」

中で「の」の字を書くと、野々村は腰をビクビク震わせた。

背後の猿は、ほとんど盛りのついた犬だった。野々村の尻に自分の股間を押しつけて、盛んにハァハァいってやがる。

俺は中指をぐるぐる回しながら、野々村の耳元で囁《ささや》いた。

「でもさ、なんの選択の自由もないんじゃ可哀想《かわいそう》だから、一つだけ、選ばせてあげるね。よーく、考えて決めてね」

野々村はようやく目を開き、俺を見上げた。

「……なに？」

またまた可愛い声だった。目は涙でいっぱいだ。

「ああ。俺と香山、どっちと先にする？」

もう、そのときの野々村の落胆ぶりたるやなかった。あれかね、裁判で「死刑をいい渡す」とかいわれた人も、こんな顔しちゃうんじゃないかね。

別に、俺は答えを急《せ》かすつもりじゃなかったけど、暇だから、中でくるくる「の」を書き続けた。猿はもう、ごっくんごっくん唾を飲みまくっていた。

やがて野々村は、唇を震わせて呟いた。

「……菅井くん……」

直後、「ザッケんなよッ」と怒鳴った猿は、勢いで野々村の後頭部をペチンと叩いた。

おい、そりゃねえだろ。いくらなんでもよ。

あとは順番こに二回ずつ。床が固くて膝が痛かったけど、ま、それくらいはしょうがねえな。成り行きってやつだ。次からもうちょっと、マシなシチュエーションを考えるようにするさ。

計算外だったのは、途中で羽田が体育館を覗きにきやがったことだ。ちょうど、猿が二回目にチャレンジしてたときだ。俺はといえば、猿にぶっ込まれてユッサユッサなってる野々村を見るのは胸糞悪かったんで、なんとなく離れたとこで出入り口を見てた。

そしたら、あの重たい扉が開いた。隙間から、ワイシャツにノーネクタイの上半身が覗いた。中をきょろきょろ見回している。何しろとっさのことだったんで、俺も身動きがとれなかった。

でも、それでよかったんだろう。羽田は暗がりにいた俺の姿にも、むろん舞台袖にいた野々村にも気づかず、その場を去っていった。

俺はほっとすると同時に、大声で笑いたくなった。

羽田よ。オメェの可愛い小猫ちゃんならよ、今まさにそこで猿に二つ折りにされて、大股広げて涎《よだれ》垂らしてるぜ。大好きな、あんたとの関係を明るみに出さないために、それを俺たちに黙っていてほしいがために、易々《やすやす》とその体を明け渡したぜ。

羽田よ。テメェ、教師だよな。音楽とはいえ、生徒たちに生きる道を示す立場の大人だよな。それがよ、テメェじゃ守りきれねぇ秘密を女子生徒におっつけて、その結果どうなった。何が起こった。ザマァねえぜ。あの清く正しい涼子ちゃんはよ、じゃあ菅井くんから入れてくださいって、パンツ脱いで寝っ転がるメス猫に成り下がったぜ。

羽田よ。俺たちはこれから、何をしたらいいんだろうな。この事態を、どう収拾させたらいいんだろうな。この持って行き場のない苛立ちをよ、どこに向けたらいいんだろうな。

羽田よ。いっとくがよ、野々村を先に穢したのはお前だぜ。不倫なんて安っぽいカタにはめ込んだのはテメェの方だ。俺たちはそのおこぼれに与っただけ。つつましく体育館の端っこでよ、礼儀正しく順番こにズボンを下ろして中出しだよ。

って、猿。オメェもいつまでもユサユサやってんなよ。いい加減終われよ。気持ちワリーんだテメェのセックスなんざよ。

ちくしょう。マジむかつくぜ。いろんな意味でよ。

5

一週間くらいしてからだ。

「野々村くん」

偶然なのか、それともあたしを捜していたのか、とにかく一階の廊下で羽田先生に呼び止められた。

「あ、どうも……この前は」

「ちょっと、今いいか」

昼休みは始まったばかり。まだお弁当も食べてなかったけど、でも今のあたしにはこっちの方が数倍大事。なんだったら一食くらい抜いたっていい。羽田先生の、妙に硬い表情も気になった。

「はい。大丈夫です」

「じゃあ、うん……こっちで」

そのまま二人で音楽室に入った。ちょうど授業が終わったとこだったんだろう。生徒は一人もいなかったけど、まだムッとするような湿気が生々しく残っていた。

「これ、例の……」

先生は内ポケットから、小さめの封筒を出してあたしに向けた。

「例のって……」

湧き出した生唾を飲み込む。

「奴の、写真……ですか」

先生は真剣な目で頷いた。

「三年時のは残ってなかったんだが、二年生のときのが何枚か残ってた」

あたしはそれを裏返して、封のされていない三角の返しをめくった。指の動きが、やけにぎこちないのが自分でも分かる。いま縁《ふち》から覗いているのは、写真の白い裏面だ。

中身を抜き出す。息を細く吐き出し、覚悟を決めて表に返す。

それは、体育祭であろう日の、クラス対抗リレーか何かの一場面だった。ただ、写ってるランナーは七人もいる。

「……ってか、すみません、どれですか」

「ああ。この、二番手。これが菅井だ」

白のバトンを持って走ってる、ちょっと髪の長い、痩せ型の男子。

「これが、菅井……」

先生が頷く。

まあ、予想通り、ちょっと品がないというか、性格悪そうっていうか、はっきりいってあたしには、いわゆるワルに見えた。若干ホスト入ってる感じっていうか。

写真は一枚だけじゃなかった。めくって次を見る。今度は授業風景だ。

「……これ、ですか」

「そう。ここに、お姉さんも写ってる」

ほんとだ。菅井の三つ斜め後ろに、お姉ちゃんがいる。

「二年のときも同じクラスだったんですか」

「そのようだね。私も知らなかったんだが」

疑惑が、ぎしぎしと音を立てて膨張する――。

最後の一枚は文化祭だ。模擬店で焼きソバを作ってる。頭にバンダナを巻いて、エプロンして。こうしてると、そんなにワルには見えない。それもなんだか腹立たしい。

「……顔は、大体分かりました」

最初の一枚を上にして、もう一度よく見る。歯を食い縛って走ってるこの顔が、一番憎たらしい。

「菅井は今、川口市内のバイクショップで働いているらしい」

「川口？　埼玉の？」

「そう。川口は菅井の地元だ。私も、あまりあからさまには訊けないんで、それとなく、井上先生から聞いただけなんだが、在学中にいた住所にはもう住んでいないんだそうだ。鑑別所を出てから、引っ越したらしい」

埼玉県、川口市か。同じ埼玉ではあるけれど、事故現場となった朝霞市とはちょっと離れてる。それってやっぱり、どう考えてもおかしい。あれは、やっぱり事故じゃなかったんだ。その思いは、もはや確信に近くなった。

とにかく、写真が手に入ったのは大きな収穫だった。それと、川口市内のバイクショップっていうのも。

「ありがとうございました。参考にします」

あたしが写真を封筒に戻し、帰ろうとすると、先生は「あちょっと」と慌てたようにいった。

「……はい、何か」

「君、その写真を、どうするつもり」

まあ、いまさら「別に」といったところで誤魔化せはしないだろう。

「これ持って、川口市内のバイクショップを虱潰《しらみつぶ》しに当たります」

「当たって、それでもし菅井が見つかったら、どうする」

「それは」

どうする、かな。

「……分かりません」

「分からないはずないだろう」

本当に、分からなかったけれど、でも、考えた。自分が菅井を見つけたら、何をするのか。

「……しばらく、見守ると思います」

「働き振りをか」

「うん……そう。真面目にやってるのか、とか、ちゃんと更生したのか、とか」

「そんなこと、表から見るだけじゃ分からないだろう」

「じゃあ、どうしろっていうんですか」

向こうの階段を下りてきた生徒が、ちょっと驚いた顔でこっちを見た。またいつのまにか、声が大きくなっていたようだ。

先生が、眉間に縦じわを寄せる。

「とりあえず、君一人でいくのはよしなさい。私もできるだけ時間を作るから、一緒にいこう」

「はあ……」

それは、なんかちょっと、めんど臭い気がした。

確かに、協力してくれっていったのはあたしの方なんだけど、でも、一から十まで足並み揃えなきゃいけないんだとしたら、それは正直ウザい。でも先生が情報をくれて、それを頼りにあたしが行動して、それでもしあたしが暴走しちゃったら、そりゃ先生にとっちゃマズいだろう。そもそも、復讐しないことが条件なんだし。

どうしようか。困ったな。

まあ、そう。今日のところは、大人しく従っておくか。

「……分かりました。一人ではいきません。ちなみに、先生はいつならいけますか」

先生は「ああ」といって頷いて、準備室にいこうとして、でも途中でやめてポケットを

探って、でもやっぱなんも持ってなかったみたいで、

「ちょっと待ってて」

準備室で何か確かめて戻ってきた。

「……あさっての放課後ならいかれる。それまでに、君はバイクショップをリストアップしておいてくれよ」

あたしは頷いて、続けてお辞儀をして音楽室から出た。

つまり、今日明日は一人で行動できるってわけだ。


放課後、写真部に顔を出して、空いてるパソコン使って、インターネットで川口市内のバイクショップを検索してみた。

ざっと七十軒。いきなりヘコんだけど、よく見ると買い取りと修理・販売で同じ名前が重複して載ってたり、引き取り代行とかの業者も入ってたりした。それを差し引いて、残ったのが四十三軒。それでもけっこうな数だけど、まあ、地道にやってくしかないだろう。

住所が載ってる書式のページをプリントアウトして、

「すみません、お先に失礼しまぁす……」

そそくさと電算室を出る。次に目指すのは、書店だ。

赤羽駅前の書店で川口市の地図を買った。本のじゃなくて、広げられる大きいのにした。その方が安いし、書き込みしやすい。

そのまま駅に向かって京浜東北線に乗った。ひと駅だから、五分とかからなかった。で、地図を広げてみて、プリントアウトしたリストと見比べて、一番近いところから当たっていく。最初は「サイトウオート」。

しかし、あたしは今まで、地図を見てどこかを訪ねるってことをあまりしたことなかったんで、けっこう手間取った。

まず、東西南北がすぐに分からなくなる。自分が今どっちに進んでいるのか、角を曲がるたびに見失ってしまう。少し慣れてきて、曲がったらその向きに地図を持ち替えればいいんだって思いついた。ちょうど方位磁石を自力で動かす感じ。と、そう考えて初めて気づいた。さっき百円ショップがあったんだから、あそこで方位磁石を買えばよかったんだ。

次に見つけたら絶対買おう。

三十分くらいかかって辿り着いたサイトウオートは、たぶん、菅井が勤めてるのとは違う店だった。

なぜって――。

白髪のおじいさんが一人だけいて、おそば屋さんが出前に使うみたいな青白のバイクが一台だけあって、どうもその修理も終わってるみたいで、おじいさんはその近くでちっちゃな木の椅子に座って、暇そうにタバコを吸ってるだけなのだ。

あたしは直感した。ここに菅井はいない。っていうか、この店に誰かを雇う余裕は、どう見てもなさそうだ。でもまあ、一応訊いておくか。

「すみません。このお店は、おじさんが一人でやってるんですか？」

近寄ると酒臭いし。

「んあ、ああ……そっだけど、なんか」

上の前歯、一本ないし。そこにタバコはさまってるし。

「アルバイトとか、若い人は？」

「いやぁ、そんなんは……なに、お嬢ちゃん、バイトしたいの」

「いえ、そういうわけじゃ」

そんなわけないでしょう。

「どうも……失礼しました」

まあ、最初はこんなもんでしょう。

初日は結局、三軒しか回れなかった。でも、最後にいった「オートショップ池上」は、ちょっと臭かった。国道沿いの売り場はそこそこ広くて、店の感じもわりかし綺麗で、どうも奥には作業場もありそうで——。

バイクショップってのが大体どれくらいの大きさで、何人くらいいるものなのかなんて、あたしには分からない。でも、そのオートショップ池上は、たった一人でやるには少し大きい気がした。なんか、菅井みたいな若いのがいてもおかしくない雰囲気だった。

二、三回店の前を通ってみた。店主であろうおじさんは、浅黒い顔にチョビヒゲの、オールバックの、ちょっと見は引退後のボクサーみたいな感じの人だった。その人が、奥と表をいったりきたりしている。確認できたのはその人だけだった。

でも、よく見てるとその人、奥で誰かと話をしてるみたいだった。しかも説明してるっていうか、指示してる感じのノリで。相手は部下か。いや、部下とはいわないのか。なんだろう。下っ端《したっぱ》従業員か。だとしたら、菅井である可能性は決して低くない。

知らん顔して、中に入ってみようか。でも、どう見てもあたしでは、バイク屋に用がある女の子には見えない。何かいい言い訳はないだろうか。などと考えているうちに、辺りはすっかり暗くなってしまった。もうすぐ夜の七時。そろそろ潮時か――。

とりあえず、その時点であたしは帰ることにした。初日からあんま無理しないようにしようとか、遅くなるとお母さんが心配するとか、菅井に直接会ったら羽田先生と決めたルールに反するとか、理由は色々あった。でも、一番の理由は――。

もし本当に菅井に会っちゃったら、って考えたら、急に怖くなった。それが、本当の理由だったんだ。

翌日も、オートショップ池上にはいってみた。でも、都合により臨時休業って貼り紙が出てて、シャッターも閉まってた。思いきって裏にも回って中の様子を探ってみたけど、誰もいない感じだった。

気を取り直して、別のところを三軒回ってみた。でも、どこにも菅井はいなかった。それで夜も七時を過ぎちゃったんで、またあたしは収穫なしで帰ることになった。

京浜東北線で川口から赤羽、埼京線に乗り換えて十条。両方ともひと駅ずつ。こうして見ると、菅井とあたしたちの距離って、そんなに遠くなかったんだってことが分かる。

あたしんちは上十条四丁目。駅からは歩いて十分とかからない。通るのはほとんどずっと大通りだし、人通りもあるから、真夜中じゃなかったらそんなに怖い感じはしない。

でも、ときおり向こうから一つ目のライトが奔ってくるのを見ると、ひやっとする。お姉ちゃんがバイクに撥ねられて死んだっていうのは、あたしの心にも大きな傷となって残っている。自動車よりも、バイクが怖い。わざとじゃなくても、目の前で横転して、車輪からこっちに突っ込んでくるんじゃないかって心配になる。

だから、ついじっと見てしまう。くるなよ、くるなよ、こないでよ、こっちこないでってていってんでしょ。で、通り過ぎると、思わず大きく息をつく。よかった、助かった、みたいな。

そしたらふいに、

「……あの」

向こうから歩いてきた女の人に声をかけられた。長い髪を後ろで留めた、あたしよりちょっと背の高い、ＯＬふうの人だ。

「あ、はい」

道を訊かれるんだと思った。近くにコンビニはありませんか、とか、十条駅は真っ直ぐでいいんですか、とか。でも違った。

「失礼ですけれど、野々村結花さん、じゃありませんか？」

そう訊かれた途端、あたしの彼女に対する印象は変わった。この人、刑事だ。やっぱお姉ちゃんの事件には裏があって、それで、何か調べにあたしのところにきたんだ。これは聞き込みだ。

「ええ……そう、ですけど」

でも、実はそれも違っていた。

彼女はハンドバッグから定期入れ、ではなくて名刺入れを出し、そこから一枚抜いてあたしに差し出した。

「突然ごめんなさい。『週刊ゲンザイ』の、吉沢《よしざわ》と申します」

記者、吉沢潤子《じゅんこ》。「週刊ゲンザイ」っていえば、いわゆる、よくあるタイプのオヤジ週刊誌だ。電車の吊り広告を見る限り、政治家への献金がどうとか、売れっ子女優のスキャンダルとか、猟奇殺人事件の隠された真実とか、そういうのをやってるやつだ。もしかしたらそのイメージ、別の週刊誌とごっちゃになってるのかもしれないけど、でも、大きくはずれてはいないはず。

「……ああ、はい」

そう思って見ると、なんか目つきが鋭いというか、刑事と勘違いしたのも、そんなに遠くなかったなって気がした。美人、といっていい感じだけど、お姉ちゃんとは真逆で、可愛い、柔らかい部分がない顔立ちだった。

「何か」

吉沢さんはこくりと頷いて名刺入れをしまった。

「もう、お分かりとは思うけど、お姉さんの事故のことで、少しお話が聞けたらなと思って、お待ちしてたんです」

「……お待ち？」

彼女は「ああ」と、歩いてきた方を指差した。

「最初、ご自宅の方にお伺いしたんです。もうそろそろお帰りになってるんじゃないかなと思って。それでお母様にご挨拶したんですけれど……でも、ご迷惑になるといけないんで、すぐお暇《いとま》して、近くで待ってたんです。でも、もう暗いから、駅でお待ちした方がいいかなと思って、きてみたら」

「はあ」

お母さん、相当嫌な顔したんだろうな。ご迷惑どころじゃなくて、帰ってくださいッ、くらい、ヒステリックにいったかもしんない。

「……で、あたしに、何か」

「ええ」

彼女は今度、あたしがきた道の方を指差した。

「そこのファミレスで、ちょっと……どうかしら。十分でもいいから」

あたしは、黙って頷いた。


店はそんなに混んでなくて、すぐ禁煙席に案内してもらえた。吉沢さんはホットコーヒー、あたしはちょっとお腹空いてたんで、オニオンスープを頼んだ。奢《おご》ってくれるとは思ったけど、最悪自分でも払えるものにしといた方が無難だと考えた。

「お姉さまは、お気の毒でした……」

彼女は、システム手帳に手を置いて、軽く頭を下げた。

「結花さん、ってお呼びして、いいかしら」

馴れ馴れしい気もしたけど、仕方ない。野々村って登場人物は、あたしだけではないのだから。

「ええ……はい」

「結花さんは、お姉さまの、涼子さんを撥ねた犯人の名前は、ご存じ？」

　早速、といった感じで手帳を開く。

「一応、知ってます。菅井清彦……ですよね」

　ゆっくりと瞬きするように頷く。同年代か、それ以上の人なら、色っぽいと思うのかもしれない。今みたいな仕草。

「ええ。その、菅井清彦……実は、単に涼子さんを轢《ひ》き殺《ころ》しただけじゃないんじゃないかって話が、このところ出てきてるんです」

　ぞわっ、と首の辺りの産毛《うぶげ》が逆立った。

　意外、って感じの顔で「本当ですか」と訊く方がいいのか、やっぱりって顔した方がいいのか。迷ってるうちに彼女は続けた。

「……そもそもこの事故には、不明な点が多かったの。二人は東京都北区の高校に通っていながら、なぜ埼玉県の朝霞で事故が起こったのか。犯人の菅井の居住地でもない、涼子さんの家の近くでもない朝霞で、なぜ二人は衝突しなければならなかったのか」

　今までモヤモヤしていた疑問が、急にはっきりとした輪郭を帯びて、あたしの前に姿を現わした。

思わず、大きく頷く。

「それ、あたしもすごい疑問だったんです。でも、どうして事故って結論になっちゃったんでしょうか」

吉沢さんは、困ったように眉をひそめた。綺麗に整えた、大人の眉だ。

「それは、朝霞警察署の初動捜査ミスともいえるし、直後に雨が降って、証拠の多くが洗い流されてしまった不運も、あると思います。事故を通報したのは菅井清彦本人。即座に朝霞署が事故現場を検証した結果、菅井清彦の証言と大きく食い違う部分は、特に浮かんでこなかった……もちろん、菅井清彦はその場で逮捕。当時彼が十七歳であったため、以後の捜査はほんの形だけのものに留まり、家庭裁判所に送致されてしまった。朝霞署の交通係は、目撃証言すらろくに当たらなかったらしいんです」

ぺろりと、細い指先が手帳のページをめくる。

「ところが、菅井の自宅、涼子さんの自宅、二人の学校の住所と、事故現場がまったく関係ない場所であることに違和感を覚えたある記者が……って、これは私の知り合いで、他社の記者なんですけど、彼が少し聞き込みをしてみると、意外な事実が浮かんできた」

あたしは、ごくりと唾を飲み込んだ。

いつのまに運ばれてきたのか、あたしの目の前には、ちょっと大きめのカップに入ったオニオンスープがある。ゆるゆると、怪しい湯気を立ち昇らせている。

「意外な、事実……？」

吉沢さんは、ブラックのままコーヒーをひと口飲み、カップについた口紅をつまむようにして拭《ぬぐ》った。

「……菅井と涼子さんは、事故前に、二人乗りでツーリングをしていた可能性が出てきた。そう判断できる目撃証言が、いくつか浮かんできたの。つまり、菅井と涼子さんは、偶然朝霞でバッティングしたのではなく、二人は一緒にどこかに出かけて、朝霞のあの事故現場で、涼子さんがバイクを降りたときに、菅井が撥ね飛ばした……と、考えられるわけです」

上半身にあった温かいものは、すべて重力に従い、下へと流れ落ちていった。

菅井は、お姉ちゃんを連れ出して、朝霞で、殺した。

お姉ちゃんはバイクに乗せられて、朝霞まで連れていかれて、そこで、轢き殺された。

菅井は、わざとやったんだ。菅井はお姉ちゃんを、わざと殺したんだ。わざわざ連れ出して、朝霞という知り合いの誰もいない場所で、殺した——。

そこまで思い至っても、まだある程度、あたしは冷静だった。

そう。ここまではまだ、想定の範囲内だ。真実は、このもっと先にある。もっとずっと向こうにある。菅井清彦という、人でなしの頭の中にあるんだ。

「吉沢さん」

あたしの視線を、真正面から受け止めてくれたこの人は、頼りになる二人目の大人だと思った。

「菅井の勤め先とか、住所とか、知ってますか」

彼女は、しっかりと頷いた。

「……『オートショップ池上』という、川口駅の近くにあるバイクショップで働いているわ。住まいはそこからだいぶ歩くけど、でも同じ市内の青木って町よ」

興奮。戦慄。もしかしたら殺意さえ、あたしの中には芽生えていたのかもしれない。

あの、元ボクサーふうの男が話していた相手は、やはり菅井だったんだ。お姉ちゃんを殺した男は、やはり、あの店の奥にいたのだ。

なるほど。よーく分かった。

第三章　狂う心

1

あれ以後、涼子とは完全に連絡がとれなくなった。

携帯電話は、いつかけてもお話し中になってしまう。かといって学校内で声をかけ、個人的な会話を交わすのは難しい。

もう、私と涼子を繋ぐものは、何もなくなってしまったのだろうか。あの蜜月は、どこにいってしまったというのか――。

すぐに一学期末の試験が始まり、学校内は普段とは違う緊張感に充ちていった。筆記試験を行わない選択芸術科目の教師も試験監督を担当するため、やはり普段よりは忙しくなる。私にとっては、涼子のことを考えないでいられる、都合のいい期間でもあった。

ただ、担当の割り当て表を見るときだけは、さすがに緊張した。三年C組に当たっていたらどうしよう。一時間近くも、教壇から涼子の姿を見ていることになる。そんな責め苦に、果たして自分は耐えられるだろうか。耐えられないとしても耐えなければならないのだが、それが終わったあと、自分はどうなってしまうのだろうか。

しかし、それはただの取り越し苦労だった。私の受け持ち時限に三Cはなかった。近いところでは三Eというのがあったが、三年生担当はその一回きりだった。

あれは、試験の最終日だったか。

私が教員室から出ると、なんの用があったのか、涼子が出入り口に立っていた。見合わせた目に、特別な感情は読み取れなかった。

何か言葉があるかもと期待したが、それもなかった。

会釈をしてすれ違い、涼子は小走りで教員室に入っていく。そのときも、彼女は校服を着ていた。私と会っていた頃は、私服を着ることが多かったのに。

終わったのだ。そう思った。涼子がそのためにわざわざ教員室にきたとは思わないが、校服を着用するのは、私に対するメッセージだと思った。

もう、以前の二人に戻りましょう。

そういう意味なのだと、私は解釈した。

彼女の意思を無視することは、私にはできなかった。曲がりなりにも教職にあり、妻帯者でもある自分が、同じ学校の女子生徒と関係を持ったのだ。道義的な意味でも、また社会的な面でも、非は完全に私の側にあった。

実際、手を出したのは私の方なのだ。彼女はそれを拒まず、受け入れただけなのだ。そんな彼女が、もう終わりですと、その心から私を締め出そうとするなら、それに抗《あらが》う資格は、私にはない。

正直、涼子の姿を、生徒の集団の中に捜し続ける日々は楽ではなかった。見つけてしまえば、目が合うことを期待する。だが合わせられずに離れてしまうと、逆に不思議と安堵した。あからさまに無視され、拒絶されるよりは、いくらかマシだった。

夏休みほど、つらい日々はない。

何かしらの当番に当たって出勤しなければならない日はむろんあるが、それ以外は退屈で退屈で、本当に自分はこのまま死んでしまうのではないかとすら思う。

妻のいないマンションで寝起きする、ただそれだけの日々。音楽家として追い求める何かがあるわけでもない、教育者として何かしらの志があるわけでもない私に、日常業務のない夏休みは、退屈という以外にどうにも表現のしようのない時間だった。

そんな日々の中、かろうじて私の精神の均衡を保つ役割を担ってくれたのが、ジム通いだった。特にプール。音のない水中で、何も考えずにひたすら水を掻き、蹴る。平泳ぎしかできないが、それで充分だった。私にとっては、体力を消耗することだけが目的だったのだから。

適度な疲労は、無条件に睡眠を約束してくれる。マンションに帰りつき、何もせずベッドに倒れ込む。その瞬間が、ことのほか心地好い。私は気力が続く限り、ジム通いを続けた。

電話があったのは、ちょうどそのジムにいこうと支度をしているときだった。携帯の小窓には、非通知と表示されている。予感がなかったといえば嘘になる。だがすでに、そんな予感を捻じ伏せる術《すべ》も私は身につけつつあった。彼女であるはずがない。そう思ってボタンを押した。

「もしもし」

聞こえたのは、息を呑《の》む小さな音だった。しかしそれだけで、私には充分だった。

「……君か」

自分の声が、涼子と会話するときのそれになっているのを自身で意識した。大人の男であろうとする声。それでいて、自らの狡《ずる》さに目を向けまいとする卑しい男の声。

『先生……』

懐かしい響きだった。高く、少しかすれていて、語尾に甘えるようなニュアンスを含む、涼子の声――。

ただ、やはり明るさはなかった。そんな短いひと言にさえ、困惑や苦悩の響きは含まれていた。

「ああ……」

何をいうべきか。どう言葉を継ぐべきか。どのような態度が彼女を最も傷つけず、かつ会話を紡ぐことができるか。そんなことばかりを、私は考えていた。

「……元気か」

ようやく出たひと言に、私はひどく落胆した。下らない、つまらない男であることを、自ら露呈してしまった。しかし一方では、いまさら恰好をつける必要などないのだと、半ば捨て鉢に自らを慰めてもいた。恰好悪く思ってもらった方がいい。その思いつきに、都合よく同調しようとする自分がいた。

『先生は、いま、どこにいますか……?』

窓の外に目をやる。白昼の、ハレーションを起こした麻布の街並みを睨みつける。

「家だよ。マンションにいる」

『そうですか……今日、先生は……忙しいですか』

会えるのか。そう期待する、胸躍る刹那《せつな》だった。だが、返事には窮した。暇だよ、だから会おう、はデリカシーがなさすぎる。しかしどう考えても、彼女と会うためには、今日という日が暇である必要があった。

「いや、忙しくはない……うん」

結局は、そんな返事に落ち着いた。

『じゃあ、少しだけお話、できますか』

声のニュアンスに反する、甘さのない言い方だった。別れ話。いや、もうとっくに終わってはいるのだろうけれど、はっきりとけじめをつけたい。そういうことなのだろう。

「ああ、かまわないよ。どこに、いけばいい」

『あの……私が、マンションにいったら、駄目ですか』

息詰まる感があった。誤ってプールの水を飲んでしまった瞬間に似ていた。

「……いいよ。君が、ここでいいのなら」

『奥様は……？』

「今はドイツにいる。秋まで帰ってこない」

フッ、と笑ったような気配があったが、直後の「じゃあ、これからいきます」の声には、まったくそんな明るさはなかった。

一時間ほどしてチャイムが鳴った。

ドア口に立つ涼子は、黒のノースリーブシャツに白いデニムのタイトスカートという出で立ちだった。夏休み。私服であることに特別な意味はないはずだ。

「どうぞ、入って」

久し振りとか、ご無沙汰という挨拶はなしだった。

「お邪魔します……」

頭を下げながら入り口をくぐる。白い、あまり踵《かかと》の高くないサンダルが、いかにも涼子らしかった。

リビングに通し、ソファを勧める。私が飲み物を用意する間、彼女はずっと窓の外を眺めていた。

夏の西麻布——東京砂漠。

そんな言葉を頭に浮かべてしまう自分は、やはりどうしようもない中年男なのだ。

「……暑かったろう」

涼子は頷き、氷の入ったウーロン茶を一気に飲み干した。もう一杯、すぐに注いでやる。涼子は二杯目も、半分まで飲んだ。

そのときだ。私は初めて、彼女の佇《たたず》まいにある種の違和感を覚えた。外見上の変化はないように見える。だが何か、何かが少しだけ違うように思えた。

やがて涼子は、揃えた膝に手をついて、頭を下げた。

「すみませんでした。連絡……できなくしてしまって」

いい、気にするなといえば、私の気持ちの方が軽かったことになる。だが、まったくだ、怒っていた、というのは大人気ない。結局私にできる返答など、つまらないものに限られていた。

「いや……謝るのは、こっちの方だ」

詫びればこの場を取り繕えるとでも思っているのか。そんな乾いた自問自答が、沈黙の裏側を行き来する。

かつて「謝らないで」と怒ってみせた涼子は、黙ってかぶりを振るだけだった。もうそういう段階ではないのだと、改めて冷えた関係の、すれ違う虚《むな》しさを味わった。

少し間を置いて、涼子は呟いた。

「……後悔、してますか」

意外なひと言だった。

「そんなこと、あるはずがないだろう」

怒り。そんなニュアンスすら、私の言葉にはこもっていたはずだ。

涼子は、力なく微笑んだ。

「よかった……」

それは、どうも彼女の口癖であるようだった。

私が、またピアノを弾きにおいでといったときも、妹に関する内緒話を他言しないと約束したときも、涼子は「よかった」といって微笑んだ。自身より他者を思う彼女には、似合いすぎる言葉だ。

残りのウーロン茶を飲み干し、涼子は話を継いだ。

「……私も、先生といて、楽しかった。妹のこと、初めて聞いてもらえたし、ピアノも、久し振りに弾かせてもらったし……」

それが、私と付き合った理由なのか。

だったら、この別れの理由はなんだ。

だが、問う前に、答えは出ていた。

だったらお前は、いつまでこの少女と続けたかったのかと、もう一人の自分が訊く。離婚して、この娘と結婚できるのか。この娘の人生を引き受けられるのか。それ以前に、お前なんかとこの娘が一緒になってくれるものか。こんな甲斐性なしの音楽教師と、一緒になんて――。

ようやく私が捻《ひね》り出《だ》したのは、またもや下らない質問だった。

「苦しく、なかったか」

いってから、しまったと思った。恋愛において、相手への問いかけは常に自問と同義だ。

「……先生は、苦しかったんですか」

「いや、そういうことじゃない。でも、君を苦しめたんじゃないか、傷つけたんじゃないかと……それはずっと、気になっていた」

それを「後悔」と呼ぶのなら、私は確かに、ずっと後悔していたことになる。

涼子は、ゆっくりとかぶりを振った。

「そんなこと、ないです。……私は、先生と過ごして、先生が、嬉しそうにしてくれたから、私もそれが、嬉しかった。先生が、私のことを大切に思ってくれている、それが分かったから、私も先生のことを、もっと思う……そういう、気持ちのキャッチボールみたいなことができたから、私は、先生といて、幸せだった」

また私は謝りたくて、謝りたくて、仕方なくなった。

そんなに清らかな気持ちじゃなかった。優しくもなかった。もっと薄汚れていた。君が綺麗だったから、若かったから、だから抱いた。そういう部分だって、たくさんあったんだ。君を穢したい、そんなふうにすら思っていたんだ、私は――。

「……でも、やっぱり、駄目なんですね」

思わず目を上げる。涼子は何もない、白い壁紙を見ていた。

「私がどんなに純粋な気持ちでいようとしても、それを認めない人って、いるんです」

胸に、ごつんと、木の杭《くい》を打ち込まれるような衝撃を覚えた。

「……ご両親、か」

涼子は答えなかった。

「ご両親に、知られてしまったのか」

ようやく、小さくかぶりを振る。でもそれは方便だと思った。

彼女のなんらかの異変を両親が、それも十中八九母親が察し、問い詰めたのではないか。あるいは何か私との繋がりを示す証拠を見つけられ、突きつけられ、最終的に彼女がそうと認めてしまったのではないか。

「……君は、嫌かもしれないが、やはりこういう場合は、私が、お詫びに伺うのが」

するも、今度は激しくかぶりを振る。

「しかし、君に責任はないんだ。責められるとしたら私だ」

「違う、そういうんじゃない」

「じゃあ、どういうんだ」

「違う、違う……」

私は、掌に余るくらいの小さな肩を、両手でつかんでいた。

「私にも、責任を果たさせてほしい。もし君が傷ついたというのなら、私も同じ思いをしなければ」

「違う、違うの」

「涼子、君にだけ苦しい思いをさせることは……」

彼女は、私の手を肩から剥がし、目を閉じて、そっと押し戻した。

「……いいんです、何もしてくれなくて」

「しかし」

「いいんです」

頑《かたく》なな声だった。

「その代わり……先生が、私のこと、どう思っていたか……教えてください。ひと言で、いってください」

無理やり浮かべた微笑。

鼻腔に、鋭利な痛みが刺し込んできた。

「そんな……ひと言でなんて」

「じゃあ、少しなら、オーバーしても、いいです」

考える振りをして、私は正面から、遠慮なく、涼子を見つめた。

涼子を表す言葉なら、いくらでも浮かんできた。

「白くて……」

濡れた、大きな瞳を覗き込む。

「綺麗で……」

だが、そう口にしてみて、ようやく気づいた。

さっき感じた違和感。そう、私が惹かれた涼子と、今の涼子は、やはり微妙に違ってい
る。

「可愛くて……優しくて……」

なんだ。見た目は同じなのに、何かが違う。

喩えるなら、そう、剥製《はくせい》――。

髪も、肌も、胸の膨らみも、長い足も、すべてが以前と同じなのに、体温がない。いや、触れれば体温はあるのだろうけれど、それが見た目には感じられない。そんな違和感だ。

もう触れてはならない。そう自らに禁じたから、そんなふうに見えるだけなのか。ならばいい。それならいいのだが、もしそうではない別の原因があるのだとしたら――。

涼子の外見だけを残し、中身を抜き取ってしまった何かがあるとしたら、それはなんだ。

やはり私か。私との関係が、ここまで涼子を苦しめていたのか。

「……先生」

彼女は諭《さと》すようにいい、うつむき加減に頭を下げた。

「じゃあ、お願いがあります。先生は、それを、忘れないでください。白くて、綺麗だった私を、これからもずっと、忘れないでください。絶対に忘れないで……それで、ときどきでいいんで、思い出してください。白くて、綺麗だった私と、抱き合ったことを……と

きどきでいいから、思い出してください」

涼子は、自分が変わってしまったことを、自覚しているのか。

それはつまり、どういうことだ――。

「涼子」

「失礼します」

立ち上がった彼女を捕まえようとしたけれど、触れる前に、私は手を引っ込めていた。

「涼子……」

玄関に遠ざかっていく痩せた背中。むろん追いかけはしたけれど、ついぞ捕まえることはできなかった。

サンダルをつっかけ、ドアを開ける。かつてしたような、室内に向けたお辞儀はなかった。振り返らず、涼子は玄関を出ていく。

白昼夢。

幻。

ドアと枠との隙間がゆっくりとせばまり、やがてラッチの掛かる金属音が鳴ると、彼女が去ったという、妙な現実感が私を責め苛んだ。そのときになってようやく、鈍感な私は気づいたのだ。

今日の涼子には、匂いがしなかった。

これだけの時間近い距離にいて、まったく匂いを感じさせないということは、彼女の場合、ないはずだった。

あの清潔で、嫌味のない、涼子の匂い。

今日の彼女に、あの匂いはなかった。

だがそれが何を意味するのか。

愚かな私には、分からなかったのだ。

2

それからというもの、野々村涼子は俺たちの、いわゆる「性欲便所」になった。場所は俺の部屋。安直かつ、ごく自然な成り行きってやつだ。

上下同時は当たり前。アナル、中出し、朝飯前。俺たちは少ない経験と足りない脳味噌をフル活用して、とにかく野々村を辱めた。穢し、弄び、写真に撮り、それをまた野々村に見せて笑った。

ただ一つ、俺と猿との間には暗黙の了解があった。顔と体は傷つけない。猿は興奮するとそれすらも破ろうとしたが、さすがにそれは俺が止めた。

「グーはなしだ、瞬」

すると猿は、よりによってこの俺を睨みつけやがった。

「……あんだよ、放せよ」

「放したらお前、殴るだろが。見て分かる傷をつけるのはよせっつってんだよ」

「あんだァ、サツがこえーかァ？　アア？」

強姦くらいでいっぱしの悪党気取りか。めでてえ野郎だ。

「そうじゃねえだろ。こいつには親だって妹だっている。サツ呼ぶかどうかは別にして、面倒なことになったらこういうことは続けらんなくなる。長く遊びたかったら……オモチャは、丁寧に扱えっていってんだよ俺は」

ケッ、と吐きながらも、猿は一応、納得したようだった。そもそもこいつには、俺が強気に出ると引く癖がある。俺に対して、根本的な苦手意識があるんだろう。言い負かすのは、さほど難しいことではなかった。

ただまあ、猿が殴りたくなる気持ちも、分からなくはなかった。

俺は最初、女なんていっぺん犯しちまえば、あとは観念して大人しくなるもんだとばかり思ってた。廃人みたいにぼーっとなって、セックス奴隷になるもんだと思ってた。ところが、野々村はそうじゃなかった。

最初こそ羽田の名前を出し、二人の現場写真を見せ、大人しくしてねえとどうなるか分かってんだろうな的な展開で簡単に捻じ伏せられたが、回を重ねるごとに、野々村は激しい抵抗をするようになっていった。

「二人一緒はイヤッ」

特に、猿にやられるのを激しく拒んだ。そりゃ猿的には、殴りたくもなるってもんだろう。

「大人しくしろって」

「イヤャ、一緒にはイヤッ」

「じゃ一人ならいいのかよ」

猿に組み伏せられ、野々村は黙った。むろん、一人ずつならいいですよ、などというはずもない。

俺には、その野々村の魂胆が分かっていた。野々村は俺を贔屓《ひいき》し、猿と差をつけることによって、俺たちを仲違《なかたが》いさせるつもりだったのだ。俺は危うく、それに乗りそうになった。猿を排除して、自分だけ野々村と上手くやりたいという気持ちに傾きつつあった。

だが、すんでのところで思い留まった。女の思い通りなんかにならねえぞ、という、つまらない意地の勝利だ。

「チッ……じゃキヨ、今日は俺先にやらしてよ。いいっしょ」

俺は余裕で頷いてみせた。

「ああ……」

「よっしゃ……ま、そういうことで、OK？　涼子ちゃん。はい、じゃあ、大人しくしましょうねぇ」

野々村は悔しそうに目を閉じ、歯を食い縛り、膝を開いた。

本音をいうと俺は、猿と野々村がやるのを間近で見るのは反吐《へど》が出るほど嫌だった。だが、見続けた。野々村がどんな顔で犯されるのか、じっと見つめていた。そういうことに、平気になってしまいたかった。そういう種類の強さを身につけたいと思っていた。

そもそも、羽田にまたがって感じてる野々村を見た瞬間に、俺の中で、何度目かの崩壊は起こっていた。ああ、こいつもか、という落胆があった。同時に、これは実に認めがたいことだが、羽田に対する嫉妬《しっと》もあった。

そんな中年オヤジにやらせるくらいだったら、俺にもやらせろよ。そんな単純な肉欲の論理が成立していた。そして俺たちは、行動に出た。

だが野々村は、俺たちとのときは、決して羽田とのときみたいな顔はしなかった。

我慢、我慢、我慢。忍耐、忍耐、忍耐——。

どんなに長時間ローターで責められても、野々村は感じた顔をしなかったし、よがり声もあげなかった。特に猿にやられてるときは、しらっとしてるというか、感じるどころじゃない、ただ呆《あき》れるような無表情で通した。

俺たちは、そんな野々村の理性をぶち壊すのに躍起になった。

なんでこんなことされてんのによ、こんなに穢されてんのによ、お前は平気でいられるんだよ。

疑問は怒りになり、責めは激しさを増していった。

壊れちまえ、壊れちまえ、壊れちまえ。お前も。

壊れちまえ、壊れちまえ、壊れちまえ。全部。

そう、俺はたぶん、心のどこかで野々村を思っていた。それが中年オヤジにやられて喜んでた。それを見てしまった。黒い嫉妬は暴力に直結した。二人がかりで野々村を犯した。腐っちまえ、とろけちまえ、俺たちの汚物にまみれて、テメェもヘドロになっちまえ。

ところが、そうはならなかった。野々村の中にある何かが、俺たちの汚物を弾き返した。俺たちの体液は、油膜に載った絵の具みたいに、丸くなって縮こまった。

フザケんな、フザケんな、フザケんな。

俺は好きだった女が、目の前で猿に犯される光景に興奮しようと目を見開いた。そんな自分に黒い満足感を得ようとした。いいじゃねえか、これで。やれ、もっとやれ、猿。そのあとで、どろどろになった股座に、また俺が突っ込む。激しく嫌がる野々村。いいぜ。ほら、拒んでみせろよ。泣いて喚いて嫌だって叫べよ。こっちはとっくに狂ってんだ。お前もこっちの価値観に屈服しろや。

——よして、キヨちゃんッ。

うるせぇ針金。

——よさないか、清彦。

黙れ、すっこんでろソロバン。

俺は頭を振り、幻聴を追い払った。

アアーッ、チクショウ。

野々村、テメェなにしれっとしてんだよ。オメェの人生なんざ、とっくにぶっ壊れちまってんだよ。もう終わりなんだよ。こんだけのことされといて、ほとぼりが冷めたら知らん振りしてどっかの誰かと結婚できんだろとか思うなよコラ。

終いにゃブチ殺すぞオラッ。


猿は、何か用事を思い出したとかいって帰っていった。風呂に入る時間はないらしく、台所でそこだけ洗って、慌てて出ていった。

野々村はしばらくすると、衣服を掻き集めて風呂場に向かった。ガスを点けた音はしなかったから、たぶん水で体を洗ったんだと思う。

出てきたときにはもう、服を着ていた。帰るのかと思ったが、野々村は再びベッドの横に腰を下ろした。俺たちの、体液の染み込んだベッドの真横に。

「……菅井くん」

そこにいる野々村は、まるで今までのことが嘘のように、前と変わらない野々村だった。変わったように見せない芝居を必死でしているんだろうが、それがある程度成功していることに、俺はまた腹立たしさを覚えた。

「なんだよ」

「こっち見て」

「アア?」

俺はチラッと見て、呆れたような顔を作り、すぐ手元に視線を戻した。マルボロメンソールが、半分まで灰になっている。

「どうして、私を見てくれないの」

「見ただろ今」

猿にやられてるお前を、俺は嫌ってほど見てきたよ。

「違う。菅井くんは私を見てない。少なくとも、前みたいには」

カチンときた。睨みつけた。でも、長くは続かなかった。

本当だった。俺は野々村を、ちゃんと見られなくなっていた。

「……こんなことというの、ヤラしいと思うけど、私、菅井くんが私のこと見てるの、気づいてたんだ」

焦った。

見えない手が、腹の中に入ってくる。そこを漁《あさ》って、隠してあったものを、穿《ほじ》り出《だ》そうとする。

「私のこと、好きなのかもって、思ってた。違う？　私、けっこう嬉しかったんだけど」

「ザッケんな」

俺は火のついたタバコを投げつけようかと思ったが、やめた。自分の部屋の畳にわざわざ焦げを作ることはない。

「だったら……なんで羽田なんだよ」

「やっぱり、嫉妬してたんだ」

ぼこんと、腹に溜まったヘドロが沸騰し、次々とそのアブクが割れた。

「っつか、それ以前に不倫だろうがよ」

「それは、そうだけど……でも私、羽田先生が好きだったし、羽田先生も私のことを好きになってくれた。それって、ごく普通のことだと思う」

割れたアブクから、ひどい悪臭が立ち昇ってくる。

「女房持ちのセンコーに股開く女子生徒の、どこが普通だよ」

「相手を思いやって、その相手に思われることを喜ぶのは、ごく普通のことでしょう。どうして菅井くんは、それを否定しようとするの」

なにいってんだ、この女——。

「ヨゴレが真っ当なことといってんじゃねえよ」

途端、まっすぐな鼻筋に、くしゃっと、何重にもしわが寄った。でも、そんな泣きそうな顔を見せたのはほんの一瞬で、すぐに唇を固く結び、野々村は挑発的な視線で俺を見据えた。

「そりゃ、ショックだったよ……あのあと、一週間、寝込んだ。体温計こすって四十度の熱作って、誰にも気づかれないように引きこもってた……もう、頭の中も、お腹の中も、グチャグチャに腐って、全部、私の中身、全部腐って……トイレにいったら、ザーって流れて出ちゃいそうで……ほんと、臭いの。自分で、自分が……臭くて臭くて、トイレにいくと吐いちゃって、家族がいないとき、二時間も、便器にしがみついたりしてた。今だって、嫌だよ……二人順番になんて、ひどい……」

笑ってやった。思いきり嫌らしく。

「じゃ訊くけどよ、お前のやったことはひどくねえのかよ」

猿と違って野々村は、俺が睨んでも目を逸らさなかった。あまりにも真っ直ぐな視線に胸糞が悪くなり、結局は、俺の方から目を逸らした。

「先生との、不倫のこと？」

「それ以外になんかあんのかよ。他にもなんかやってんのかよ」

糸屑か、野々村は校服のスカートについていた白いものをつまみ取った。

「……先生と、私のことは……うん、悪いと思ってる。先生の奥さんが知ったら、すごい怒るだろうし、傷つけることにもなると思う。でもそれでも、私と先生には、繋がる意味があったと思う……」

俺はもう一本、タバコに火を点けた。

「私は、誰にもいったことのなかった……愚痴《ぐち》みたいなこと、先生にいえて、楽になれたし、先生は先生で、寂しい気持ちを抱えてた……私はそれを、少しは癒してあげられたんじゃないかって、思ってる」

そりゃ、お前みたいな女子高生とやれるとなりゃ、たいがいの男はヨダレ垂らして喜ぶだろうよ。

「……お互いの、ヘコんじゃったところ、埋め合うっていうか……なんかそういう、思いやることで、救われるってこと、あると思う。不倫は悪いことだけど、でも別の面では私たち、係わりを持つ意味が、確かにあったと思うの」

偽善者。その言葉を、俺は煙に混ぜて吐き出した。

だが野々村は、「違う」と短く首を振った。

「偽善とか、そういうんじゃない」

「だとしても、不倫なんぞにそんな大層な意味はねーよ」

「じゃあ、菅井くんたちのしてることに、意味なんてあるの？」

何を偉そうに。

「あるある。少なくとも俺たちの性欲は、お前の体で上手いこと処理できてるよ」

白い頬が、悔しげに歪む。だが、それ以上は崩さない。俺はその、ギリギリのところで踏ん張る強さに、ある種の憎悪すら覚えた。

「……うそ。傷ついてるくせに」

「ハァ？　誰が。俺が？　それとも瞬が？」

「二人とも」

「なんで。俺たち、全然傷ついてなんてねーよ。穢れて傷つくのは、お前一人で充分だっつーの」

それでも首を横に振る。

「だったら、なんでそんなにイラついてるの？　本当は、菅井くんだってこんなことしたくなかったんじゃないの？　本当はもっと、普通に私と付き合いたかったんじゃないの？」

「自惚《うぬぼ》れんじゃねえぞ人間便器が」

「じゃあ私じゃなくてもいい。他の誰かでもいい。もっと本当は、普通にデートして、好きだって気持ち確かめ合って、それで一対一で、こういうふうになりたかったんじゃないの？」

「んなダリーことやってらんねっつの」

また首を振る。全否定だ。

「私、知ってるもの。菅井くん、私と香山くんのことといつも、ものすごい目で睨んでるじゃない。本当は、香山くんが私とするの、嫌なんでしょ？」

俺は答えなかった。

「そういう普通の気持ち、ちゃんとあるのに、どうして自分で認めないの？」

答えない。答えない答えない答えない。

「そりゃ、ご両親が自殺して、一人で生きてきて、大変だっていうのは分かる」

思わず睨むと、野々村は珍しく、ばつが悪そうに目を逸らした。

「……あ、簡単に分かるとか、いっちゃいけないんだけど、でも私なりに、菅井くんについては、考えてるの」

そうさ。ちょうどその、針金ハンガーの掛けてあるところだよ。その鴨居《かもい》で、親父とお袋は首を吊ってた。俺が中三のときだ。学校から帰ってきたら、いきなりだ。さすがに引いたぜ。

首がよ、ぐにょーんって伸びててよ、下半身にだけ夕陽が当たってた。真下の畳は、糞だの小便だのでぐちゃぐちゃよ。警察だのなんだのが帰ってから、それ掃除したの、俺だぜ。堪んなかったぜ実際。まあ、幸い自殺でも保険金は下りたから、今までは食い繋いでこれたけどよ。

「不安、だったんだよね……寂しかったろうし、不安で、自分はこの先、どうなっちゃうんだろうって、不安で不安で、ごちゃごちゃになっちゃったんだよね」

もともと親父は貧乏公務員。お袋は病気がちの薬食い。医療費かかってしょうがなかった。ジリ貧で、いつかどうにかなっちまうんじゃねーかって思ってたら、マジでどうにかなっちまいやがった。

二人仲良く、横に並んで首吊り自殺さ。

笑ったぜ。俺にどうしろってんだよ。一千万足らずの金だけ残してよ、こんなオンボロアパートでたった一人よ、どうやって中坊の俺に生きてけってんだよ。

「……なんだそりゃ」

俺は大きく吸って、灰皿に潰した。また、すぐ次のを銜える。

「よしなよ、タバコなんて」

「るせーな」

「不味《まず》そうだよ」

「ほっとけ」

「本当は、吸いたくて吸ってるんじゃないんでしょ？　悪いことだから、悪いって分かってるから、やってるだけなんでしょ？」

だから、なんなんだよそれは——。

「……寂しいから、不安だから、そういうことしちゃうんだよね。みんなと同じに、ちゃんとやってけるかどうか不安だから、とりあえず悪いことを先に、試しにやってみちゃうんだよね。悪いことしてみて、平気だったら、もうちょっとやってみる……そうやってビクビクしながら、悪い方に悪い方に、手探りで進んでって……最後には、自分は悪い人間なんだ、ちゃんとは生きていけないんだって、諦めちゃいたいんでしょ。……諦めちゃった方が、簡単だもんね」

丸テーブルには、一昨日買った缶コーヒーがまだ開いたまま残ってた。ひと口飲んでみる。別に普通だった。

「……さすが、腐っても優等生だね。ずいぶん、分かったようなことといってくれんじゃねーの」

もう一発ぶち込んでやろうか、この肉便器が。

野々村は強く奥歯を嚙み、唇を震わせた。揃えた膝も、ガクガクいってやがる。

「でも、私は、こんなふうになっちゃってても……」

スカートの裾《すそ》を、ぎゅっと握り締める。

「まだ、諦めてないから。……そりゃ、菅井くんや、香山くんとのことは、誰にも知られたくないし、私だって、できれば、なかったことにしたい……でもそれは、たぶんもう、無理だから……自分の中にしまいこんで、ずっと生きてくしか、ないんだけど……でも私は、まだ、ちゃんと生きることを、諦めてないの」

マジで、ぶん殴ってやろうかと思った。そうしたらこいつは黙る。めんど臭えこと、いわなくなる——。

「私には、大切に思える人がたくさんいるし、人を愛する気持ちだって、ちゃんと持ってる。私は、まだ諦めない。私は、あなたたちには……負けない」

分かんねえ。分かんねえよ、オメェ。

こんだけのことされて汚されてよ、なに強気に熱くなってんだよ。


だがある日、俺たちに、ターニングポイントとなる事件が起こった。

シカトされ続けて苛立った猿は、野々村を傷つけることにばかり躍起になっていた。

「テメェ、調子こいてっとウリやらせっぞ」

さすがにこれには野々村も凍りついた。

「いや……」

「もう遅えんだよ。ムカつくんだテメェはよ。いまさらイイ子ぶんじゃねえよ。あんだったらオメェ、親と学校に写真見てもらうか？　あたしは羽田シェンシェーとこんなことができるくらい立派になりました、こっちにはおっぱいモミモミも写ってます、菅井くんと香山くんともズッポズポですってよ」

ウリはねえだろ、と思った俺は、仕方なく割って入った。

「……瞬、お前は何がしたいんだよ。いいじゃねえか別に。お前、特別金に困ってるわけじゃねえだろが」

「あんだァ？　キヨ、今度はオメェがイイ子ちゃんかぁ？」

いつからだろう。どの段階でだったのだろう。猿の中で、ヤバいものが暴走し始めていた。

前は俺が駄目だといえば、とりあえず引っ込んだ。しばらくはへコんでた。でもそのときは、もう違ってた。押さえると別のところが、瞬時にビョコッと出っ張った。

あれはまさに、そうして起こった。

「じゃあよ、今度お前、妹連れてこいよ。二人と一人だからかったりぃことになるんだよ。もう一人いりゃ、揉め事はなくなんだろ」

野々村は、ハッと息を呑んだ。

それは、ほんの一瞬の出来事だった。

テーブルに、たまたま置いてあった鋏《はさみ》をつかんだ野々村は、

「……ア、アァァーッ」

立ち上がり、それを腰に構え、なんの躊躇《ちゅうちょ》もなく猿に体当たりしていった。

本気、だったんだと思う。とっさに俺が横から押し倒したからよかったようなものの、そうでもしなかったら、まるで無防備だった猿は心臓をひと突きされて、くたばってたかもしれない。

俺が、組み伏せた野々村から鋏を取り上げて、それでようやく、猿は状況を呑み込んだようだった。

「あ、あ……あんだテメェーッ」

次に俺は、猿をなだめなきゃならなくなった。隣の住人が、うるせえぞと壁を蹴る。

「……瞬、お前も調子に乗るな。もういいだろう」

「何がだよ。何がもういいんだよ。ザッケんな」

俺は、恐る恐る振り返った。

野々村は、部屋の隅で膝を抱えて震えていた。

目を、見たこともないくらい大きく見開いて、俺たちの足下を見ていた。

狂った。野々村が、ついに狂った。

少なくとも、俺にはそう見えた。

3

本当はもっと、「週刊ゲンザイ」の吉沢さんから話を聞きたかった。でも、何しろ時間がなかった。あんまり遅くなると、お母さんが心配する。時計を見たら、もう八時半を回ってる。それでなくとも、吉沢さんは家を訪ねていっている。遅くなったら、お母さんは普段以上に勘繰《かんぐ》るに決まってる。

あたしは、もう帰らなければならないことを吉沢さんに告げ、でもまた会いたい、会って話が聞きたいと付け加えた。

「また明日とかって、駄目ですか」

吉沢さんは「ちょっと待って」と、閉じていた手帳を再び開いた。

「えっと……夜なら、明日でも大丈夫。結花さん的には、今日よりは少し早い時間の方がいいんでしょう?」

「はい」

「じゃあ……」

大体七時頃と決めて、その夜は別れた。

翌日の放課後まで、あたしはずっと悩んでいた。

吉沢さんのお陰で、菅井の勤め先は特定できた。そしてたぶん、今日もう一度会えば、住まいについても詳しく教えてもらえるはず。

ということは、だ。言い方は悪いけど、もう羽田先生は、ほとんど用なしってことになってしまう。っていうか逆に、これからあたしが動こうってときに、それは駄目これは駄目って、一々いってくる可能性すらある。

むろん、あたしだって何がなんでも菅井に復讐しようって思ってるわけじゃない。羽田先生に駄目出しされると決まったわけでもない。でも、なんかウザい感じはある。学校の先生と探偵するか、週刊誌の記者とするか。そう考えると、明らかに記者と、ってことになる。

ただ、いきなり「もう先生はいいです」ってのは悪いし、怪しまれる可能性が大だ。ついこの前まで、菅井の写真も入手できなくて困ってたあたしがそんなことといったら、羽田先生だって、何かあったと思うに決まってる。

そんなわけで、結局あたしは、夜までは羽田先生と川口のバイクショップ巡りをしにいくことにした。すでに正解だと分かっているオートショップ池上は、わざとリストからはずして。

学校から一緒ってのも怪しいので、四時半に川口駅前で待ち合わせた。校服女子とスーツ中年のコンビはいかにもな雰囲気を醸し出しそうだったので、あたしは学校を出る前にストリートっぽいカジュアルな恰好に着替えて、それから川口に向かった。

「お待たせしました」

むろん、先生は学校で見たのと同じスーツ。ネクタイをしないところに、かろうじて音楽家っぽさが感じられる。

「じゃあ、いこうか」

「はい」

あたしは駅からそんなに遠くないエリアの、オートショップ池上以外の店舗を四つピックアップしておいた。まず最初は、歩いて五分くらいのところにある「ＡＢＥ・オートスポーツ」。若干雰囲気は泥臭くて、それこそ泥んこになって荒野を奔る系のバイクが店頭に飾られている。

「しばらく、張ってみるか」

「そうですね……」

絶対に違うって分かってるものを、まるで期待しているかのような目で凝視し続けるのは、けっこうしんどい作業だった。

ＡＢＥ・オートスポーツの店員は、ちびっちゃいおじさんが一人と、細長い顔のヒゲ面ノッポが一人、K‐1の選手みたいなデカくてごついのが一人。全部で三人のようだった。

「ここには、いないみたいだな」

先生はそういって溜め息をついた。

どっちにしろ、今日いく予定にしているところに菅井清彦はいない。次々に急いで動いたところで、いいことなんてありはしない。

「まだ、分かんないじゃないですか。もうちょっと、粘ってみましょうよ」

もうちょっと粘る。あたしの柄じゃないなと思いつつ、道を隔てたところから、ABE・オートスポーツの店構えを睨み続ける。

張り込みしてるんだから当たり前なのかもしれないけど、気がつくと、二人とも黙り込んでいる。

ふと横を向くと、羽田先生は、何度か慌てて視線を逸らすような仕草を見せた。今まであたしを見ていた。でもそうと悟られたくなくて、急いで目を逸らす。そんな感じだった。

「……姉と似てないなって、思ってんですか」

「あ、いや……そんなことは」

その反応に、あたしはある違和感を覚えた。

あたしたちは明らかに、誰が見たって似てない姉妹だった。嫉妬とか憧れとか、そういうこと全部抜きにして、単純に、もうほとんど数学的意味合いにおいて、あたしたちは似てなかった。

でもそれを、まるでタブーであるかのように否定するのって、ちょっと変だ。

あたしの中に、意地悪な気持ちが小さく芽生えた。

「いや、全然似てないんですけど」

「は？」

「あたしとお姉ちゃん、根本的に似てないんですけど」

「あ、ああ……そういわれてみれば、そう、かも……しれないね」

なんだろう、この人。なんでまた目を逸らすんだろう。

ちょっと、挙動不審かも。


バイクショップ三軒を回ってみて、残念ながら菅井はいないねというごく当たり前の結論に至って、羽田先生とは別れた。

なんか、ちょっと付き合ってみると、羽田先生って変な人だなって思った。

ときどき、何かいいたそうにこっち見て。そのくせ、なんですかって訊いても、別にっていうだけで。かといって、目つきがヤラしいのかというと、それとは違う。むしろ、困ってるというのに近い。それでいて目が合うと、それまでひそめていた眉を慌てて普通に戻す。困ってませんよ、とでもいいたげな仕草をしてみせる。いやいや、してたでしょう、今の今まで。困った顔。

っていうか、困ってんのは先生じゃなくて、あたしの方なんですけど。

そういってやりたかったけど、でも、こんなわけの分からない厄介事《やっかいごと》に付き合ってくれてるんだから、基本的にはいい人なんだろうなと思って、一応、別れ際にはお礼をいっておいた。

「遅くまで、ありがとうございました」

ただ、またお願いしますとは、いわなかった。それはなんか、いいたくなかった。そしたら、逆にいわれてしまった。

「まあ、そう気を落とさずに。地道にやるしかないんだから。私も、できる限りの協力は、させてもらうつもりだから」

けっこうですよ、と思いつつ、頭を下げて終わりにした。次の予定をあたしが訊かなければ、この協力関係は立ち消えになるだろうと思ったんだ。

あたしはそれから、大急ぎで昨日のファミレスに向かった。約束の七時を、ちょっと過ぎてしまった。

入り口を入って、ウェイトレスの「一名様ですか?」のひと言を聞き流して店内を見回していると、窓際の席で吉沢さんが手を振っていた。今日は光沢のあるグレーのスーツ。

なんか、恰好いい。

「すみません、遅くなっちゃいました」

「んーん、全然。記者は待つのも仕事のうちだから」

走ってきて暑くなっちゃったんで、あたしはアイスティーをオーダーした。

「お腹空いたでしょう。何か食べようか」

思いっきりお腹空いてるけど、うちではお母さんが、夕飯を用意して待っている。困ったな。ここ、ファミレスのわりにけっこう値段高いし。

「いや、夕飯は、うちで……」

「そう。じゃあ、おやつ。サンドイッチでも、ケーキでもいいじゃない。ご馳走させてよ」

奢り、と分かった途端にお腹が鳴った。タイミングが悪すぎ。

吉沢さんは、ぷっと吹き出した。でもそんな仕草も、あたしには大人っぽく見えた。

「ちょっと、つまむだけだっていいじゃない。ポテトでもいいし、ラザニアとか、嫌い？」

結局あたしは、ポテトを頼んでもらうことにした。運ばれてきたのは、大皿に山盛りのフレンチフライポテト。二人で、けっこうスゴイねって笑いながら、ケチャップをつけてつまんだ。

「……で、昨日の続きなんだけど」

反射的にあたしは、はいと姿勢を正していた。やっぱり本題となると、お姉ちゃんの話ってなると、あたしは片肘つきながらポテトつまみながらって気分じゃなくなる。

「お願い、します」

「やだ、そんな、怖い顔しないでよ」

「あ……いや、すみません」

するとと吉沢さんは、開いたままの手帳に目を落として、少し黙った。昨日の続きって、なんだろう。

「吉沢、さん？」

目を上げた彼女は、ちょっと深刻な顔つきになっていた。

「ええ……その、昨日、お姉さんと、菅井が、どうもツーリングをして、その帰りか途中かは分からないけれど、朝霞を通って、そこで事故になった可能性があるって、いったじゃない？」

「はい」

「で、つまり……二人は、そういう……間柄、だったのかなってことを、結花さんに、教えてもらいたかったんだけど」

ああ、と、あたしは妙に納得してしまった。その疑問についてはずいぶん前に解消していたので、あたし自身はすっかり忘れていたのだ。

「お姉ちゃんと菅井が、付き合ってたかどうか、ってことですか」

「うん、そう……そういうこと」

「いや、それはどうも、なかったみたいです。あたしも、お姉ちゃんの友達何人かに訊いてみたことあるんですけど、みんな、それはないでしょう、みたいにいってました」

吉沢さんは「そう」とあたしの回答を受け入れ、また何か考える表情になった。

「……付き合ってもないのに……ツーリング……」

どうも、吉沢さんは何か知ってるふうだった。少なくとも、あたしにはそう見えて仕方なかった。

「あの、それが、何か？」

「あ、うん……」

もしかしたらちょっと、いいづらいことなのかもしれない。吉沢さんは眉をひそめたまま、まだだいぶ残っているポテトの山を見つめている。

「……いや、実はね、もしお姉さんと菅井が、そういう関係にあったのだとしたら、ちょっと成立するかなって線が……まあ、情報が、あったもので……」

「成立する、情報？」

「ええ」

こくりと、ぬるそうなコーヒーをひと口含む。

あたしは、続く言葉を黙って待った。

「……これは、しっかり裏の取れた話じゃないから、できればもう少し調べてから、お話ししたかったんだけど……でも……だから、あまり、腹を立てないで、聞いてほしいのね」

まどろっこしい言い方に、あたしはちょっと、イラッとした。

「はい、腹なんて立てませんから、教えてください」

吉沢さんは、あたしを睨むように見ながら頷いた。

「うん……実は、お姉さんがね、誰かと、不倫をしてたんじゃないかっていう話を、耳にしたの。相手は分からないし、むろん、まだ裏が取れてないから、それが誰からの情報かは、結花さんにはお教えできないんだけど」

ザーっと、冷水を浴びせられたように背中だけが冷たくなって、反対に顔は、四十度くらいの熱が出たときみたいに火照った。

お姉ちゃんが、不倫？　あり得ない。

でもそれを、今ムキになって吉沢さんに否定したところで、どうなるものでもない。

「お姉ちゃんが、ふ、不倫、ってことは……相手は、結婚してる人、って、ことですか」

「そう、もちろん。お姉さんの方が、独身だったわけだから」

そりゃそうだ。なに馬鹿なこと訊いてんだあたし。

「つまり、吉沢さんがいうのは、お姉ちゃんが誰かと不倫してて、それを、まぁもし菅井が彼氏だったんだとして、それを何かで菅井が知ってしまって、そんで、お姉ちゃんと口論になって、最終的に轢き殺した、っていう推理ですか」

「そ、そう。まさに、仰《おっしゃ》る通り」

そんな、あのお姉ちゃんが、不倫なんて――。

4

あの夜のことは、よく覚えている。

すでに新学期が始まって一ヶ月近く経っており、私自身も新しい日常になんとか慣れつつある頃だった。

いや、新しい日常などというほどのものではなかった。

九月半ばに、妻がイタリアから帰ってきた。久し振りに見る妻は、また少し太っていた。

それは、オペラ歌手としては実に望ましいコンディショニングであり、進化である。私はそれについて、特に意見は述べなかった。

旅の土産話は、これまでに聞かされたものと大差なかった。

ミラノ駅の周りなんて東京駅と大差ないのよ。あんまり美味しいお店とかないし。これ買っちゃった。どう？　パーティとかにいいでしょう。あなたにはパルジレリのジャケット。あら、まだ届いてない？　変ね。私より先にきてると思ったのに——。

日本に帰ってきても、妻の日常は決して暇というわけではない。専門誌のインタビューを受けたり、関係者と会食をしたり。十日の滞在期間のうち、私と夕食を共にしたのはたったの二回だった。あとはもっぱら、私は出かける彼女の背中のジッパーを上げる役に徹していた。

妻は嵐のように訪れ、まもなく去っていった。残ったのは、絶対に冷やして飲んではいけないという最高級ワイン三本と、鼻の曲がるほど臭いチーズが半分と、衣装が山ほど。それと、土産の私のジャケットが一着。妻がこの部屋に涼子の残り香を嗅ぎつけた様子はなく、私の浮気を疑う素振りも、まったくといっていいほど見られなかった。

そう、涼子——。

新学期が始まっても、私が彼女を見かける機会はほとんどないに等しかった。

担任クラスを持ってなかった去年の私の動線は、教員室と音楽室の往復にほとんど限られていた。二つの地点の間にあるのは、主に一年生の教室と保健室、いくつかの事務室。それらに涼子の居場所は含まれず、よほどの偶然がなければ、まずその後ろ姿すら見ることはなかった。

むろん、体育の授業で校庭にいるのを見ることはあった。だがそんな光景を玄関や教員室からじっと見つめることは、真っ当な社会生活をこの先も維持したいのならすべきではない。

私は涼子が元気に走っている、友達と列に並んでいる、そんなことを確認して安堵するに留めていた。もう彼女は、私の手の届かない場所に去っていってしまった。いや、私といたこと自体が幻だったのであり、奇跡だったのだ。あんな時間が永遠に続いてはいけない。それは誰より、涼子にとって――。

当時の私の気分を端的に表すとすれば、「ハンガーに吊るされた洗濯物」というのが、最も近かったのではないか。

涼子の存在によって、私の心は、確実に洗われた。だが洗濯は終わり、いま私は干されている。前より少しだけ、清潔な抜け殻になって――。

すれ違い、破綻したまま放置されていた妻との結婚生活は、いつのまにか「それでもまだ守る価値のあるもの」と認識できるくらいには回復していた。

私は、涼子との関係について妻に黙っていることも、一種の誠意であると自身の中で定義した。傲慢で、矛盾だらけの、不条理な誠意だったが、ないよりはマシだったはずだ。それは私にとっても、妻にとっても。

それでいいじゃないか、充分じゃないか。それがなかったら崩れ去ってしまうのだから、これくらい許されたっていいじゃないか。それが私の、やや苦しくはあったが、最も合理的な気持ちの落《お》とし処《どころ》であった。

忘れもしない。あの夜も雨が降っていた。

夕方、帰宅ぎりぎりの時刻に降り始め、傘も持っていなかった私は、ずぶ濡れになってエレベーターに乗った。

あとから箱に飛び込んできたのは一つ上、八階に住む二十代の女性だった。私が何か勘違いをしているのでなければ、彼女のところは新婚家庭であり、ご主人は彼女と同年代だが真紅のコルヴェットを乗り回す、ちょっと派手な雰囲気の男だ。

むろん、そのときは彼女も濡れそぼっていた。肌に貼りついた紫のワンピースに、妙に居たたまれない気持ちにさせられたのを覚えている。細い腕の途中には、大きく膨らんだスーパーの袋がぶら下がっていた。ネギか、ゴボウのようなものがそこから飛び出していた。

「すみません、八階、お願いします」

行き先を知っていても、私は頼まれるまでは押さないよう心がけている。

「はい……」

ドアが閉まると、急に蒸れた空気が不快に感じられた。同時に、ここまで走ってきて掻いた自分の汗の臭いが気になり始めた。彼女みたいな若い女性は、ただ汗臭いんじゃなくて、オヤジ臭いと思うのだろうな、などと、余計なことまで考えた。

ウェーブした髪の色は明るめで、背も低かったため、それまでは彼女に、涼子を見ることはなかった。

だが、

「あの、これ……」

床に落ちていた何かを拾い、かけてきた声の質と、私を見る上目遣いの眼差《まなざ》しが少し、涼子と重なった。似ているというほどではなかったが、思い出させる何かがあった。

彼女が長い爪の指先でつまんでいたのは、百円玉だった。あなたのではないですか。つぶらな瞳は私にそう問いかけている。

「いえ、私では、ないです……小銭は、使わないので」

私はパスケースを持つ仕草をしてみせた。彼女は少し困った顔をし、だがすぐに、小悪魔的な笑みを浮かべた。

「じゃ、私がもらっちゃお」

私も「どうぞ」と頷きながら、笑みを返した。

七階で降りる際、肩越しに会釈はしたが、もう彼女の顔は見ないようにした。ちっとも涼子には似ていないのに、思い出した自分に苛立ちを感じていた。

部屋に入り、廊下の途中にあるバスルームでタオルを調達し、カバンや衣服の水分を箇単に拭った。給湯器のスイッチをオンにし、すぐにシャワーを浴びにいく。ビールはまだあっただろうか。などと考えつつ、濡れた衣服を体から剝がした。

　その際、ポケットから小銭が漏れた。駅のキヨスクでタバコを買ったときの釣り銭だった。するとあれも、実は私の百円だったのか？


　シャワーを終え、ビールを飲みながらパスタを茹《ゆ》でた。

　妻は滞在中、ローマでぶらりと入ったレストランのカルボナーラがやけに美味しかったことをやたらと繰り返した。そんな彼女の前で同じものを作れば、こんなもんじゃなかったといわれるに決まっている。でも、カルボナーラを食べたいという欲求は私の中に募っていった。よし、妻が帰ったら、というか出かけていったら、一人で作ろう。そう決めていた。だから、その夜はカルボナーラだった。

　これだけは、涼子にも作って食べさせた。彼女は美味しいといってくれた。お店のはコショウが効きすぎか、油っぽいのが多い。でも先生が作るのは、ちょうどいい。そんなふうに褒めてくれた。

　私は、妻が出ていってすぐ冷蔵庫に放り込んだワインを傍らに、自前のカルボナーラを楽しんだ。涼子とのときは、当たり前だが彼女が酒を飲まなかったので、確か葡萄《ぶどう》ジュースか何かで乾杯したのではなかったか。

私は赤でも、ワインは冷やして飲む主義だった。無粋《ぶすい》といわれようが、自分が美味しいと思いながら飲む方が幸せだろう。そんなことも、私は涼子に語って聞かせた。彼女は驚いていた。赤ワインって冷やさないいんですか。ああ、冷やすと甘みが弱まるからね。はあ、そうなんだ——。

分かったような、分からないような。涼子の、あのときの微妙な表情を思い出して可笑《おか》しくなり、一人笑みを漏らした。こんなふうに思い出すだけで、幸せな気分になれる。決してあれは、悪い恋ではなかったと、心の中で独りごちる。

そんなふうにして、ボトルの半分まで飲んだ頃、リビングの電話が鳴った。

席を立ったとき、テーブルに腰が当たってフォークが床に落ちたが、電話に出ることを優先した。

「……はい、もしもし」

『ああ、羽田さん、豊嶋《とよしま》です。夜分にすみません』

時計を見る。もうすぐ九時になろうかという頃だった。副校長がこんな時間に、一体なんだろう。

「いえ、とんでもない。どうかされましたか」

『ええ。実はちょっと、困ったことになりまして。三Cの菅井清彦という生徒を、ご存じですか』

すぐに顔まで浮かんだわけではなかったが、名前は記憶にあった。知らない生徒ではないはずだった。

「はい、知っていると思います」

『その、菅井がですね、無免許でバイクを運転して、事故を起こしてしまったらしいんです。まだその、詳しい事情は分かってないんですが、まあこれから、警察とかに何を訊かれるか分からないんで、できる限り先生方にもお集まりいただこうということなんですが、羽田先生は、今から出られますか。大丈夫ですか』

私にしてはだいぶ飲んでいたが、学校に着く頃には醒《さ》めるだろうと暗算できる程度には正気だった。

「はい、今すぐ向かいます」

窓の外を見やる。雨はまだ、かなり激しく降っていた。

私は電話を切り、とりあえずフォークを拾った。

学校に着くと、もう大半の教師が教員室に集まっていた。

「あ、羽田さん」

美術の佐久間に呼ばれ、私はその近くまでいった。

「……菅井が、無免許で事故ですって？」

持参したタオルで服の水気をとりながら訊くと、彼はかぶりを振りながら、眉間に深いしわを刻んだ。

「いやいや、もはや問題はそれには留まらないんですよ。確かに菅井は無免許で、挙句にバイクは盗んだもので、それで事故を起こしたらしいんですが、それだけじゃなくて、実はその被害者が、あの野々村涼子だっていうんですよ。菅井と同じクラスの、あの背の高い、写真部の」

その瞬間は、涼子の名前がいきなり出たことについて、ただ驚くばかりだった。数秒を費やし、その意味するところを頭の中で再構築する。無免許、事故、菅井、被害者、野々村涼子――。

「え、なんで……野々村涼子が？」

その質問が変な意味にとられなかったか、そんな心配をする冷静さは、まだ持ち合わせていた。

佐久間は難しい顔でかぶりを振った。

「分かりません。夕方五時半頃の話らしいんですが、朝霞の、あの自衛隊の近くで菅井はバイクを運転していて、誤って人を撥ねてしまった。それが、三Cの野々村だったというんです」

まだ、状況がよく、把握できない。

「……二人は、なんで朝霞なんかにいたんですか」

「それも、まだ分かりません。いま警察が取り調べとかしてる最中なんじゃないですかね。井上先生と校長が朝霞警察署に向かいましたが、どうも、野々村の容態が思わしくないらしくて」

涼子の、容態が——？

彼女はどこに入院しているんですか。そう、大声で怒鳴って訊きたかった。だが、取り乱すまい。そう念ずる内なる声の方が、悲しいかな幾分勝っていた。

「野々村は、今どこに……」

その私の声に、かぶさるように電話が鳴った。

ヒラ教員は、誰も受話器に手を伸ばさなかった。全員の目は、副校長の席に注がれた。

彼は、周囲をさっと見渡してから、受話器を上げた。

「もしもし、棚林高校です……はい、豊嶋です……はい……あ、そう、ですか……参りましたな……いえ、こっちはまだ大丈夫です……はい、承知しました……はい、ではまた……」

受話器を置き、机についた両手で、彼は体を持ち上げるようにして立ち上がった。低い咳払いが、教員室に響き渡る。

「ンン……今し方、病院で、野々村涼子さんが、亡くなられたそうです。いま菅井は、警察で取り調べを受けている最中ですが、何しろ自首をしていますんで、そこだけは、なんというか、不幸中の幸いなんですが……」

怒りは、まだなかった。ただ落胆だけが、重苦しく体内に生じていた。

顔の皮一枚を残して、あとは全部、肉から、骨から、内臓から、すべてが乾いた砂になって、崩れ落ちていくようだった。

そのときの私は都合よくも、埼玉県内の病院にいるであろう涼子の家族と、意識が結ばれるような錯覚に陥っていた。

手術室のベッドに残された、包帯だらけの涼子。泣き叫び、その白いリネンの膨らみにしがみつく母親。直立して押し黙り、拳を握り、肩を震わせる父親。そう、妹もいるはずだ。あまり容姿は似てないけれど、でも涼子が可愛がっていた、中三の妹――。

「羽田さん……」

佐久間に肘をつかまれて、正気に戻った。反対の左手は、机についていた。知らぬまに、立《た》ち眩《くら》みか何かを起こしていたようだった。

「大丈夫ですか」

かろうじて、辺りを見回すだけの気力は残っていた。私の狼狽《ろうばい》は、特に周りに注目されてはいないようだった。

「ええ、大丈夫です……ちょっと、家でね、土産のワインを一本空けて、そのまま急いで、きたもんだから……今になって、なんか」

佐久間は、「ああ」と納得したように頷き、椅子を引いて座らせてくれた。

「……奥さん、帰ってらしてたんですもんね。じゃあ、無理していらっしゃらなくてもよかったのに。羽田さん、どっちにも接点ないでしょう」

まだ、包帯だらけの涼子の死に顔が、瞼《まぶた》に焼きついている。

「いや、もう昨日、発《た》ちましたし。それに、菅井には一応、教えたことがありますから……まったくってことでも、ないんですよ……」

その後も、少しずつ朝霞からの情報は入ってきた。

菅井はどうやら、野々村を撥ねてしまったのは単なる偶然だと供述しているようだった。

警察は現場を調べたが、直後には雨が降り始めてしまったため、捜査は難航している。故意ではないとはっきりすれば、すぐにでも家庭裁判所に送致されることになるだろう。最終的には、鑑別所止まりで済むのではないか。ただし成人であれば、無免許運転と窃盗、過失致死で充分に実刑判決の出るケース。学校としては、家裁送致後に退学処分というのが妥当だろうか——。

その日、多くの教員が教員室で夜を明かした。翌日は土曜日だったため、全校生徒への報告は、休み明けの朝礼でということになった。

翌週の月曜、全校生徒を体育館に集めて行われた朝礼で、野々村涼子の死去は正式に発表された。菅井清彦が加害者であるという部分は伏せられたが、ほとんどの生徒はそのことも知っているようだった。

同級生に限らず、下級生でも多くの女子が声を漏らして泣いていた。こんなにも涼子は人気者だったのかと、再確認させせられる思いがした。同じ日の夜には通夜があり、火曜には告別式が執り行われた。基本的に教員は両日、在校生は告別式のみという形になった。

遺影の涼子は、微笑んでいた。

私はかろうじて、涙を堪えきった。

夕方、私は誰もいない音楽室で、ショパンの『別れの曲』を弾いた。

涼子は、この曲も上手かったな――。

そんなことを思い出したら、急に涙が溢れて、止まらなくなった。

5

野々村の鋏事件以来、猿はやんわりと、俺を避けるようになっていた。

そう、あの前日の昼休みも――。

三Bの教室に姿がなかったんで、屋上かなと思っていってみたら、案の定、猿は階段室の屋根に登って昼寝をしていた。

「おい、瞬」

「あ……キヨ」

足を組み、両手を枕にして仰向け。晴れてはいるが、もうさほど暑くはない。そこでの昼寝は、確かに気持ちよさそうだった。

俺もハシゴを登りきり、猿の隣に腰掛けた。

「……なあ、例の、野々村のことだけどさ」

生意気にも、めんど臭そうな顔をしやがる。

「ああ……」

「もうそろそろ、潮時じゃねえか」

「んん……まあ……」

猿は猿なりに、この前野々村が、本気で歯向かってきたことにショックを受けているようだった。そもそも、そこまで腹を据えて恐喝レイプを繰り返していたわけじゃない。ほんの遊び。それが高じて、ここまでズルズルきてしまった。

「そういやお前、野々村の妹って、知ってんの」

猿は、仰向けのまま頷いた。

「文化祭きてた。けっこう可愛かった」

「そっか……適当にいったんじゃなかったんだ」

「ああ。一応、知っててていった」

だから、どうということでもないが。

「本気じゃ、ないだろ？」

「なにが」

「妹のこと」

「ん……ああ」

「っつか、妹のことといったときの野々村、尋常じゃなかったろ。あれはちょっと、ヤバそうだぜ……」

猿が、分厚い唇を歪ませる。

「……確かに。あんまやりすぎて恨まれて、後ろからブスリじゃな。シャレんなんねーわ。気ィ狂ってっぞ、あいつ」

狂わせたのはお前だろ、と思いはしたが、いわずにおいた。

「そっか……じゃあまあ、とりあえず野々村に関しては終了ってことで、いいよな？」

頷く。ちょっと惜しい気はしてるのだろうが、異論を唱えるほどではないようだった。

授業が終わってから、俺は一人で赤羽のアピレにいって、二階の雑貨屋を見て回った。

「すんません、ハンカチって、ここにあるだけっすか」

「いえ、各お店で、色々あると思いますよ」

「そうじゃなくて、ここの店には、こんだけ？」

「あ、ええ……当店では、ここにお出ししてある種類だけですけれども」

まあ、白っぽいシンプルなのにしとけば間違いないだろう。

「じゃあ……これ」

「はい、プレゼント用ですか？」

「ああ、そっすね。そうしてください」

促され、一緒に奥のレジに向かう。周りを見回したが、どこにも知り合いの姿はなかった。


次の日の放課後、俺は野々村を川口駅前に呼び出した。

指定した時間の二、三分前。緊張した表情で、野々村が自動改札を通ってくる。ここまでは、いつもと同じ。これまでだったら、猿を加えて三人でぶらぶら俺んちまで歩いて、あとはやり放題。

でも、今日は違う。野々村は、ちらりと辺りを見回した。

「……香山くんは……」

「瞬は、今日はこない」

するると、少し驚いたように目を見開く。でも、それだけだった。

「そう……」

「じゃ、いくか」

俺が歩き出すと、黙ってついてくる。それも、いつもと同じ。でも途中で、いつも曲がらない角を俺が曲がったときは、さすがに「えっ」と声を漏らした。

「……こっち、じゃないの？」

「いいんだ。今日はこっちで」

また少し驚いた顔をし、でも、黙ってついてくる。俺の隣に、小走りで並びにくる。

「どこいくの」

「分かんね。でも今日は、部屋にはいかない」

俺は野々村の反応を待った。だがうつむいたままで、特に何もない。

「つまり……セックスはなしだ」

それで初めて、顔を上げた。それでもまだ無表情だ。

「どうして……」

「たまにはいいだろ。外も」

いってから、それじゃ外でやるみたいだと気づいた。

「……外の空気吸って、ぶらぶらするのも」

野々村は、溜め息をつくようにして頷いた。どっちにしろろくなもんじゃない。そんなふうに思っているようだった。まあ、確かにこれからするのは、ろくでもないことだが。

しばらくいって、俺は目的地の前で足を止めた。

月極駐車場。

「……こいよ」

「え、なに……」

野々村は、まだやられるんじゃないかと警戒しているようだった。砂利敷きの駐車場。こんなとこで脱がされたら最悪。そんな思いが、つかんだ手首の骨から伝わってくる。

「大丈夫だよ。お前は見てりゃいいから」

俺は駐車場のずっと奥、薄汚れたシルバーのシートをかぶったバイクの前までいった。そこで野々村の手を放し、シートを剝がす。現われたのは、ちょっと年代物のスズキ・インパルスだ。

「通りの方を見張ってろ。誰かきたら教えろ」

「え、なにするの」

「いいから、あっち向いてろよ」

俺は野々村の肩を押し、駐車場出入り口の方を向かせた。

早速こっちは作業に取りかかる。といっても、ドライバーでキーシリンダーをブチ抜くだけだが。

家から持ってきた、手頃な長さのマイナスドライバー。これでこのインパルスはいただきだ。

「うりゃ」

思いきり突き刺し、あとはいい頃合いまで様子を見ながら差し込んでいく。明夫さんの店で遊んでたお陰で、バイクの構造は大体分かっている。シリンダー本体が抜け落ちる前に捻り、ペダルを蹴る――。

「……えっ」

キュキュキュキュキュキュン、という音で振り返った野々村は、今度は少しどころじゃない、本気で驚いているようだった。

「なに、なにしたの」

「ちょっと借りるんだ」

「なにこれ、なんでこんなの刺さってるの」

「大声出すなよ。ほら、これかぶれ」

このバイクの持ち主は、ご丁寧にもメットを二個、車体に括《くく》りつけている。そんなことも、俺は事前に調査済みだった。

一つをかぶり、もう一つをきょとんとしたままの野々村にかぶせる。間の抜けたピンクの、顔の部分のないスモールジェットタイプ。だが、不思議と野々村には似合っていた。ちなみに俺のは、ちゃんとした黒のフルフェイスだ。

「よし」

まず俺がまたがり、

「……ほら、さっさと乗れよ」

肩越しに後ろを示す。いっただけでは動かなかったので、また手をとって自分の背後に引っ張り込んだ。ノリで、そのままその手を自分の腰に巻きつける。これまで、その体を散々弄んできたはずなのに、背中に胸が当たると、俺は妙に照れ臭いような、変な緊張感を覚えた。

「いくぞ」

野々村の両手に力がこもる。

「いいか」

「う、うん……」

「しっかりつかまってろよ」

「うん……」

アクセルを捻《ひね》る。

砂利を蹴散らし、出入り口に向かう。

俺は心の中で呟いていた。

ごめんな、野々村。今日で何もかも、終わりにするから――。

国道に出て、適当に奔った。運転に自信なんてなかったけど、無茶なスピード違反さえしなければ大丈夫だと思っていた。刺したドライバーは、俺のカバンで見えないようにした。

「……いー」

肩越しに、何か聞こえた。

「アァーッ、ナニィーッ」

野々村が、ぴったりと体を寄せてくる。

「気持ち、いーいーッ」

本当は、振り返って後ろを見たかった。たぶん、野々村は笑っているのだ。あの、体育館の夜以来、俺たちには見せなくなっていた笑顔が、そこにはあるように思えた。

頭上は分厚い雲に覆われていたが、西の空にはまだ晴れ間があった。

吸い寄せられるように、俺はそっちにハンドルを傾けた。

俺と、野々村と、バイク。そこに、夕陽は欠かせない。

「眩《まぶ》しいよォーッ」

真っ直ぐな道に出るたびに、野々村はそう叫んだ。俺のフルフェイスはスモークが入ってるので、そんなでもなかったが。

「我慢しろよ」

「やァーッ」

「あんだァ？」

「もう私、我慢、したくなァーい」

俺は久し振りに、可笑しくて笑った。腹の底から。野々村も笑っていた。背中に感じる小刻みな震えは、まさにそれだった。

「ねェーッ、眩しいってばァーッ」

「しょーがねーだろォ」

「なんでよォーッ」

「夕陽、見たくねえのかァ」

「夕陽ィ？　ああー、見たァーい」

「だったら我慢しろってェ」

少し、野々村は黙った。

背中への圧迫が、やけに強くなった。

震えのリズムが、さっきより遅くなっている。

泣いてる——。

「……た」

「ンア、なにィ?」

背伸びをするように、俺の耳元に口を寄せる。

「分かったよォ」

「アア? 何がァ」

「夕陽ィ、見るまで、我慢するゥ」

するとまた、ぎゅっと両手に力を込めてくる。

俺たちは、一つに固まり、突き進んだ。

俺たちは、同じ空に向かいながら、笑い合った。

排気ガスの充満した国道。

雑巾《ぞうきん》の臭いがしそうな、灰色の雲。

でもその向こうに、ちょっとだけ、赤が射している。

薄暗くなり、先行車両のブレーキランプが、はっきり見えるようになってきた。対向車線には、早々とスモールランプを点ける車両までいる。

「オーイ、喉渇かねーかァーッ」

「ええエーッ、聞こえなァーい」

「のーどォ、渇かないかァーッ」

「あー、渇いた渇いたア、なんか飲みたァーい」

次に自販機が見えたところで、俺はバイクを停めた。野々村を降ろし、買いにいかせる。

エンジンはかけたままだ。

「なににする？」

「なんか炭酸」

「なんか……って」

野々村が自販機を振り返る。眉間にしわを寄せて睨む。

「コーラか、サイダーか、ＣＣレモン……なにあれ、〝７〟の書いてある緑の」

「セブンアップ」

「えー、知らなーい」

まるで遠い昔の、後藤博美辺りと喋っているときの野々村だった。

「じゃそれ。俺、セブンアップでいいや」

「うん、分かった」

財布を渡すと、はにかんだような笑みを漏らし、野々村は受け取った。

跳ねながら自販機に向かう野々村は、ごく普通の、健康的な女子高生に見えた。

何も変わっちゃいない。何も、何一つ。

俺の傷を手当てしようとしてくれたクラスメートも、羽田に抱かれていた女も、いま自販機の前で自分は何にしようか迷っている少女も、全部同じ、野々村涼子だ。

俺は一体、何をしていたんだ。

天使のように思い込んでいたクラスメートが、教師と不倫してる場面に出くわした。そこに、どんな感情があるかなんて考えもせず、ただ目の前にある肉に欲情し、奪った。

「はい、セブンアップ」

「さんきゅ。なにお前、あんだけ迷って午後ティー？」

「うん。……冒険、できないタイプなの」

「はは。だっせ」

「……ひどぉい」

なあ、野々村。お前が、この前いったこと。あれもしかしたら、当たってるのかもって、俺、ここんとこ、思ってる。

「ねえ、ひと口ちょうだい」

「ん？　ああ」

孤独、不安、諦め。確かに、そういうの、あったよ——。

今は、お前のその白い喉が、なんか、逞しく見える。

「……ん、けっこう美味しい」

「だろ」

「今度買うかも」

「いや、他じゃあんま売ってねえかも」

こんな言い訳さ、全然通用しないのかもしんないけど、俺、何が正しいとか、そういうのさ、なんか、よく分かんなくなってたんだよな。

両親が目の前で首吊り自殺して、その先の人生なんて、なんも見えなくなってた。施設は嫌だったし、でも金は多少あったから、なんとか、それまでと変わらない暮らしを続けてた。ずっと続くはずなんてないのに、いつまで続けられるかとか、考えると怖いから、そのままずるずる、貯金が減ってくのを横目で見ながら、気づかない振りして、過ごしてた。

ビビってたんだよな。きっと——。

そんな日々の中で、野々村、お前の存在ってのは、実はなんか、頼もしかったんだよ。しっかりしてるっつーかさ、不安がらねえで、色々、ちゃんと分かってやってるっつーか。うん。だから、逆に許せなかったのかもな。あの不倫が。そんなんじゃ、そこらの援交女と変わんねーじゃねえか、みたいな。ほんとは、全然違ってたのにな。お前はずっとずっと、野々村涼子だったのにな。それを俺たちが、ズタズタに引き裂いちまっただけなのにな。

「もうちょっといくと、自衛隊があるから、そこまでいこうぜ。そしたら、けっこう空も広くなってる」

「うん、いくいく」

なあ、野々村。あんな恐喝まがいのことしないで、正面から付き合ってくれっていってたら、お前、ちっとは俺とのこと、考えてくれたか？　両親が自殺してる、大して頭も良くねえ、薄汚え野良犬みてえなこんな俺でも、付き合うとか付き合わないとか、少しは真剣に、考えてくれたか？

「ああ……早くしないと、夕陽沈んじゃう」

「ヨッシャ」

でも、な。うん。もういいよな。

お前も、俺たちのことなんて忘れたいだろうし、俺だってさ、本気でお前のこと好きになっちまったら、これまでのことさ、悔やんでも悔やんでも、悔やみきれなくなっちまうだろ。それはさすがに分かるよ。こんな、馬鹿な俺でも。

「いい、いい、ここでいい、停めて停めて」

「ああ……」

自衛隊駐屯地の上空には、まだほんの少し、赤みが残っていた。

それを、国道をはさんで向かいの路肩から見渡す。

バイクから飛び降り、ヘルメットを脱いだ野々村は、今まで見たこともない、晴れ晴れとした表情をしていた。その背後には、薄闇をまとった黒雲が迫りつつある。それでも野々村は、輝いて見えた。目を潤ませて、残り少ない夕陽を見て、「きれいね」と溜め息をつく。

俺は、ポケットから例の箱を取り出し、野々村に差し出した。

「え……なに？」

「ハンカチ。前に汚しちまったろ。あれの代わり」

野々村は「ああ」と漏らし、気まずそうな顔で受け取った。あの頃は、今みたいじゃなかったのに、とか、思ったのだろうか。たぶん、そうなのだろう。さっきまでの晴れやかな表情は、一瞬のうちに曇ってしまった。

「悪かったな……今まで」

何をいわれたのか分からない。野々村は、そんな顔をした。

「……だから、俺と、瞬がした、色々……もう、ああいうこと、しないから。もう、終わりにするから」

まだ、意味が通じないのか。野々村はこれといった反応を示さない。

もう一度、夕陽を見上げる。刻一刻と、それは黒雲に侵略され、輝きを失っていく。

野々村は、肩の力を抜きながら、首を横に振った。

「もう、遅いよ……菅井くん」

それは、ぞっとするような、股座《またぐら》の縮み上がるような、抑揚のない声だった。

「遅い……って、何が」

「私、もう決めたから」

「……決めた？　何を」

野々村は、箱とカバンを持った両手をぶらんと垂らし、こっちを向いて立っている。ただそれだけなのだが、俺にはひどく不快に思え、早くこの場を立ち去りたい、そんな思いに囚《とら》われた。

なんだろう、この感じ——。

「私ね、あんまり、怒ったりするの好きじゃないし、何かを嫌うよりも、好きになることの方が、ずっと大切なんだって、思ってきた。少しくらいつらくても、嫌なことでも、それを乗り越えるのが大事なんだって……両親に、教えられて育った。実際、そういうふうに思って、私は色々、頑張ってきたつもり」

オレンジ色のスポーツカーが、右横を猛スピードで通り過ぎていく。俺は風に押され、危うく倒れそうになった。

野々村は依然、同じ姿勢を保っている。

「でも……さすがに今回のこれは、私の我慢の限界を超えた。挙句に、妹のことまで持ち出されて……私、それだけは許せないから。他のことはともかく、妹のことだけは、絶対に許さない」

車の騒音も、吹き抜けていく風の音も無視して、野々村の言葉は、俺の脳に直接響いた。まるで頭の中の暗いトンネルで、野々村一人が喋ってるみたいだった。俺はそれを振り払いたくて、首を横に振った。

「……だから、もう、そういうことしねえし、もし瞬がグダグダいってきても、俺がぜってぇ、そんなことさせねえから」

関係ないというように、野々村は続ける。

「よく、人間が頭で考えたことって、なんでも実現可能なんだって、いうじゃない……香山くんが妹のこと口にした時点で、それってやっぱり、実現可能なことになっちゃったんだと思う。私の中でも、菅井くんの中でも」

「だったら」

口がやけに渇く。言葉が、上手く続かない。

「……だったら、俺がさせねえっていったことだって……充分、実現可能って、ことだろう」

「さあ……それはどうかな」

野々村の上半身が、振り子のように、不気味に揺れ始める。

「菅井くんの中では実現可能でも、私の中では、ちょっと違う。私の実現可能は、やっぱり、私の中だけにあるものだから。だから妹は、私が守る。絶対に、私が私の手で、守ってみせる」

「なんだよそれ。意味分かんねえよ」

「いいの。別に分かってくれなくても」

ふいにその上半身が、貧血でも起こしたみたいに揺らいだ。

俺はとっさに手を伸ばした。でも、届かなかった。

野々村は、自分で半歩下がって、バランスをとった。

「あ……」

体勢を立て直し、急に正気に戻ったみたいに腕時計を見る。

「……私、もう帰る。駅ってどっち？」

送っていくといえばいいものを、俺は馬鹿正直に、朝霞駅のある方を指差していた。

「……あっち。あの角、左に曲がって、真っ直ぐ……でも、まだ距離、けっこうあるぜ」

「大丈夫。ありがと」

何事もなかったように、野々村は俺に背を向け、川越街道沿いの歩道を、真っ直ぐ歩いていった。

俺はその後ろ姿を、バイクにまたがったまま、ただじっと、見送っていた。

校服のブレザーとスカートの見分けがつかなくなり、小さな一つの影になり、やがて俺が教えた角を、左に曲がって見えなくなってもまだ、俺は未練がましく、そっちの方に目を凝らしていた。

どれくらい、そうしていたのだろう。

気づくと、辺りはすっかり暗くなっていた。

そんな頃になって、携帯に一本、電話が入った。

第四章　罪と罰

1

お姉ちゃんが不倫。

お姉ちゃんが不倫。

お姉ちゃんが、不倫——。

お風呂に入ってても、食事をしてても、もちろん授業を受けていても、あたしの頭の中はその、繋がるはずのない二つの言葉で溢れ返っていた。

銀色のペーパークリップを山ほどビニール袋に入れて、ガシャガシャ揺すられてる感じ。

お姉ちゃんが不倫。

お姉ちゃんが不倫。

お姉ちゃんが、不倫——。

あまりにあり得ない言葉の連結に、あたしの思考は麻痺《まひ》寸前だ。

不倫、ってくらいだから、きっとセックス、したんだよな。あのお姉ちゃんが誰かと、セックス、してたなんて――。

もちろんあたしはまだだし、予定もないし、急ぐつもりもない。恥ずかしながら、恋愛はピアノの、ずっとずっと向こうにあるものだと思ってたから、あー、そんなことは今どうでもいい。問題はお姉ちゃんだ。

二十代後半の、細身のスーツを着こなしたイケ好かない奴に肩を抱かれ、あのお姉ちゃんが、ラブホテルの入り口を入っていく。いや、それじゃあ不倫じゃなくて、援助交際だ。あれ、いいのか。相手に奥さんがいれば、援助交際でも不倫は成立するのか。大体、援助交際と不倫って、どっちの方が悪いんだ？

違う違う。そんなこともどうでもいいの。

そもそも、週刊誌記者の吉沢さんがいったんだから絶対に正しい、って思ってるわけでもないんだけど、なんだかあたしは、あたしの思考は、このふた言に振り回されている。

お姉ちゃんが、不倫。

あのお姉ちゃんが、奥さんのいる人と、セックス――。

と、そこであたしは、非常に当たり前というか、目からウロコというか、これって正解じゃないだろうかという考えにいき着いてしまった。

次の日の放課後、あたしはまた音楽室を訪ねた。

「失礼します」

準備室のドアをノックする。いい加減あたしの声は覚えたのだろう。パソコンを弄って
いた彼はこっちを向き、「ああ」と、落ち着いた声で応じた。

「すまない、今日はちょっと……」

「いえ、違います」

少し驚いた顔をし、彼はとにかく待ってというように、大きな掌をこっちに向けた。五、
六回キーを叩いて、マウスを弄って、二、三ヶ所クリックする。それで、作業は一段落し
たようだった。

「ええと……違うって、何が」

「今日は、川口にはいかなくていいです。でも、先生に訊きたいことがあります」

改めて背後の教室を確認する。あたしの他に生徒はいない。大丈夫だ。

「……なに？」

彼は厚めの唇を結び、あたしの目を見つめた。

「はい……」

段取りが整うと、なんか、急にいいづらくなった。吉沢さんのことは、まだ教えたくな

い。なんとか上手く鎌かけて、喋らせることはできないだろうか。でも、そんな高等な話術、あたしにあるはずもない。

　喋らせるには、とにかく、こっちから喋るしか——。

「あの……これは、最近になって、ちょっと、耳にした話、なんですけど……その、死んだ姉が、実は……不倫を、してたんじゃないかっていう、噂が……」

　すると、予想を上回る速さで、場の空気が凍りついた。

　時間も、彼の表情も、あたしの言葉も、すべてがあるべき流れに逆らって、停止した。

　お姉ちゃんが、意識してフレームに入れてた人。羽田先生。

　クラスの石塚に訊いた。あんた音楽履修してるんだっけ、って。そしたら奴、うんって答えた。羽田先生って、結婚してるのかな。次にそう訊いたら、ものすごい驚かれた。お前、知らないの。羽田先生の奥さんって、有名なオペラ歌手だよ。羽田ユリア。

　マズい。知ってた。羽田ユリアならうちにもＣＤある。そうか、羽田先生って、羽田ユリアの旦那さんだったのか。

　いや、そういう問題じゃない。大事なのは、羽田先生に奥さんがいるのかいないのかってこと。羽田先生と付き合ったら、それは不倫なのかそうじゃないのかってこと。そしてこの場合、完全に不倫であるというわけで——。

「……野々村くん」

先生は、椅子に座ったまま両手を膝に置き、あたしを見上げていた。

その体勢から、あたしの足下に、すとんと視線を下ろす。

「君には、いつかいわなければならないと、ずっと、思っていた」

ああ、この人があたしの顔を見て、あたしが見返すと目を逸らしていたのは、これがあったからなんだなと、納得がいった。

「……話すのが、今日の、今になってしまったことを、まず、お詫びしたい……すまなかった。私は、君のお姉さんと、交際をしていた」

それは、まさにあたしの求めていた答えなのに、でも、一つの回答は、次なる疑問へと連なり、憧れという名の幻想を、幾何学的に、反復運動的に、切り刻んでいく――。

「……なんで……」

彼は悪びれもせず、むしろ怖いくらい真っ直ぐに、あたしの目を見た。

幻想が、さくさく、小さくなっていく。

「私たちの関係を、君がどのようにして聞き及んだのか、またどのように解釈しているのか、それについて尋ねる資格は、私には、ないのかもしれない。ただ、許されるなら私の……君の、お姉さん……野々村涼子に対する気持ちだけは、なんというか……語る機会を、与えてもらいたいと思う」

黙っていると、それを許可の意思表示ととったのか、彼は続けて喋り始めた。

「……確かに、私には妻がいる。その点を非難されれば、むろん返す言葉はない。罪は私の側にあるし、許しを請う資格すらない。ただ、私の涼子くんに対する気持ちには、一点の曇りもなかった。私は彼女を愛していたし、彼女もまた、私を思ってくれていたと思う。決して、私が強引に関係を迫ったわけでも、他の何かしらの要因が結びつけたのでもない。互いに相手を思いやり、私たちはしばしのときを共に過ごした。それだけは分かって……いや、分かってもらえなくてもいい。ただ、いわせてほしい。私は、彼女を愛していた。それだけは、本当なんだ……」

途中で椅子から下りた彼は、Pタイルの床に、正座するような恰好になっていた。

どうして、今までいってくれなかったんですか。そんなことは、聞かなくても分かるか。いいづらかった。それだけのことなんだろう。どうして、お姉ちゃんだったんですか。そんなの、決まってる。みんな好きになっちゃうんだ。みんな、お姉ちゃんのこと好きだった。でも、だったらどうして——。

「……先生は、菅井とお姉ちゃんのこと、知ってたんですか」

一瞬見上げて、でもすぐにうつむく。首を横に振る。とても他の生徒には見せられない姿だ。

「それは、本当に知らなかった。今も、それについては、まったく分からない」

「お姉ちゃんと菅井が、付き合ってたみたいな気配はなかったんですか」

「分からない。私は、学校内では極力、彼女とは接触しないようにしていた。だから、クラスでの様子とかは、まったく……」

なんなの。不倫してたなんて不名誉なことだけ明らかにして、それ以外まったく知らない、分からないだなんて。馬鹿。役立たず――。

「……じゃあ、なんであたしに、協力するなんていったんですか」

大きく息を吸い、彼は少し体を起こした。

「私にだって、真相を知りたいという気持ちはある。それは純粋に、君の中にある思いと同じだろう。それと、協力はするけども、君に暴走はさせたくない。それは、前にいった通りだ。今も変わっていない」

あたしは、胸が空っぽになるまで息を吐き出した。そんなことでこの胸糞の悪さは、少しも治まりはしないけれど。

「……いつから、ですか」

「え？」

「お姉ちゃんと、いつ頃から、付き合ってたんですか」

彼はあたしの背後、教室の方に、ちらりと目を向けた。ピアノの方だ。

「去年の、ちょうど今頃だった……それから、期末試験の、前くらいまで。三ヶ月か、それくらいだった」

三ヶ月。たったの三ヶ月――。

思ったより短かったことには、なんか、ちょっとほっとした。でも、その頃のお姉ちゃんが家でどんなふうだったか、それを思い出せない自分には、心底がっかりした。

あ、でも、二人の別れは、期末試験の、前――。

「じゃあ、お姉ちゃんが事故に遭うまで付き合ってたわけじゃないんですね？」

「ああ、そう……そういうことになる」

じゃあ、その後に菅井と付き合い始めて、菅井に先生と不倫してたことがバレて、殺されたのか。でも、そんなことで人が人を殺すだろうか。いや、殺す人は殺すかもしれない。ただ、本当に殺したんだったら、なんでわざわざ朝霞で？　警察はどうしてそれを立証できなかった？

やめよう。そんなこと、いくらあたしが想像してみたって、なんの意味もない。

もう、見るべきカードの表は出ている。

羽田先生は、春から夏前まで、お姉ちゃんと付き合っていた。

菅井は、オートショップ池上に勤めている。

この二つを結びつける方法は、一つしかない。

最後のカードをめくるには、もう直接、菅井に訊くしかない。

「あ、ちょっとッ」

あたしが踵を返して駆け出すと、後ろで先生の声がした。

こっちは足に自信がある十五歳。向こうは正座からスタートする四十過ぎの中年。勝負は見えている。負ける気はしない。

「待て野々村ァ」

きっと今のあたしって、ついに暴走したとか、思われてるんだろうなと、ちょっと思った。

2

つまり、二度にわたって私は、涼子と別れることになったのだ。

あの夏の日の、自宅マンション。忘れないで、覚えていて、ときどきでいいから思い出して。そういって、去っていった涼子。

そして、死――。

当たり前のことだが、男女の別れより、生死の別れの方が、私にとっては受け入れ難かった。

男女として別れたあとも、彼女の姿を絶対に見られないということはなかった。私がつまらない保身さえ捨てれば、現実に会うことは可能だったわけだし、また彼女を奪ってまったく新しい人生を始めることも、決して不可能ではなかったはずなのだ。

だが、死別は――。

もう、この学校の、どこを捜しても涼子はいない。

三年C組の教室にも、写真部と新聞部の部室と呼ばれている電算予備室にも、むろん音楽室にも、校庭にも、廊下にも、図書室にも、どこにも。

ちらりと覗いた三Cの、廊下から二列目、前から四番目の机には、花が飾られていた。真っ白な百合だった。

たとえ恥を忍んで自宅を訪ねたところで、そこにも涼子はいない。あるのは位牌と、納骨前の骨壺を納めた木箱だろう。そしているのは、通夜と告別式で見かけた、涼子によく似た顔立ちの母親と、確かにあまり類似点の見出せない顔の父親、それと、終始顔を伏せていた妹――。

なんでもいいから理由をつけて、もう一度、個人的に焼香に伺いたいとは思ったが、結局、それもできず終いだった。

十月に入ってすぐの頃だったろうか、加害者である菅井清彦と親しかった生徒数人が、警察から事情聴取を受けたという話を聞いた。単なる事故ではない、何か事件性があるようにもいわれていたため、新しい見解が示されるのかと期待したが、それはなかった。

野々村涼子は、やはり事故死。菅井清彦は無免許運転に窃盗、業務上過失致死の罪に問われるが、少年刑務所や少年院にまではいかずに済むだろう。その大方の予想通り、菅井の処分は少年鑑別所に数週間収容されるに留まるようだった。彼の退学については、特に教員会議にかけられることもなく、内々に処理されたようだった。

折を見て、私も事故現場にいってみた。

陸上自衛隊、朝霞駐屯地の向かい。

駅へと向かう道の、曲がり角。

現場からすぐの国道は道幅も広く、大きく開けた空が印象的だった。だが正確にいえば、現場まではいかれなかった。先に、数人の生徒が訪れていたからだ。

道端にしゃがみ、花を供え、両手を合わせている。私に都合のいい夕刻は、生徒にも融通の利く時間帯だったというわけだ。

いや、それも私が過剰に周りの目を意識していただけなのだ。同じ学校の教師と生徒なのだから、事故現場に花を手向けるくらい、変なことでもなんでもない。だがそれを端緒とし、そういえばあの二人、どこそこにいたのを見たことがある、そんな話が出るのが私は怖かった。それなら見たことがある、ああ俺も、僕も、私も。もしそんなふうに噂が広がったら、私は亡くなってもなお、彼女を傷つけることになってしまう。

ただ、これだけはいっておきたい。

むろん、自らの立場を守りたいという気持ちは私の中にもあった。女子生徒と関係したことが明るみに出て、教職を失うという結果は望ましいことではなかった。しかし、だからといって何がなんでも、涼子との関係を隠し通したかったのかというと、それも違う。むしろ私の中には、涼子との関係を認めたいという思いがあった。私は彼女を愛していた。妻よりも、社会的立場よりも、彼女を選びとりたいという気持ちを少なからず持っていた。そんな彼女を失って、私は悲しい。思いきり人前で泣きたい。私は涼子を愛していたんだ。誰かの胸座をつかみ、そう叫びたかった。

それくらい私は、彼女を、愛していたのだ。

野々村涼子を失ってもなお、学校の日常は滞りなく過ぎていった。

生徒たちは文化祭の準備に追われ、廊下や各教室の片隅、部室の周辺には、立て看板や大型の装飾品が散在するようになっていった。

私も顧問を務める軽音楽部や合唱部の雑事を手伝い、それなりに忙しい日々を送った。文化祭を開催する二日間の、体育館の使用スケジュールを組んだり、各部の練習場所を調整したり、破損した楽器の修理の対応をしたり――。

さらに教員だけで結成したロックバンドの練習もあった。私の担当はギター。ビートルズばかりというのはちょっと、というボーカル担当の英語教師の意見を尊重し、気張ってBOØWYをレパートリーに入れたのだが、これがなかなか難しかった。ギターを弾くのは高校以来。しかもあの頃はフォークだった。まあ、なんとか文化祭には間に合った。軽音楽部の生徒に、馬鹿にされない程度の演奏にはなっていたと思う。

涼子は、どうだったろう。彼女が見たら、聴いたら、笑っただろうか。それとも、褒めてくれただろうか。

文化祭の二日目。ようやく暇ができた私は、一人で写真部の展示会場を訪れた。場所は奇《く》しくも、三年C組の教室だった。ここでも新聞部と部屋を半分に分け合う形になっていたが、実際には野々村涼子の追悼コーナーが食い込む恰好で、新聞部のスペースを圧迫していた。

展示品は主に、彼女の撮った風景写真や、他の部員が撮った、涼子の写っているスナップ写真だった。

体育祭で、バトンを持って全力で走っている涼子。教室の机に座り、誰かと喋っている涼子。部活の一場面か、パソコンの画面を一心に見つめている涼子。そのうち数枚は、私にも見覚えのある私服姿だった。つまり、この涼子はこのあと、私と——。

「せーんせ」

ふいに後ろから呼ばれ、慌てて背筋を伸ばした。いつのまにか隣に、二年生の藤野麻美がきていた。彼女は、前年に私が担任した一年A組の生徒だった。加えて音楽も履修していたので、比較的よく知っているといえる生徒の一人だった。

「先生も、隠れファンだったんですか？」

両手を後ろで組み、私を見上げた藤野は、今にも泣き出しそうな顔をしていた。

「隠れ、って……いや、私は、別に……」

駄目な男だ。なぜ付き合っていた、愛していたといえないのだ、お前は——。

「そっか」

藤野は涼子の、大きく引き伸ばしたアップの写真に目を移した。

「けっこう先生方でも、じーっとこれ見てく方、多いんですよ。校長先生なんて、いい子だったよねぇ、挨拶してくれる、声が印象に残ってるって……私のクラスの男子なんて、何人も写真欲しがったんです。でもそれは……ねえ？　涼子先輩の気持ちだってあるし、ご家族にしてみても、色々問題ありかなって思って、断ったんです。それでもまだ、携帯で撮ろうとする奴がいて。駄目だっていってんでしょっていっても駄目で、結局新聞部の男子が止めてくれて、やっと収まったんです」

確かに、展示された写真の何枚かは、涼子の魅力を余すところなく捉えていた。

明るい笑顔。清潔な印象の眼差し。気取らない、無邪気な表情。真っ直ぐな長い脚。

足りないものがあるとすれば、それはたぶん、ピアノを弾く姿だろう。いまさらだが、私が写真に収めていたならばと後悔した。むろん、撮ろうとすれば、涼子は嫌がっただろうが。

「……綺麗な娘《こ》、だったよね」

私が呟くと、こくりと、藤野は首を折るように頷いた。

「真っ白で、清潔な感じで」

「……はい」

「この、花を見る目なんて……とても、優しそうだ」

「はい。すごく、優しい人でした……」

その震える声に、私の喉も、同調しそうになった。

「尊敬してました、私……涼子先輩は、いっつも笑顔で、誰にでも優しくて、明るく接してくれて……私、テスト前とか、勉強もいっぱい、教えてもらいました……もちろん部活でも、カメラの構え方から、構図のとり方から、そういうこと、手取り足取り、教えてもらいました……失敗しても、絶対に怒ったりしないし、部で何かトラブっても、涼子先輩だけは、絶対にイライラしたりしないで、いつもみんなに、大丈夫だよ、なんとかなるよって、は……励ましてくれて……だから、部長とか、そういうこと以上に、すごい、なんていうか、人として、涼子先輩のこと、尊敬、してたんです……」

堰《せき》を切ったように泣き出した藤野を、私はいったん、胸に受け止めた。やがて他の部員が寄ってきて、大丈夫？　と覗き込み、介抱するように私から引き剝がしていった。

私はといえば、まるでもらい泣きしたかのように目元を拭い、泣き崩れる藤野と、涼子の写真を見比べていた。

できることなら彼女のように、私も人目をはばかることなく泣きたかった。だがこのときも、私はそうしない自分に苛立つばかりで、結局誰にも、何もいわないままやり過ごしたのだった。

木々は枯れ、風は乾き、季節は崩れるように冬へと傾いていった。

何十年振りかの激しい恋だったというのに、思えば私は、一度も涼子とクリスマスを過ごす機会がなかった。

彼女の言葉を思い出す。

いいな、こんなお洒落なところに住めて。クリスマスとか、すごい賑《にぎ》やかになるんじゃないですか？　綺麗だろうな、イルミネーション。ここからの眺めも、思いっきりクリスマス、って感じになるんでしょう？　――あ、でも駄目か。さすがにその頃には、奥様が帰ってきちゃいますよね。

私は確か、分からないよ、帰ってこないかもしれないよ、そんなふうに、答えたのではなかったか。

本当にその年のクリスマス、妻は日本に帰ってこなかった。正月を過ぎて、学校も始まった頃になって顔を見せたが、二十日かその辺りにはいなくなっていた。カレンダーには、いつのまにか半年先までのスケジュールが書き込まれていた。冷蔵庫には白ワインが三本と、やはり鼻の曲がりそうな臭いのブルーチーズが残っていた。

二月が近づいてくると、私はまた、涼子との出会いを思い出す機会が多くなった。あの、帰りが遅くなった夜。音楽室に忍び込んでピアノを弾いていた涼子。冷たく射し込んでいた街灯の明かりを、月明かりと勘違いさせるほど美しかった、ベートーヴェンの『月光』。

私は幾夜も、一人で音楽室にこもり続けた。くるはずのない訪問者を待ち続けた。高窓を見上げ、あの夜のように街灯を浴びたいと願った。

自分でも『月光』を弾いてみた。そうすることで、少しはあのときの涼子の気持ちに近づけるのではないかと思った。だが、どうやっても彼女のようには弾けなかった。どうにも落ち着きのない、バラバラの、美しさの欠片《かけら》もない演奏だった。街灯の明かりは、ただひたすら街灯のままだった。

まもなく期末試験を終え、終業式、そして卒業式を迎えた。

涼子のいないセレモニーでは、例年より多くの生徒が涙を流したように見えた。

私は――。

ただ、呆然としていただけのように思う。去年の、涼子と付き合い始めた頃の記憶と、自分の置かれている現状とが上手く分離せず、かといって完全に重ねることもできず、立ちながらにして半分夢を見ているような、魂が肉体から中途半端に離脱してしまったかのような、妙な心地のまま式が終わるのを待っていた。あれでよく、周囲から何もいわれなかったものだと、いまさらながらに思う。

式の途中、卒業生男子の一人が近々モデルデビューするだとか、もうしたのだとか、そんな話も耳にしたが、特に興味は湧かなかった。あの生徒ですよ、香山瞬、と美術の佐久間が教えてくれたが、確か私は、そっちを見もしなかったのではなかったか。

そして、二週間弱の春休みをはさんで迎えた、入学式。

「例の、野々村涼子の妹、僕のクラスになりましたよ」

またもや佐久間が、そう教えてくれた。それには、さすがの私も興味を覚えた。

「え、なに……野々村涼子の妹って、うちに入ったの？」

去年中学三年だったのだから勘定は合っているが、まさか、うちに入ってくるとは思ってもみなかった。ただでさえ、涼子の両親は私との関係に気づいているのではないかと懸念していた。だから、妹が棚林に入学してくるなんて、まったく考えもしなかった。

「あれ、羽田さん、知らなかったんですか？　あんなにみんな大騒ぎしてたのに」

本当に、全然知らなかった。耳には入っていたのかもしれないが、それが脳にまで達していなかった。さっぱり記憶にない。

「あー、いや……ちゃんと、聞いてなかったのかなぁ」

さすがに呆れた顔をされた。

「羽田さぁん、奥さんがいなくて寂しくて、酒ばっか飲んでんじゃないですかぁ？　よくないですよ、そういう生活」

「いや、別に、酒は」

「ほらもっと、何かこう、他にあるでしょう……」

その先は、よく聞いていなかった。

涼子の妹、野々村ユカ。名簿をめくると、確かに一年D組に「野々村結花」の名がある。

ひどく動揺した。

涼子にそっくりな子だったらどうしよう。私はどうなってしまうだろう。

だがすぐに思い出した。似ているはずがない。涼子はそれを繰り返しいっていたではないか。そう、野々村結花は、涼子とは似ても似つかない少女であるはずなのだ。

入学式の段階では、まだどの子なのか確認できなかった。似てない子、似てない子と思いつつ、しかし目では、涼子のひと回り小さい感じの少女を捜していたのかもしれない。

そして、今年も担任クラスを持たなかった私が迎えたのは、またもや教員室と音楽室を往復するだけの日々だった。気になっていた野々村結花の部活は、私が顧問を務める軽音楽部でも合唱部でもなく、涼子と同じ写真部であるようだった。

一年生で音楽を履修した生徒の中にも、結花の名前はなかった。彼女はすべてを姉のそれに倣い、この学校で、どう過ごしていこうというのだろう。

そんなある日。

「ユカァ、数Iの教科書貸ァしてェ」

一階の廊下でそんな声を聞き、私は思わず振り返った。

「うん。いいけど、うち次だから、終わったらすぐ持ってきてね」

ロッカーから教科書を出し、最初の声の主に手渡す、長い黒髪の少女。あれが、野々村結花か――。

確かに涼子と違い、結花はつるりとした丸顔をしていた。黒目がちな瞳は一見すると愛らしい印象を与えるが、涼子のそれと比べると、優しさや柔らかさより、意志の強さを窺わせた。そう思って見ると、キュッと口角の下がった口元も、勝気な感じに見えてくる。独特の、強い雰囲気を持つ少女だった。彼女がショパンの『幻想即興曲』を弾いたら、さぞかし絵になるだろう。そんなことを漠然と思った。

彼女が、姉・涼子の通った学校だからこそ、この棚林高校に入ってきたことは、誰の目にも明らかだった。

そのときはすでに、結花が加害者である菅井清彦について、校内で調べ回っているという噂も耳にしていた。

いつのまにか私は、待つようになっていた。

彼女がいずれ、この私に辿り着くのを。

普通に考えれば、校内で何を調べたところで、私と涼子を結びつけるものは何もないのだから、私のところにはこない。だが、彼女の目に宿る意志の強さが、その不可能を可能にするように思えた。そして私は、心のどこかでそれを望んでもいた。

私が、私と涼子の関係を誰かに告白しなければならないのだとしたら、それは、彼女をおいて他にはない。日を追うにつれ、私は強くそう意識するようになっていった。

だからあの日、結花が音楽準備室のドアをノックしたとき、私は、実際あまり慌てなかった。くるべき時がきた。そう思っただけだった。

そして私は、彼女の望みに応えよう、そう決心していた。彼女に何か訊かれ、いきなり「はい、実は」と、涼子との関係を告白できるかどうかは分からないが、でも、いつか必ずそうしよう。私は涼子と付き合っていた。私は君のお姉さんと愛し合っていた。そう正直に告げよう。

私の心は、そのときすでに、決まっていたのだ。

そう。野々村結花こそ、涼子がこの世で最も愛した、たった一人の、妹なのだから。

3

さして広くもないアスファルトの地面。

横倒しになり、前輪を空転させているバイク。

仰向けに倒れたままの、野々村涼子。

俺は一体、何をしちまったんだ——。

ぽつぽつと落ちてき始めた大粒の雨が、校服のブラウスに、肌の色と、下着の白を浮かび上がらせる。ブレザーの紺を黒くする。グレーチェックのスカートを、さらに濃い灰色にする。

ぶつかった瞬間の衝撃が、まだ全身に強く残っていた。

柔らかい感触と、よく知った、体の重み——。

宙に弧を描き、真っ逆さまに、頭から地面に落ちていく、野々村涼子。

俺は今度は、何をやらかしちまったんだ。

地面に投げ出され、くの字に曲がった、二本の長い脚。

右肩にあごを載せた横顔。

頭の後ろに広がり始めていた血は、逆に、雨に薄められていった。

すべてが色を失い、白黒に染まっていくかのようだった。

なんだ。これは一体、どういうことなんだ——。

ふと正気に戻り、ヘルメットを脱ぎ捨て、俺は野々村を抱き起こした。

「おい、しっかりしろ、野々村、野々村ッ」

そこにある目を閉じた顔と、瞼に残る、ぶつかる寸前の表情が、二重写しのようにぶれて見えた。

あの目、あの顔——。

「野々村、おい野々村、しっかりしてくれよ、頼むよ、おい野々村、目ェ開けてくれよッ」

馬鹿だ。本物の馬鹿だ、俺は。

とことん傷つけて、気が狂うほど追い詰めて、挙句、自分で撥ね飛ばして、それでようやく、気づくだなんて——。

「野々村、おい、野々村……ごめん、ごめんよ……だから、目ェ開けてくれ、目を、目を……開けてくれ……」

駄目だ、このままじゃ駄目だ、どうにかしなきゃ、助けなきゃ。

一一〇番か。いや、一一九番だ。

「あの……人を、轢いてしまいました。場所は……あ、埼玉県の、朝霞駐屯地の向かいです。……はい、俺が轢きました。頭から血を流してます。早くきてください、いいから早くッ」

そのときはまだ、野々村の体は、あたたかかった。

ヘッドライトを点けた救急車、パトカー。

赤ランプが、ぐるぐる辺りを照らしている。

俺は現場であれこれ訊かれ、まもなく警察署に連行され、そこでもしばらく取り調べを受けた。

その日のうちに、野々村は亡くなったようだった。

俺はまた少し、自分が空っぽになったのを意識した。

三日後に、児童相談所。その翌日に、家庭裁判所。

親は、いません。十四のときに、二人とも自殺しました。そんときにもらった保険金で食い繋いでます。バイクを盗んだのは初めてです。運転は、見よう見まねで。やり方は知ってたんで。近所に知り合いいるんで。けっこう、弄ったことはあったんで。駐車場で乗るくらいのことはしてたんで。どこって、オートショップ池上って店ですけど。

少年鑑別所。三人部屋。先に入っていた一人は十四歳の現役暴走族メンバーだった。罪状は傷害致傷。もう一人は十九歳、暴力団準構成員。要するにチンピラ。傷害と薬物の所持と使用。

布団の畳み方や、便所の使い方、食事時の決まり。生活の細々としたことを二人から教えられた。トラブルは特になかった。二日後に族メンバーは出ていった。同じ日の夕方には、俺と同い年の、やはり族メンバーという男が入ってきた。今度はこっちが、生活の細々とした決まりを教える番になった。トラブルはなかった。

鑑別所というのは、あまりやることのない、暇なところだった。できることといえば、読書、貼り絵、作文。貼り絵は心理状態を診《み》るのに利用されるらしい。作文は、できるだけ親のことを書けと、十九歳のチンピラから助言された。親は二人とも自殺したというと、そりゃキツいわ、と彼は顔をしかめた。

だから俺は、野々村について書こうとした。

俺は彼女に、何を求めていたんだろう。俺は彼女の、何が欲しかったんだろう。そして彼女の何が、俺の中に残ったというのだろう。

すぐにやめた。とても、誰かに読ませられる内容ではなかった。

俺が入って二週間が過ぎた頃、その彼も出ていった。鑑別所の収容期間は基本的に二週間。だがほとんど延長されるのが普通なくらいだから、四週間経たないと出られないと思った方がいい。それも彼の助言だった。

その彼と入れ替わりに入ってきたのは十八歳の、やはりチンピラふうの男だった。一応彼にも生活のルールを教えようとしたが、分かってるからいいと断られた。それでもトラブルは起こらなかった。

とうとうこの部屋では、自分が一番の古株になってしまった。

だからといって、毎日の生活に特に変化はなかった。

貼り絵ができなくても、作文が書けなくても、四週間経てばここからは自動的に出されるようだから、俺は読書で時間を潰すことにした。

所内に置いてあるのは、主に世界文学全集とか、夏目漱石とか、暴力描写のない漫画とかだった。俺はそんな中からある絵本を見つけ、それをひたすら、繰り返し読み続けた。

いや。絵本だったのだろうか、あれは。

『伝説のワニ　ジェイク』という、イラストとちょっとした文章で構成された奇妙な本だ。どうも、シャノン・K・イヌヤマというフリーライターが書いたもののようだが、どこまでが創作で、どこからが現実なのかがはっきりしない代物《しろもの》だ。内容も非常に嘘くさい。

世界中で目撃されている、「ジェイク」という名の、幻のワニ。あるいは、ワニの幻。

その出現時間、条件に共通点はない。だがそこには何かがある。イヌヤマはその「何か」を知るため、あわよくば実際に「ジェイク」を見るため、国境を越え、世界を巡り、目撃談を集める。

　俺が特に何度も読み返したのが、リサ・デュケンヌという、ベルギーの医師の話だ。一九八四年、彼女は内戦状態にあったエル・サルヴァドルにいた。

「その日はね、めずらしく一発の銃声も聞こえなかった。陽を浴びようと思って、全部脱いじゃって、ベランダに行こうとしたの。むしゃくしゃしてたのよ。病院でね、子供、五歳よ、死んじゃって。運ばれてきた時、腸が飛び出してた。二週間頑張った……家族のことずっと心配して……とっくにいないのに」

「ジェイク？　よく覚えてない。以上、終わり。これから仕事……仕事なの、もう行っていい？」

　そういえば、十九歳のチンピラにはこんなこともいわれた。絵本を見て泣く奴を初めて見た、と。そんなもん見て泣くくらいなら、カンベなんかにくるんじゃねえ、とも。

　四週間が経ち、鑑別の結果、俺に対する審判は「不開始」となり、保護的措置不処分という終局決定が下された。

　結局、俺が生前の野々村に何をしたのかとか、それを一緒にしたのが誰だったのかとか、そういうことは一切語らないまま、一連の事件は終わった。

　野々村涼子は事故死。そういう結論だった。でも俺は、それでいいと思った。それは、俺のためではなく、むろん香山瞬のためでもなく、誰より、野々村のために――。

どの段階で俺の事件に係わるようになったのかは知らないが、家庭裁判所に俺を迎えにきてくれたのは、明夫さんだった。

俺はそのまま店に連れていかれ、一発ぶん殴られた。左フックだった。

「分かるよな」

俺は、口の端から垂れた血を拭い、頷いた。

「はい……すんません、でした……」

「お前、しばらくここで働くことになったから。いいな」

「……はい」

「給料は、ちゃんとやる。それと、あのアパートはもう出ろ。この近くに、もっと安いワンルーム借りろ。分かったな」

「……はい」

「着替えてこい」

渡されたのは、明夫さんと同じ黒いツナギだった。サイズはMじゃなくて、ちゃんと俺用のLだった。


鑑別所を出て三日くらいした頃、猿から電話があった。

『おお、キヨォ……大丈夫かァ？』

そのときはまだ仕事中だったんで、十時に駅前にこいといって切った。

少し時間は過ぎてしまったが、俺は仕事を終えてすぐ駅に向かった。猿は改札口の端っこの方で、短くなったタバコをさらにひと口吸い、足下に落として踏みつけていた。

「よお」

俺が手を上げながら近づいていくと、倣うように手を上げて寄ってくる。

「久し振り……どうなん、大丈夫なん」

パチンと手を合わせ、猿は俺の全身をくまなく見た。

「大丈夫だよ。カンベなんざ、ただ死ぬほど暇なだけだ」

駅前をぶらぶらし、酒とつまみを買って俺のアパートに向かった。

その日はまだ荷物をまとめ始めた段階で、引っ越してはいなかった。

「あれ、なにキヨ、引っ越すの」

「ああ、近々な」

「どこに」

「青木」

「青木ったって、広いじゃん」

「二丁目」

「……いや、聞いても分かんねえけど」

「川の手前だよ」

適当に荷物をどけて飲み始める。パック寿司は、猿の奢りだ。

「ほんじゃま、お勤め、ご苦労さんしたァ」

「うぃーす」

最初はビール。すぐに焼酎に移行した。

「あれ、タバコは？」

「ああ、今んとこ吸ってねえ」

「なぁにキヨォ、真面目んなっちゃってェ」

「いやいや、実際、金ねえんだわ。マジで」

初めのうちは、当《あ》たり障《さわ》りのない話をしていた。

鑑別所では何をやっていたのか。メシは本当に臭いのか。イジメには遭わなかったか。

だから、ただ暇なだけなんだって。メシは美味《うま》かったよ。イジメもなかった。全然。

だが、それだけで終わるはずもない。

猿は次第に、話題を野々村の方へと向けていった。

「……結局、なに、口封じだったわけ」

俺も、にやけてはいられなくなった。

「ちげーよ。何いってんだよ」

「あいつ、頭よかったからさ、なんか、逆に俺たちのこと脅すような、なんかそういうことといってきて、それで消したとか、そういうんじゃねえの」

「消す、ってお前……そこまですっかよ、普通」

猿は眉をひそめた。

「いや、やるときゃやるっしょ。キヨは。じゃあ、なんで朝霞だったんよ。野々村、あんなとこに用ねえっしょ。キヨが連れてったんじゃねーの」

俺は黙っていた。

「なんかもう、殺すっきゃねえ感じになっちゃったんじゃねえの。もうこいつ、ほっといたら何すっか分かんねえとか、そういう感じになって、そんじゃ話聞いてやっからって、朝霞まで連れてって、そんでぶっ殺したんじゃねえの」

俺は、段々腹が立ってきた。

「……下らねえこと、グダグダぬかしてんなよ」

「分かった。なんか、事故に見えるようにカモフラージュしたんっしょ。キヨ、案外賢いから」

「んなことすっか馬鹿」

「でも、事故前の野々村とのこととか、俺のこととか、バレなかったんしょ？」

猿のくせに、案外いいところを突きやがる。

「……ああ。警察は、俺が未成年って分かった瞬間から、急にやる気なくした感じだった」

お湯割りをぐっと飲み干し、俺は粉になったポテトチップの欠片を指で集めて舐めた。

「ほんとに、事故……だったの？」

猿は、怯えたような目で、俺を見ていた。

「警察が事故っつったら事故だろ。普通」

「ほんとに？」

「あんだよ、しつけーぞ」

「いや、でもよ……」

ちょっと、様子が変だった。いつもの猿じゃない。

「なんだよ。何がいいてえんだよ」

ちらちらと、叱られた子供みたいに俺の顔を盗み見る。

「……お、俺も、いつか……野々村みたいに……口封じで、殺されるんかな、って……ちょっと、思って……」

俺は一瞬笑い出しそうになり、すぐになるほどと思い直し、だが最終的には、ひどく虚しい思いを味わった。

そう、確かにこいつさえいなければ、野々村があんな死に方をすることはなかった。それは同時に、俺がいなければということでもあるが。

いっそこいつを殺して、俺も死んでみたらと考えた。だがどうせだったら、それは野々村が生きているうちにやってやるべきだった。野々村が一人で死んでしまった今となっては、俺には勝手に死ぬ権利すらない。猿の生死なんぞにも大した意味はない。死にたいというのなら止めないし、生きたいというのなら、どうぞご勝手にというだけだ。

「……ねえよ。別に、俺がお前を殺したって、なんも……しょうがねえだろが」

空のグラスに、半分まで焼酎を注ぐ。

「……確かに、野々村を朝霞まで連れ出したのは俺だよ。なんとなく走りたい気分だったから、前から目ぇつけてたバイクぱくって、野々村を乗っけてったんだ。でも、あそこで野々村は、自分で帰るっていったんだ。自分の足で、駅に向かった……それを、あとから追っかけてったら、偶然ぶつかっちまった。ただ、そんだけのこったよ」

納得していないのか、猿は「ふぅん」と漏らした。そしてあたかも、「そういうことにしといてやるか」的な顔で頷いた。

「じゃあキヨ、だったらさ」

わざとらしく段ボールの向こう、部屋の四隅を窺う。

「……なに」

何か物色でもするように、辺りをじろじろと見回す。

「なんだよ」

「あ、うん……いや、あの、だからさ、例のほら、カメラ専用に改造した携帯、あるじゃん。あれ、俺に渡してもらえっかな」

俺は、少しだけ感心した。猿が、そんなところにまで知恵を回すとは思ってもみなかった。

「あれなら、もうねえよ」

「はぁ？」

「処分した。ここにはない」

「処ぶ……ここにないって、じゃ、どこにあんの」

「どこにもねえよ。へし折ってどっかやっちまったよ」

するとは猿は、ケツの毛でも毟られたみたいに鼻筋にシワを寄せ、眉を吊り上げた。

「んなわきゃねえだろうがよ」

「騒ぐな。そうなんだからしょうがねえだろ」

「出せよ、キヨ」

「馬鹿かオメェ、ねえもんなんか出せっか」

そのまま、しばらく睨み合った。

猿は生意気にも膝立ちになり、ポケットからナイフを取り出した。

俺は、魚肉ソーセージの頭を切るのに使った包丁を手に取った。

すぐに振り下ろす。迷わず猿の手首を叩く。ただし峰打ちだ。切りつけたわけではない。

「にギャァァーッ」

猿はナイフを取り落とし、打たれた手首を股にはさんで悲鳴をあげた。

俺はすかさずナイフを拾った。

隣の住人が「うるせえ」と壁を蹴る。

「ひ、ひ、ひぃ……」

猿は手首を庇いながら、じりじりと、尻で台所の方に這っていった。怯えた目を俺に向けながら。その目から、涙を垂らしながら。

「こ、このままで……済むと、お……思うなよ」

本当に、人は負けるとこういうことをいうのかと、聞いていて可笑《おか》しくなった。だが、そこで俺が笑ったことも、猿は気に食わなかったようだ。

「本気だぞ……俺は、マジだぞ……」

オメーのマジなんざ怖かねえんだ、といってやりたかったが、やめた。あまり挑発して、本当に殺さなければいけなくなったら、それこそ厄介だ。

「ああ……いいから、もう帰れよ」

俺は、そこに転がっていた奴の携帯を足で蹴り、畳にすべらせた。猿はそれを拾い、よろめきながら玄関に向かった。ナイフは、今日のところは没収だ。

「俺、マジだぞ、キヨ……」

「ああ。でも、ねえもんはねえかんな。いくらいわれても」

「いや、出させる。ぜってー出させる」

イキがるね。まったく。

「あーあー、分かった分かった。いいから帰って、糞して寝ろ」

猿はそれで出ていった。

あの野郎最後に、台所の床に唾吐いていきやがった。

4

あたしは走った。学校から、赤羽駅に。

京浜東北線の切符を買い、さらにホームまで走る。

菅井、菅井清彦。待ってろ、お前——。

電車に乗って、川口駅に着くまでが何しろもどかしかった。菅井の勤め先は、川口駅から少し赤羽側に戻る感じ。途中で、窓から飛び下りたい衝動に駆られた。

駅に着き、また走る。

改札に膝蹴りを食らわせて突破し、本町大通りという道をまた走る。

五百メートルくらいいった辺りに「本町ロータリー」という大きな交差点があり、そこを渡って左にいくと、まもなくオートショップ池上は見えてくる。

あたしは、さして息が切れたわけでもなかったけど、少し、ペースを落とした。

今日はもう様子見なんかしないで、直接店にいく。さすがに緊張する。走ってたときより、よほど激しく心臓がバクバクいっている。

店の前に並んだバイクが、一台一台はっきり見えるところまできた。ハンドルと、ライトと、その手前の丸っこいタンクみたいな部分の並びが、なんかトンボみたいに見える。あと、ちょっとレトロなデザインのスクーターが、二、三、四台。色違いで並んでる。

とうとう、店の中が覗けるところまできてしまった。

店内はわりと明るい。今は一人もお客がいない。

奥から、誰か出てきた。すらっとした、ちょっと長い髪を後ろで束ねた人。毛先の方が茶色くて、根本は黒く戻ってる。明らかに、元ボクサーふうのおじさんとは違う店員。

菅井だった。

写真で見たのと、細かいところはもちろん違ってるけれど、でも、間違いなくそれは、菅井清彦だった。

奴は、店の前に立つあたしの方に目を向けた。一瞬、誰だ、みたいに動きを止め、でもすぐ、奥の作業場の方に踵を返した。

バイクの並んでる陳列スペースと作業場の境目で、その背中が立ち止まる。たぶん、あたしが棚林の校服を着てることに気づいたんだろう。ゆっくりと振り返る。目が合う。

菅井清彦。ついにあたしは、こいつを——。

あたしは店の入り口を通り、バイクとバイクの間の通路を進み、奴の二メートルくらい手前で足を止めた。

「……あんた、菅井、清彦……でしょ」

敬語は、どうしても嫌だった。使わない方が却って不自然なくらいだし、自分の喋りがぎこちないのは分かってるけど、でもどうしても、丁寧にはいえなかった。

奴は、ゆっくりと瞬きしながら頷いた。

「……そうだけど」

拍子抜け。だったらなんだってんだテメェ、くらいの反撃は覚悟してたのに。でも、気を抜いちゃ駄目。

「は……話が、あ、あるんだけど」

改めてあたしを見てから、奴は一つ頷いた。悔しいくらい、落ち着いている。

「ここでよかったら、いいよ。今、ちょうど誰もいないから」

ふと、疑問が湧いた。

「あたしが誰かとか……訊かないの」

「だって、野々村の妹だろ?」

やっぱこの人、お姉ちゃんの彼氏だったのかな。あたしの写真、お姉ちゃんに見せられたりしてたんだろうか。でも、それだったら、「野々村」じゃなくて、「涼子」って呼び捨てにするか。

「なんで分かるの」

菅井は急に目を逸らした。何か、考えてるみたいだった。

「なによ。なんで分かったのよ」

「いや……今の俺を、そんなに怖い顔で訪ねてくる女子高生なんて、野々村の妹以外、心当たりないから……まあ、いいじゃない。当たってんなら」

くるりと向き直り、奥の作業場に入っていく。あたしもあとから、店と作業場の境目まで進んでみた。Pタイルだった床が、そこから先はコンクリートになっている。奴は、壁際の机に載ったラジカセのスイッチを切った。あたしは、そんなものが鳴ってたことにすら気づいてなかったけど、でもそれで、辺りは急に静かになった。

「……で、なに」

菅井は、そこに置いてあった缶コーヒーをひと口、ぐびっと飲んだ。前に突き出た喉仏が、別個の生き物みたいに蠢《うごめ》く。

で、なに――。

そう改めて訊かれると、どういっていいのか分からなくなるのは、あたしの悪い癖だ。

なんだ、何からいうんだ――。

迷ってるうちに、菅井の方が口を開いた。

「俺に、死んじまえって……いいにきた？」

ドキッ、とした。そういうのも、少しはある気がした。でも、それはまだ先の話だ。

あたしは首を横に振った。

「……お姉ちゃんの事故には、不審な点がいくつかある。なのに、警察はろくに調べもしないで、あんたはちょっとの間、留置場に入れられただけで済んだって聞いてる」

「留置場じゃなくて、少年鑑別所だけどね」

カチンときた。子供扱いされた気がした。

「とにかく、なんで朝霞の自衛隊の前で事故が起こったのか、もう、その段階から疑問なの。お姉ちゃん、朝霞になんていかない人だった。全然関係ない人だった。なんでそんなとこに、お姉ちゃんがいたのか、教えてほしいの」

菅井はこっちを振り返り、さっきの机に、寄りかかるようにお尻を載せた。

「……俺が、連れてったから。だから、野々村は朝霞にいた」

「盗んだバイクに乗せて？」

「そう……なんだ、よく知ってんじゃん」

それまで気づかなかったけど、菅井はゴムの、外科医が手術に使うみたいな薄い手袋をしていた。それを、剝がすようにはずす。素手になって、ポケットに手を突っ込む。タバコでも吸うのかと思ったけど、その両手は、ポケットに入れられたままだった。

「お姉ちゃん、盗んだバイクなんかに、易々と乗るような人じゃなかったんですけど」

「でも、乗ったんだからしょうがないじゃない。君が、お姉さんのすべてを知ってるわけじゃないでしょ」

「だから聞きたいのよ。なんで……」

あたしは、わざと声を低くした。

「……お姉ちゃんが、殺されたのか」

菅井は、少し険《けわ》しい目であたしを見た。

「どういう意味？」

「あれは事故じゃなかった。そうなんでしょ？　あんたには、何かお姉ちゃんを殺す動機があった。それを、上手いこと事故に見せかけて実行した。そうなんでしょ？」

さらに、その目が細められる。

「……事故は、事故だ。そこに嘘はない。あれは事故だった」

「そんなの変じゃない。一緒に朝霞にいったんでしょ？　なのに、なんで一緒にいったあんたがお姉ちゃんを轢き殺すのよ。変じゃない。あり得ないじゃない」

「でも、事実そうだったんだから、しょうがないでしょ」

「嘘だ。あんたは何か隠してる。警察でも裁判でもいってないことが何かある。……教えてよ。もう罪を償ったって思ってるんなら、もう罪を問われることがないんだったら、本当のことを教えてよ」

　菅井は、溜め息みたいな鼻息を吹き、あたしから目を逸らした。

「……そういうの、意味、あるのかな」

「はァ？　なによそれ」

「故意かどうかはともかく、俺が君の姉さんを死なせてしまったのは、変えようのない事実だよ。それについての償いが足りないっていうんなら、なんでもいってくれ。民事で訴えてもらってもいい。生かさず殺さずで、俺から搾《しぼ》り取《と》れるだけ取ればいい。……金の問題じゃない、君の両親の前で、土下座して謝れっていうんなら、そうする。そんなんじゃ足りなくて、殺したいっていうなら、俺は大人しく殺される。君が手を汚したくないなら、君の好みの方法で、自殺するよ」

　ちらりと、店の外の方を見る。

「飛び込めっていわれれば、車にだって電車にだって飛び込むし、ビルから飛び下りろっていうんなら、そうする。むろん……首を吊れっていうなら、君の目の前でそうするよ。……さあ、どれがいい」

なんか、学校の先生たちに無視されたときと同じような不快感が、むくむくと頭をもたげてくる。子供扱いされて、煙に巻かれるのはもううんざりだ。

「だから、あたしはお姉ちゃんの死の真相が知りたいんだっていってるでしょ。あんたが死ぬのは勝手だけど、それは本当のことを喋ってからにしてよ。それが本当の償いってもんなんじゃないの」

菅井は首を横に振った。両手をポケットから出し、後ろの机につく。

「……もし、俺が君の姉さんを、わざと殺したのだとしても、だよ。人が人を殺す理由なんて、あんま追及してもしょうがないんじゃない？　強盗が二万三万の金を盗《と》るために、はずみで人を殺すのはよくあることだし、男は別れ話を切り出されただけで、あっさり好きだった女を殺すよ。ムカついたってだけで、見知らぬ他人を殺す奴だっている。親でさえ、育てるのがめんど臭いって、実の子を殺す。子供はうざがって親を殺す。でも、そんなのの理由とか動機とか聞いて、納得できたことなんてあった？」

少し上目遣いみたいにして、あたしを見る。あたしは、何も答えなかった。

「普通は二万や三万の金のために人殺しはしない。惚れた女も殺さない。腹が立ったからって、見ず知らずの赤の他人を殺したいとまではまず思わないし、親は子を殺さないし、子が親を殺すこともないんだよ……普通はね。普通はそうなの。だからもう、人が人を殺すって時点で、普通じゃないんだよ。……要は、同じ状況でもやる奴はやる、やらない奴はやらない。そういうことでしょ。突き詰めれば、そいつはそのとき、たまたまやる方を選んだっていう、選択の問題でしょ。そんな、あってないような理屈なんて、普通じゃない人間の普通じゃない理由なんて、聞いたってしょうがないじゃない。そんなもん、聞いたって納得できっこないじゃない」

あたしは、なんか、頭ん中がぐるぐるしてきて、でも、いい負かされたくなくて、必死で奴を睨みつけた。

「……何度もいわせないで。あたしは、本当のことが知りたいの。真実が、知りたいだけなのよ」

「だから、それに意味がないっていってんの、俺は」

「意味があるかどうかは、あたしが決めることでしょ」

ちょっと、押し勝ったか。菅井は、呆れたみたいに目を伏せた。

「……それが、どんなに汚いことでもか」

すぐにピンときた。

「お姉ちゃんと、羽田先生の、不倫のこと？」

菅井は、驚いたみたいに顔を上げた。

「……知ってたのか」

「うん。羽田先生にも確認した。やっぱり、そのこととお姉ちゃんの事故には、関係があるのね」

菅井は、奥歯を強く噛んで黙った。何か考えてるようにも見えた。

「なんでよ。どうして羽田先生とお姉ちゃんが不倫してると、あんたがお姉ちゃんを殺すことになるのよ。あんた、もしかしてお姉ちゃんと付き合ってたの？」

それには、首を振って答える。

「それは、ない。それだけは……」

「だったらなに。どうしてお姉ちゃんは殺されなきゃなんなかったのよ。教えてよ」

菅井は、タバコを吸うみたいに、ゆっくり息を吸い、フーッと音をさせて、長く吐き出した。それを、二度繰り返す。

「……本当に、いいんだな。喋っても」

「うん」

あたしが頷くのを見て、菅井はもう一度息を吐いて、それから、話し始めた。

「……俺が、野々村と羽田の不倫関係を知ったのは、ほんの偶然からだった。俺はその場面を写真に撮り、それをネタに、野々村を強請《ゆす》った」

いきなり、ドンと胸の真ん中を、拳で殴られたような衝撃が走った。

不倫の証拠写真をネタに、恐喝——。

「なんで……」

「決まってるだろ。体だよ。羽田とのことを公表されたくなかったら大人しくしろっていって、俺は、君の姉さんをものにした。さらにその場面も写真に撮り、俺は野々村を、がんじがらめにしていった」

殴られた胸に穴が開いて、そこが、ぐちゃぐちゃに爛れていく。臭い湯気を立ち昇らせて、胸が、腐って溶けていく——。

「野々村は、すっかり俺のいいなりになった。だから、盗んだバイクの後ろに乗るくらい、別におかしなことでもなんでもない。そして俺は、次に、お前の妹も連れてこいといった」

お前の妹、ってそれ、あたし——？

「だがそれだけは、野々村は拒んだ。手近なところにあった刃物で、俺を刺そうとまでした……バイク盗んで朝霞までいったのは、その次のときだ」

菅井は壁の、ふらふらと回り続ける換気扇に目をやった。

「自衛隊んところまでいって、そこでちょっと、話をした。俺はもう、こういうの、終わりにするっていった。刺し殺されちゃ堪んないからな……でも野々村は、もう遅いっていった。もう、決めたからって、いわれた」

「決めたって……何を？」

遠い目のまま、菅井は首を横に振った。

「それは、いわなかった。とにかく、許さないっていわれた。他のことはともかく、妹のことだけは、絶対に許さないって」

目だけじゃなくて、菅井は意識まで、あの日の朝霞にいっちゃってるみたいだった。明らかに、ここにはいない。そんな様子だ。

「それで急に、帰るっていって、歩き出した。俺はそれを、馬鹿みたいに、見てただけだった。……でも四、五分して、俺の携帯に、非通知の電話がかかってきた。出たら、野々村だった」

お姉ちゃんが、電話――。

「……なんだって？」

「駅、分かんなくなったから、きてくれっていわれた。……角を曲がったら、あとはずっと真っ直ぐだって教えたのに、変だなとは思ったけど、でもだいぶ暗くなってたから、アクセル吹かして、急いで奔ってった……そしたら、角曲がったところで、野々村が、両手を広げて立ってた」

急に、話が見えなくなった。

「え、なにそれ……」

　あたしは無意識のうちに、菅井に詰め寄っていた。

「お姉ちゃんが、わざとあんたの前に立ち塞がったっていうの？」

　胸座をつかんでも、抵抗らしいことは何もしない。

「……俺は、あの日にあったことを、そのままいってるだけだ」

「あんた、そんな、お姉ちゃんの方から当たってきたみたいな、そんな言い訳して、まだ責任逃れしようっていうの？」

　菅井は短く一度だけ、首を横に振った。

「責任逃れはしない。君の姉さんを、死ぬまで追い詰めたのは間違いなく俺だし、実際に撥ね飛ばしたのも、この俺だ。だから死ねっていわれたら死ぬって、さっきからいってるだろ。でも、真実が知りたいなら、最後まで聞けよ。君の姉さんが何を想って死んだのか、ちゃんと……最後まで聞いてくれよ」

　あたしが手を離すと、菅井は、深呼吸をして続けた。

「だから……あっ、と思ったときには、間に合わなかった。俺も、もっと遠くにいるもんだと思ってたし、ちょっと慌ててたし、そもそも俺は無免許で、運転も上手くねえから、瞬間的に避けるとか、そういうことも、できなかった」

　菅井の着てる、黒い作業服の胸に、何かが光って、消えた。

　それは、信じられないことに、菅井がこぼした、涙だった。

「今も、目に焼きついて、消えないんだ……あのときの、野々村の顔が……あいつ、両手を広げて、真剣な目で、俺を見てた。怒ってるとか、そういうんじゃなくて、必死に、何か訴えかけてくるような、そんな目だった……それで、抱きとめようとするように、俺のバイクに、かぶさってきた……」

嘘だ、そんな話、そんな涙——。

「……君の姉さんが、最期にそうしたのには、たぶん、三つ、理由がある。一つは……羽田。あいつの、教師としての立場を守ること。もう一つは、君。……妹を、巻き込まないようにすること」

あたしはまた、菅井の胸座をつかんでいた。

「もう一つは……なに……」

菅井の胸は、震えていた。あたしの手も、震えてた。

「たぶん、俺に、何かを……教えようとしたんだと思う」

「何か、って……なによ」

あろうことか、菅井は、小さく首を傾げた。

あたしはつかんだ襟を、思いきり前後に揺すった。

「あんたが、あんたが分かんなくてどうすんのよッ」

菅井はされるがままの、できそこないの木偶《でく》だった。あたしはそれが悔しくて、虚しくて、やがて力尽きて、その場にへたり込んだ。

あたしは、こんなことを知るために、ここまできたのか。あたしが知りたかった真実って、こんなことだったのか――。

菅井の足下に、新しい雫《しずく》が落ちた。あたしはそれに、唾を吐きつけてやりたい衝動に駆られた。

「……ぶつかる瞬間まで、野々村は、何かいいたげに、俺を見ていた。……何をって、訊かれても、上手くいえないけど、でも、俺にも、分かったことはある。それが、野々村の伝えようとしたことかどうかは、分からないけど……」

上から、何か下りてきた。

先の長い、マイナスドライバーだった。

「それは、俺の、罪と罰。それだけは今、分かるようになった。だから、いいんだ……君に殺されるなら、辻褄が合う。心臓は……この辺。ひと思いに、でもいいし、ここはほら、拷問の道具にできそうなものも、色々あるからさ。あそこにある万力で指潰してみるとか、鼻潰してみるとか、そういうんでもいいよ。旋盤もあるから、ぐるぐるに削ってみてもいい。もう、好きにしていいよ。抵抗はしないし、反撃もしない。自殺の方がよければ、そういって。君の、望む通りに死んでみせるから」

いつのまにか、あたしはそのドライバーを、握らされていた。

菅井は、一メートルくらい下がって、両手を広げた。

あたしは立ち上がり、手の中のドライバーを見つめた。

震えがきた。でもそれは手だけじゃなくて、体全体の振動っていうか、いや、それとも違くて、あたしは、気づかないうちに、叫んでたんだった。

アァーッ。

あたしは力の限り叫んで、ドライバーを握り締めた。

アァーッ。

ガタガタガタッ、バタバタバタッて震えて、自分が、奔り出す直前のF1カーになったみたいな気分だった。

これでスタートすれば、すべてが終わる。

こいつを殺せば、お姉ちゃんは成仏できる。

「アアァーッ」

いくぞ、殺すぞ、そう気合いを入れて、ガッ、と前に出た瞬間、

「野々村ッ」

目の前を、何か大きなものが覆って、その水色のものに、あたしの突き出したドライバーは、吸い込まれていった。

ビリ、と布を貫く短い音。それに続いたのは、ずぶずぶ、と柔らかいものにドライバー

が埋まっていく、ゆるい手応え。

「おいッ」

菅井の声がした。あたしはわけが分からず、その、目の前にある大きなものを、見上げた。

「ふぐ……んぐぅ……」

なぜかそこで、羽田先生が、顔に脂汗を浮かべて、目を見開いて、呻き声を上げていた。

あたしは自分の手を見た。思わずパーに開いた。

ドライバーのグリップが、羽田先生のお腹に残った。

「だから、駄目だと……いっただろう……」

羽田先生の声を聞いて、あたしは急に、恐ろしくなって、その場に、膝をついた。

5

私は結花を探して、学校中を走り回った。

だが、どこにも彼女の姿はなかった。

息を切らし、三階に上ったところで途方に暮れていると、

「あら、羽田先生……どうなさったの？　お顔、真《ま》っ蒼《さお》ですわよ」

古株の英語教師、井上和世と出くわした。

この井上は去年、涼子と菅井のいた三年C組の担任だった——。

突如、眉尻の辺りで爆《は》ぜるものがあった。そうか、結花は、菅井の勤め先に向かったのかもしれない。だがまだ、彼女はそれを突き止めてはいないはず。いま井上からそれを聞き出せせば、自分の方が先回りできる可能性はある——。

私は真正面から、彼女の丸っこい両肩をつかんだ。

「井上さん、あの、例の、菅井清彦の、勤め先を教えてください」

あからさまに不快そうな顔をされたが、もうなりふりかまってもいられなかった。しつこく問いただすと、彼女は渋々答えた。

「……私も、一度いったきりですから、どう、ご説明申し上げたらよいのか……」

「目印は？　何か目印になるもの、近くになかったですか」

小さなあごが、その下にある餅のような脂肪に埋没する。

「確か、広い道に面してたんじゃ……あれ、国道かしら」

川口駅の近くを通っている国道といえば、百二十二号線だ。

「菅井のいる店は、国道沿いにあるんですね？」

「あ、どうかしら、国道かどうかは……」

「でも広い道路に面してることは確かなんでしょ？」

「ええ……それは、はい」

「店の名前は？　なんとかオートとか、そういう名前なんじゃないですか？」

ふいに彼女は顔を上げ、人差し指を立てた。

「……身元を引き受けたのが、そのお店の、池……なんとかさんと仰る方だから、池田とか、池上とか、確かそういう……」

「分かりました」

すぐに踵を返して階段を下り、私は玄関に向かった。


川口駅に着き、東口を出てすぐの交番に飛び込んだ。

「すみません、あっちの国道沿いに、バイクショップはありませんか。たぶん池田とか、池上とか、そういう名前のつく」

そこにいた五十絡みのお巡りさんは、壁に貼った管轄地図の「国道百二十二号」を指でなぞった。

「バイクショップっちゃあ、ここでしょう。オートショップ池上」

それだ、間違いない。国道まで出て、左に真っ直ぐいけば確実に分かりそうだった。

「ありがとうございました」

そこからは走りだ。

本町大通りを数百メートル走り、大きなロータリーに突き当たったら、そこを渡って左。すぐに店は見えてきた。「オートショップ池上」という縦型の看板が掛かっている。スクーターやバイクが数台店頭に並んでいる。

その時点ではまだ、私は自分の方が先回りしているだろうと思い込んでいた。だから店内を覗き、奥の作業場に結花の姿を見つけたときには、ひどく驚いた。頭の中がこんがらがった。何が起こったのかよく分からなくなった。さらにその手に、ナイフが握られているのが見えたときにはもう、どうしていいのか分からなくなった。

結花は「アアァーッ」と、まるで気が狂《ふ》れたように叫んでいた。刺す気だ。結花は菅井を殺す気だ。直感的にそう思った。

「野々村ッ」

私が叫んだのと、結花が動いたのと、どっちが先だったろうか。

とっさに私は、結花の前に、割り込むようにして飛び込んだ。喧嘩や、こういう場面に慣れた人間なら、上手く彼女の手を叩くか捻るかして刃物を取り上げ、暴力だけを封じることができたのかもしれない。だが私は、これまでに殴り合いの喧嘩すらしたことがなかった。

完全なる失敗だった。よく見れば、結花の握っていたのは刃物ではなく、ただのドライバーだったのだから、先に手を払うなり蹴飛ばすなりすればよかったのだ。とにかく、二人の間に割り込むのだけは、すべきではなかった。

尖ったものが腹に当たり、そのまま腹筋の横に、ズズッと入ってきた。切り傷の痛みが、深く深く刺し込んでくる。

ただ、それはほんの一瞬のことで、途中からはあまり感覚がなくなった。

「おいッ」

背後で若い男の声がした。菅井だろう。

目の前にいる結花が、私を見上げる。

黒目がちな瞳の焦点が合い、ぱっと、驚きの色が浮かぶ。

そのせいだろうか、刺さった部分に力が加わり、突如、長細い激痛が腹の中で暴れ始めた。

「ふぐ……んぐぅ……」

患部が、カァーッと激しく熱を帯びる。しかしすぐに、同じ場所に痺れるほどの寒気が生じた。それが、寄せては返す波のように、全身に広がっていく。熱と、寒気。激痛の波状攻撃。吐き気が、体全体を侵していく。湯を浴びたように、頭髪の中から脂汗が伝い落ちてくる。

結花はドライバーのグリップを放し、再度私を見上げた。

怯えてはいたが、先の狂気はもう、そこにはなかった。

最悪の事態は、免れたようだった。私は安堵する一方で、結花に、何かひとことといってやりたくなった。

「だから、駄目だと……いっただろう……」

やっとそれだけ吐き出すと、視界に、蛍光灯の照明器具がすべり込んできた。ああ、後ろ向きに倒れるな、と思った瞬間、また激痛が走り、直後、誰かに背後から支えられ、その衝撃でさらなる激痛に見舞われた。

「大丈夫か、おい」

支えてくれたのは、菅井だった。どうやら私は、彼の膝に横抱きにされたようだった。

「今、救急車呼んでやっから」

どこからか携帯電話を取り出し、ぱかっと開く。私はその、彼の左手首を渾身《こんしん》の力でつかんだ。

「……なんだよ」

どういったら一番簡潔に、私の意志を、伝えられるだろうか。

「なあ……これは、私が君に、手渡そうとして、そのときにつまずいて、転んで……それで、偶然刺さった……な？　そういうことで、頼む」

菅井はこれといった表情を浮かべずに頷いた。

「分かってるよ」

その返事を聞き、私は安堵して目を閉じた。

救急車に乗せられるまでの記憶はあったが、次に気がついたときにはもう、病院のベッドの上にいた。

霞がかった視界に、下からぬっと、黒いものが入ってくる。そこに焦点を結ぼうと目を瞬くと、その、黒いものが声を発した。

「……先生、私、分かる？　野々村」

涼子か、と思ったが、

「結花、野々村結花です」

先にいわれ、甘い幻覚に浸るまもなく、私は現実に引き戻された。

「……ああ……分かる」

よかった、と結花は、私の左肩におでこを載せた。

鼻先に、あの涼子と同じ、石鹼のような匂いが漂う。

「ごめんなさい……ごめんなさい、先生」

頭の重さと、小刻みな震えが、なんだかとても心地好かった。

腹回りに軽い圧迫はあるが、痛みは、さほどでもなかった。

「ここは……どこだ」

「川口市内の、救急病院。場所は……よく分かんない」

「手術、したのか……私は」

「うん。傷、深いは深いんだけど、でも奇跡的に、内臓は傷ついてなかったから、入院は、一週間くらいでしょうって」

一週間か。学校にも、何かしらの事情説明は必要だな、などと考えていたら、ふと気づいた。

「……菅井は……？」

結花は、眉根を寄せて頷いた。

「帰った。やることは……やったから、って」

ここに至るまでの処理は、すべて彼がしたのだと、結花は説明した。

「……あたしもう、全然、わけ分かんなくなっちゃって……あんなに憎かった菅井が……あんなに一所懸命、先生を助けようとするなんて……あたし、もう、自分が何をしようとしてたのか、自分がなんなのか、もう、頭ん中、ぐちゃぐちゃになっちゃって……」

結花は、泣くに泣けないという顔で、自分の膝を叩いたり、拳を額に打ちつけたりした。

私は手を伸ばし、結花の、その細い指の並ぶ拳をつかんだ。

「もう、よしなさい……気は、済んだだろう」

結花は私の目を見つめ、何事かいおうとした。が、すぐに目を逸らし、かぶりを振る。

「……よく、分かんない……」

私はまだ、結花の拳を持ったままだった。

よく見ると、顔に対してそれは、少しバランス的に、大きいように思えた。

もう一方の手も使い、その拳をほぐす。

やはり、女の子にしては掌が厚い。それでいてそれぞれの指は長いという、機能的な「美」を備えている。「意思のある手」と言い換えてもいい。実に、いいピアノを弾きそうな手だった。

私はそれを、そっと結花に返した。

「……君は確か、中学のときに、何かのコンクールで、全国優勝、してるんだったよな」

はっと顔を上げ、結花は気まずそうに頷いた。だが、黙っている。

「今度、君の演奏を、聴きたいな。……私が退院したら、なんでもいいから、弾いてくれないか」

すると、なぜだろう。結花は、ひどく沈痛な面持ちになった。

「もう……駄目かも」

「何が？」

「ピアノ」

「どうして」

「お姉ちゃんが死んでから、あたし……全然、弾けなくなっちゃったの」

思わず、息を呑んだ。

なんとなく、分からないではなかったのだ。

私ですら涼子の死後、自分の弾くピアノが、ひどく空虚なものに聴こえて仕方なくなっている。それまで結花がピアノを弾くときは、ほとんどずっと、傍らに涼子がいたのだろうと思われる。それが急にいなくなったら、さぞかし弾きづらくなるだろう。それは、想像に難くない。

ただ、まったく弾けないというのは、どうだろう。精神的な圧迫でそうなっているのだとしたら、かなりの重症と、いえるのではないか。

結花は続けた。

「……でも、これはきっと、お姉ちゃんのことに、ちゃんと整理がついてないせいなんだって、あたしは考えてて……それで、棚林に入って、菅井のこと調べて、自分で真実を確かめて……そうしたら、また前向きに、ピアノを弾けるようになるんじゃないかって……そう、思ってたんだけど……」

両手を額の前で組み、結花は、小さな肩を震わせた。

私は、その固く握り合った両手に、自分の手を重ねた。

「……真実は、聞けたのか」

結花は小首を傾げた。健康的な色の頬を、透明な雫が伝った。

「でも、菅井とは、話をしたんだろう？」

すると、小さくだが頷く。沈痛な面持ちは変わらない。

私はそれ以上続けず、結花が話し始めるのを待った。

秒針の音が、やけにはっきりと鼓膜に届く。

この病室は、決して大きくはなかった。十畳か、それくらい。隣にもう一つベッドがあるが空いている。今は仕切りのカーテンも引かれていない。

右手にある窓は暗かった。時計のありかを捜すと、入り口の上にあった。八時四十分。面会時間とかは、どのような決まりになっているのだろう。

「あ……もう、こんな時間」

結花も自分の腕時計を覗き、驚いたように目を瞬かせた。

私は頷いてみせた。

「……今日は、もう帰りなさい。ご両親が心配なさる」

結花は「でも」といったが、それに続く言葉は、なかなか出てこない。

彼女が、じりじりとした葛藤を抱えていることは、外からでも充分に透けて見えた。ただそれがなんに関することなのか、私には分からなかった。それを推《お》し量《はか》れるほど、意識もまだはっきりしていなかったのかもしれない。

やがて結花は椅子から立ち、深々と頭を下げた。

「また、明日きます……今日は、本当にすみませんでした」

謝られたことで、一つ分かった。彼女の抱える葛藤は、私に怪我を負わせたこととは、あまり関係ないのだろうということが。

私は、気にするなという意味で頷き、でき得る限りの笑みを浮かべた。

「……無理、しなくていいよ。学校も、あるだろう」

結花は小さく息を吐き、悲しげな笑みを浮かべた。

先生、明日は土曜で休みです。そういって再び頭を下げ、彼女は病室を出ていった。

第五章　悟る時

1

救急車が到着した頃、ちょうど明夫さんも店に帰ってきた。

いきなり自分の店から、担架に載せられた中年男が運び出され、救急車に収容されたのだ。しかも女子高生のオマケつき。さぞかしびっくりしたことだろう。

「どういうこったこりゃ、キヨ」

そういわれても、俺にもどう説明していいのか分からない。

「いや、あの」

そんなこんなしているうちに、救急車の後部ドアは閉まり、エンジンがかかった。

「とりあえず、説明は帰ってからしますから……あ、これ貸してください」

俺は明夫さんから、いま彼が乗って帰ってきたばかりの自転車を奪い取った。

「おいキヨォ」

そのまま救急車を全速力で追いかける。どうせ救急だ、大して遠いところにはいかないだろうと思った。案の定、車は国道を少し北上した辺りで左に曲がり、わりと小さな個人病院の前に停まった。

運び込まれたら、即手術。

野々村の妹はせまい廊下のベンチに座り、俺と一緒に治療が終わるのを待った。かかったのはせいぜい一時間くらいだったと思うが、そのときはもっと、ずっと長く感じられた。

何しろ、雰囲気が気まずかった。隣にいるのは、自分が殺した女の妹。治療されているのは、その女の元不倫相手。刺したのは妹。

複雑すぎる。

本当は、刺されるのは俺だった。俺でなきゃならないはずだった。

野々村の妹は、両手を口の前に組んで震えていた。ときおり自分で指の節を噛み、床を睨み、「ああ」と力なく漏らしては、膝に顔を伏せる。数秒してもとの姿勢に戻り、また同じことを繰り返す。

何か飲み物でも買ってきてやろうかと思ったが、見える範囲に自販機はない。タバコは、吸わないだろうし、そもそも俺も持ってない。

何かいおうと思っても、なんと声をかけていいのか分からない。大丈夫だ、心配すんな、とかか。いや、大丈夫かどうかは分からない。下手な慰め方はしない方がいい。でも、本当にひどかったら救急隊員だって、もっと設備のいい大きな病院に連れていくだろう。大したことはないと判断できたから、こんな個人病院に運び込んだのだろう。そうだ。きっとそうに決まってる。

「……ま、死にゃしねーよ」

結局俺にいえるのは、せいぜいそんなところだった。

答えは返ってこなかった。気まずい沈黙が、また新たに始まっただけだった。

よく見ると野々村の妹は、野々村にあまり似ていなかった。姉の方が犬系だとしたら、妹は、リスとかハムスターの小動物系だ。

お前、あんま姉ちゃんに似てねえな。それも、なんだかいいづらい。

雰囲気もずいぶん違う。姉と比べると柄は小さいが、猪突猛進系というか、ガムシャラに突っ走る強さのようなものが感じられた。あの、ふわふわした野々村涼子とはまったくの別人格だった。

そう考えると、最初に見たとき、よくこれが野々村の妹だと分かったなと、自分でも不思議になった。確かに棚林の校服は着ているし、年の頃もそんな感じだ。他に心当たりがないというのもそうだ。でもだからといって、なぜあそこまで確信が持てたのだろう。考えれば考えるほど分からなくなってくる。それくらい、この妹は姉貴に似ていない。

そんなことを思っていたら、なんの前触れもなく治療室のドアが開いた。手術室という
ほどの部屋ではない。実際「手術中」の赤ランプもない。ペンキ塗りの白いドアで仕切ら
れた、診療室よりは多少器具が揃っている、そんな程度の部屋だ。出てきたのは院長だか
なんだか知らないが、白髪の爺さん先生だ。

「……終わりましたよ」

跳ねるように立ち上がった野々村妹が、頭突きのような勢いでお辞儀をする。

「ありがとうございました」

「あなたは、あの人のなに、娘さん？」

妹は首を振った。

「生徒です。あの人は、学校の先生で……」

「それで、刺さったのは、ドライバー？」

「……はい……」

「なんでそんなことになっちゃったの」

そこで俺が割って入った。

「いや、うちがバイクの修理屋で、俺は卒業生なんすけど、先生とこいつが遊びにきてて、
俺がちょっと、そこのドライバー取ってって先生に頼んで、そんで、渡してくれようとし

たんすけど、ちょっと、コードか何かに足が引っかかって……で、転んで、はずみで、運悪く、刺さっちまったと」

先生は「ふぅん」と口を尖らせた。完全に納得しているのではなさそうだった。

「……暴力沙汰なんだとしたら、一応は警察とかね、届けないと駄目だよ」

「いや、そんなこと、ないっす」

「大丈夫なの？」

「疑うんだったら、本人に訊いてみりゃいいっすよ」

俺が治療室を覗こうとすると、先生は「いやいや」と扇《あお》ぐように手を振った。

「まだ眠ってるから、気づくまではもうしばらくかかるよ」

「はあ。そっすか」

「ま、そこまでいうなら、事故なんでしょう。……手術自体は、上手くいきました。幸い内臓にも損傷はなかったので、入院も、一週間くらいで済むでしょう」

さらに、病室はいま用意してるからと付け加え、爺さん先生はどこかに消えた。野々村妹は深く息を吐き出し、どすんとベンチに腰を下ろした。

俺は立ったまま、妹の後頭部を見下ろしていた。

「……お礼、いうべき……なんだよね……」

店に怒鳴り込んできたときとは、別人のようにか細い声だった。少し、震えてもいる。

「別に。羽田がそういってくれっていったから、そうしただけ」

「でも……ありがとう」

「いいって」

「庇ってくれて」

「庇ってねえし」

まあ、俺も治療が上手くいったと聞いて、ひと区切りついた感はあった。

そう。病院には運びましたけど、結局死んじまいました、では、のちのち明夫さんに迷惑がかかる。でも怪我で済めば、あとはどうにでも納められる。助かってよかった。今は、素直にそう思う。

じゃあ俺、帰るわ。

だが、それをいうより先に、妹が俺を見上げた。

「……ねえ。一つ、訊いていいかな」

真っ黒な二つの目が、揺るぎない強さで俺を捉える。落ち込んでたんじゃねえのかよ、とも思ったが、拒む資格も、俺にはない。

「ああ。なに」

「あんたは、お姉ちゃんのこと、どう思ってたの」

いきなり何をいいやがる。

まあ、何を答えるかの自由くらいは、まだ俺の側にもあるはずだ。

「……そんなこと、聞いてどうすんの」

「どうもしない。ただ聞きたいの」

「聞いたってしょうがねえだろ。何を聞いたって、俺がお前の姉さんを死なせちまったことに変わりはないよ。さっきそういったろ」

「違う」

「何が」

どうしたんだろう。もっと乱暴に言い放って、この場を去ることだってできる。なのに俺はそうせず、むしろこの子の疑問に答えようと、正面切って訊き返している。

「……さっきまで知りたかったのは、お姉ちゃんが、どうして死んだのかってこと。本当に事故だったのか、それともわざと殺されたのか……そういうこと。でも、いま訊いてるのはそういうことじゃない。なんで、羽田先生と不倫したお姉ちゃんを、あんたは強請《ゆす》ったのかってこと。どうしてひどいことしたのかってこと」

それ、いわせんのか。嘘つく気分じゃなくなってる、今の俺に――。

「ねえ、どうして？　なんとも思ってない女の子が先生と不倫したからって、そういう、ひどいことしたり、普通はしないでしょう。あんたはお姉ちゃんのこと、どう思ってたの？」

「どういう意味だよ」

「どういうもこういうも、そういう意味よ」

「分かんねえよ」

「好きだったのかってこと。あんたは本当は、お姉ちゃんのことが好きだったんじゃないのかってこと」

いえない。そんなことをいう資格は、俺にはない。

前置きに、溜め息をついてみせる。

「……別に、そんなんねえよ。ただお前の姉ちゃん、何かっちゃあ人のこと心配したり、ああ……この怪我」

だいぶ薄くなってはいたが、俺は左手の傷を見せた。

「わざわざ自分のハンカチ当てて、応急手当てしたりよ……普段はなんか、善人面してんのに、陰じゃセンコーと不倫かよ、とか思ったら、異様にムカついたんだよ。そんだけ」

傷と、俺の顔を見比べる妹の目に、険しさが増す。

「嘘つき」

「何が」

「悪ぶってる」

「ザケんなよコラ」

「お姉ちゃんのこと、好きだったくせに」

「泣かすぞガキが」

廊下に、俺の怒声が響き渡った。でも誰も、文句をいいにはこなかった。

「……もういいだろ。やることはやった。俺、帰るから」

それでもまだ、妹は俺を睨んでいる。だが、それでいいと思った。俺を憎んで、絶対に許すな。一生俺を、憎み続けろ。そして、死んだらザマァ見ろといって笑え。笑って笑って、唾でも糞でも小便でも、墓にぶっかけろ。それが俺とお前の、正常な関係なんだ。

ただ一つ、思いついたことがあった。

「ああ……お前、羽田にはあのこと、今日は話すなよ」

妹は、睨んだまま眉をひそめた。

「あのことって？」

「俺が、姉ちゃんを強請って云々ってこと。話すなら、退院してからにしろ。ショックで暴れて、傷口開いたらヤバいだろ」

妹は口を尖らせ、ぐっと歯を食い縛った。

「……やっぱ嘘つき。悪ぶっちゃって。カッコわる」

俺は半分、体を出口の方に向けた。

「いま容態悪くなって死なれたら迷惑なんだよ。あそこ、一応俺の職場だかんな」

じゃあな、と付け加え、俺は歩き始めた。

妹は追ってもこなかったし、もう言い返してもこなかった。

一度店に帰り、明夫さんに大体の事情を説明した。

運ばれたのは、俺の通ってた高校の先生。付き添って救急車に乗ってってたのは、俺が轢き殺した女の妹。ちょっと言い合いみたいになって、ああいう結果になったけど、刺したのは俺じゃない。被害者が納得してるから、警察沙汰にはならない。心配しないでいい。

「すんませんでした……」

明夫さんは、俺の方を見ずに頷いた。

「……お前がいいっていうんなら、俺はいいよ」

少し、怒っているようだった。

時計を見ると、もう夜の八時だった。見れば、店の片づけは終わっている。

「じゃあ、もし警察とかきても、俺からはなんもいわねえぞ」

「はい……すんません。助かります」

「今日はいい。もう帰れ」

「いや、でも道具が……」

「いいから。やっとくから、今日は帰れ」

俺はもう一度頭を下げ、裏口の方に引っ込んだ。

すぐに、表でシャッターの閉まる音がした。


国道を真っ直ぐ上っていき、青木橋に差しかかる道を左に折れる。鑑別所を出て引っ越したそこは、以前住んでいたアパートより店から遠い。むろん近いところも探したが、手頃な物件は見つからなかった。つまり引っ越して、却って遠くなってしまったわけだ。

細い路地を曲がり、さらに砂利敷きの私道に入る。苔で黒ずんだブロック塀に沿って進み、突き当たったところの二階建てアパート。その一階の左端が、今の住まいだ。

虫の知らせ、でもないのだろうが、なんの気なしに自分の部屋に目をやると、窓のカーテンに、スッと明かりがよぎるのが見えた。気のせいかと思ったが、しばらく見ていると、また明かりが当たる。

誰もいないはずの、暗い部屋に巡る明かり。常識で考えれば、その主は泥棒だ。だが、金目のものが狙いとは到底思えなかった。泥棒だって馬鹿じゃない。そういうものがありそうな部屋とそうでない場所の区別くらいはつくだろう。

ということは、そうでない何かを捜すために、誰かが俺の部屋に忍び込んでいると考えた方がいい。それなら心当たりがある。痛いくらい。

俺は、二階に上がる階段の下にある集合郵便受けに手を突っ込んだ。案の定、フタの裏に貼りつけてあった合鍵がなくなっている。当てずっぽうでバレる可能性もなくはないが、まあ、知った者の犯行と考えた方がより正解に近いだろう。

つまり訪問者は、古い知り合いというわけだ。

俺は鍵がかかっていないことを前提に、メッキの剝がれたドアノブを回した。手前に引くと、慌てたような人の気配が室内に蠢いた。

「……ただいま」

訪問者は二人だった。一方が慌てて懐中電灯のスイッチを切る。

「へえ。今日は、スターもご一緒かい」

中に入り、俺は後ろ手でドアを閉めた。あえて明かりは点けなかった。別に、大して見たい顔でもない。それに二人は、窓を背にして立っている。どういう位置関係なのかは、明かりなしでも充分に分かる。

「……どこなんだよ、キヨ」

懐かしい声だった。馬鹿で、甘ったれで、強欲な猿の声。

「何がだよ、スター」

「とぼけんな。例の携帯だよ」

「その件なら、そこにいる美人の姉ちゃんに散々説明したはずだけどな」

もう一人が背筋を伸ばす。長い髪のシルエットが揺れる。

「……大人しく、出しなさいよ」

声が震えていた。緊張しているようだった。それが俺には、滑稽に思えて仕方なかった。

「まったく、話の通じねえ連中だな……なあ、お前らにはさ、俺なんかにかまってねえで、もっと他にやるべきことがあるはずだろ。何度もいったように、例の携帯ならへし折って捨てたよ。何をそんなにビビってんだよ。どうして俺が、あれをネタにお前を強請るって思うんだよ」

猿が体の向きを変える。

「……用心だよ。すべてのことに、用心が必要なんだ。なんたって、お前は俺に嫉妬してる。お前は今や前科者、俺は芸能人だからな」

反論する気にもならない。俺は溜め息をついて黙った。

「お前は、いつだって俺を見下してた。中学んときから、お前はずっと俺の上にいて、俺は一秒だって、お前の上にいったことはなかった。……それがどうだ。今は完全に逆転してる。誰が見たって、俺が上で、お前が下だ。俺は勝ち組で、お前は負け組だ」

やはり、明かりを点けなくてよかった。下手に顔が見えていたら、俺はこいつをぶん殴っている。

「……だからさ、分かるんだよ。俺にはお前が、下になっちまった今のお前の気持ちが、手に取るように分かるんだ。お前は俺に嫉妬してる。俺を表舞台から引きずり下ろしたくて、毎晩毎晩この薄汚え部屋で、歯軋りしながらセンズリこいてやがるんだ。もちろんズリネタはアレだよ。俺とお前と、野々村が写ってるアレだ。捨てるはずがねえ。お前にアレが、捨てられるはずがねえ」

だったらなおさら、オメェになんざ渡せっか馬鹿。

俺はとりあえず、靴を脱ごうとした。

「動くんじゃねえッ」

猿は少し前屈みになり、腰を落とした。

俺は背を向け、かまわずそこにしゃがんだ。

足下を見たが、二人の靴はなかった。ムカッときた。土足かよ。そりゃねえだろ、いくらなんでもよ。

「……おい、オメェら、なに他人の家に土足で上がってんだよ。あとでキッチリ掃除させっかんな」

「ザッケんなテメェ、なに余裕こいてんだよ」

瞬、と諫《いさ》めるように姉貴が呼んだ。同じ姉でも、野々村涼子とはえらい違いだと思った。

俺は黙って靴ヒモをほどいた。

「お前は、いつだってそうだった……」

この状況で思い出話か？　とも思ったが、止めはしなかった。俺には、こいつらをどうやって追い返そうか、あとの掃除や片づけはどれくらい大変なのだろうか、そんなことの方がよほど気がかりだった。

「いつだって、俺は分かってる、大丈夫だみてえな顔しやがってよ……ずっと、気に食わなかったんだ。野々村のことだってよ、一緒に強請って、同じようにやってんのによ、それでも野々村は、俺とお前に、優劣つけたじゃねえか。どっち先がいいっつったら、お前が先っつったじゃねえか」

「それは、俺のせいじゃねえだろ」

「るせェ聞けッ」

また「瞬」と、馬鹿女が小声でたしなめる。俺は、それ以前にあんたはその弟の発言内容をどう思ってんの、と訊いてやりたくなった。

まだ猿は続ける。

「……だからよ、俺は躍起になってぶっ込んだんだよ。オメェより俺の方がいいって、野々村にいわせてやろうと思ってよ……実際、オメェんときより、俺んときの方が声出てたべ。ああ？」

「知らねえよ」

「認めろよ」

「下らねえ」

「認めろっつってんだよ」

俺が立ち上がると、背後に詰め寄ってくる気配があった。俺は靴を脱ごうかどうしようか、まだ迷っていた。二人は土足。すでに上がられている。でもだからって、自分で自分の部屋に土足ってのも——。

「瞬ッ」

どん、と腰に何か当たった。ずずっ、と引っ張られた感覚があって、振り返ると、同じ高さで、今度は腹にそれが当たった。拳、にしては感触が鋭い。痛みも、やけに尖っている。

「やめて瞬ッ」

「気に食わねえんだテメェ」

どす。どす。どす。

あの頃とは違う、やけに趣味のいい洒落た匂いが、猿の襟元から漂ってくる。

腹への鋭い衝撃は、続いている。

急に足に力が入らなくなり、俺は仕方なく、猿の腰にしがみつこうとした。が、避けられた。畜生。まったく、友達甲斐のない野郎だぜ。

うつ伏せに倒れても、まだ背中に衝撃は続いた。

「気に食わねえんだよ、テメェ」

「瞬、瞬ってば」

ああ、そうか——。

罰ってのは、必ずしも、望んだように受けられるとは、限らないのか。こんなふうに、想定外のところからくる場合も、ある——。

ま、こっちの方が、俺には分相応だけどよ。

2

正直、菅井とお姉ちゃんの関係については、知らない方がよかったのかもしれない。お姉ちゃんは、羽田先生と不倫していて、それを菅井に知られて、脅されて、いいなりになってた。挙句、次は妹も連れてこいっていわれて、それを断ち切るために、お姉ちゃんは——。

すべてを鵜呑《うの》みにはできないけれど、でも、まるで嘘っていうのでもない気がした。特に、あたしに被害が及ぶくらいだったら、いっそ自分が死んで終わりにしようって、それ、まさにお姉ちゃんの発想だと思った。少なくとも、菅井が考えたデタラメではない。もしそうなのだとしたら、菅井はよほど深くお姉ちゃんのことを理解していたことになる。

「……ただいま」

病院から家に帰ったのは、もう九時をだいぶ過ぎた頃だった。

「ずいぶん遅かったのね……ご飯は？」

「ごめん、いらない……ちょっと、調子悪いから、もう寝る」

「あら、大丈夫？　おかゆか何か」

「いい。お休みなさい……」

二階に上がり、着替えだけして、ベッドにもぐり込んだ。

すぐに、電気も消した。いつもとは反対。お姉ちゃんの机に背を向けて、壁の方を向いて丸まった。

不思議なくらい、涙は出てこなかった。それより虚しさっていうか、なんて馬鹿なことをしてたんだろうって、ひどい自己嫌悪が土砂崩れみたいに襲ってきた。

お姉ちゃん、自分が不倫してたこと、きっと、あたしには知られたくなかっただろうな。当たり前だよな。だから、秘密にしたまま死んじゃったんだもんな。

挙句、それをネタに脅されて、いいなりになってたなんて、絶対、知られたくなかっただろうな。それなのにあたし、余計なこと、根掘り葉掘りほじくり返して――。

ごめんね、お姉ちゃん。あたし、刑事の真似事なんてしないで、おとなしく、勉強してればよかったね。お父さんやお母さんのいうこと聞いて、音楽専門学校かなんかにいって、ピアノに専念してればよかった。

そういえば強姦って、確か「親告罪」とかいって、自分から訴えないといけないんじゃなかったっけ。でもそんなこと、普通はできない。いや、絶対にしない。特にお姉ちゃんは、不倫現場押さえられて、その挙句――。

絶対にいえない。そんなの、あたしだっていえないと思う。

そういうことまで考えてやったんだろうから、菅井ってやっぱ、卑劣だよな。人間じゃない。悪魔だ。獣だ。

なのに、どうして――。

どうして涙流したり、あたしが間違って刺しちゃった羽田先生を介抱して、救急車に乗せて、病院にきてまであたしに付き添ったりしたのよ。しかも、あたしが刺したんじゃなくて、先生が転んだだけだなんて、あたしを庇って。

なんであたしがあんたに庇われなきゃなんないのよ。あんた、理由はどうであれ、あたしのお姉ちゃんを殺したんだよ。そんなあんたに庇われたら、あたし、どうしたらいいのよ。あたしは誰にこの苛立ちをぶつけたらいいのよ。

駄目だ。やり場のない怒りだけが、お腹の底に溜まっていく。ほっといたら熱持って、じくじく膿《う》んできそう。

できることなら、会って直接、お姉ちゃんに謝りたい。羽田先生にも謝りたい。菅井は許したくないけど、なんか、借りができちゃったっていうか、憎しみが純粋じゃなくなっちゃった気がして、勢いが衰えちゃった気がして、それもなんか、異様に腹立たしい。ああ、すっごい嫌。自分で自分が嫌。どうにかしちゃいたい。巨峰の房みたいに、紫のボコボコになるまで自分の顔を殴って、全然違う別の人になっちゃいたい。

黙ってうずくまってると、頭の中を色んなものが飛び交って、駆け巡って、その中から、突如嫌なものが、ころんと転がり出てくる。

たとえば、菅井の言葉。

本当のことなんて、知ったって胸糞悪いだけ。だったら最初から、罰は受けるっていってんだから、そうすればよかっただろう――。

確かに、真実なんて知ったって、悲しくなっただけだった。お姉ちゃんが可哀想になって、でもどうしてあげることもできなくて、こっちが傷ついただけだった。

真相を明るみに出したところで、いまさら菅井を訴えることはできない。法律のことはよく分かんないけど、でも強姦が親告罪ってのはたぶん間違いないから、被害者であるお姉ちゃんが死んじゃってる以上、もうどうしようもない。

ああ、何やってんだろう、あたし。

自己嫌悪は、いったん始まると止まらなくなる。

あたし、いつになったら眠れるんだろう。

寝返りを打つ。やっぱりお姉ちゃんの机の方を向く。照明をしばらく点けたあとだったら、卓上時計の針がぼんやり光って見えるんだけど、あたしが帰ってきて着替える間しか点けてなかったから、今はなんにも見えない。今、何時なんだろう。

机の上には、お姉ちゃんが最期の日まで使ってたカバンが載っている。その他もほとんど生きてたときのまま、弄らないで残してある。

お姉ちゃんて几帳面だったけど、でもたぶん、日記はつけてなかったと思う。そういうのあったら、何を書いたのかな。羽田先生のこととか、菅井のこととか、書いたかな。いや、書かないな。書かない。普通書かない。書いてたら、けっこう性格ヤラしい。うちのお姉ちゃんは、絶対にそういうことしない。

でも、ノート形式じゃなかったら、何か書いてるんじゃないだろうか。いま流行《はや》りのブログとか。あたしがネット使わないのをいいことに、けっこうやってたりしないだろうか。いや、それもないな。ネットって公開が原則なんだろうから、なおさらそんなこと書かないよな。

ああ。お姉ちゃんの気持ちが知りたい。特別なことじゃなくてもいいから、なんか、お姉ちゃんの気持ちに触れたい。喋れたら一番いいけど、でも他に、なんかそういうことで、似たことってないだろうか。

やっぱ、写真かな。

明日また、お姉ちゃんの写真、見てみようかな――。

翌朝は、遅くまで寝ていた。お父さんと顔合わせるのが嫌だったから。予定は、どうなんだろう。ゴルフとかじゃないのかな。一日いられたら嫌だな。さっさとどっか出かけてくれればいいのに。

十時頃に下りていったら、お母さんだけだった。

「……おはよう、ございます」

「おはよう。どう？　具合は。顔、ひどいけど」

「……あ、そう」

顔がひどい、って言い方自体ひどいと思ったけど、とりあえず鏡を見にいってみる。本当だ。両目がひと重寸前まで腫れてる。涙が出ないってのは思ってただけで、本当はあたし、泣いてたのかな。それとも、寝ちゃってから泣いたのかな。あんま眠れた感じでもないんだけど。

お母さんが洗面所を覗く。

「結花、ご飯食べるでしょ？」

「あ……うーん、どうしよっかな」

とりあえず顔だけ洗って、一緒にダイニングに戻る。

「お父さんは」

「お米買いに、スーパーにいってくれた。こういう日じゃないと、なかなかね」

ということは、またすぐ戻ってくるということか。

今日は、どうしても顔を合わせたくない。何か言い合いになったら、学校も会社も休みの今日みたいな日は、とことんまでやり合っちゃうような気がする。

「ご飯、どうするの」

「ってか、何があるの」

「パンなら、タマゴ、ソーセージ。九州の古田さんが送ってくれた明太子もあるから、ご飯でもいいし。お父さんご飯がいいっていうから、炊いてあるのよ」

古田さんってのは、お父さんの古い知り合いだ。

「いい。やっぱいらない。あたし……これでいい」

冷蔵庫からウィダーを取り出して見せる。

「またそんな。ゼリーなんて、ご飯の代わりにはならないのよ」

「お昼、ちゃんと食べるよ」

いや、本音をいえば、お昼もなんとかして避けたいところだ。

「そんな、休みだからって若い娘がだらしないの、母さん嫌よ」

「起きるよ。これ飲んだら、ちゃんと着替えるから」

あたしはウィダーの口をひねり、ずるずる吸いながら階段に向かった。歩きながら食べないで、とかいわれたけど、肩越しに手を振って誤魔化した。

結局、お昼も上手くタイミングをずらしたお陰で、お父さんとの接触は避けることができた。

それからはずっと、お姉ちゃんの写真を見ている。ぼんやりと、何も考えず、一枚一枚、ゆっくりと——。

そんなことをしていたら、

「結花ァ、お電話よォ」

下でお母さんの声がした。

「はァーい」

電話？　携帯にじゃなくて、家電に？　誰だろう。

廊下に出て子機を取り、髪にくぐらせる。でも、おかしい。何も聞こえない。

「ねえ、ちゃんと保留になってる？」

「あ、あら……はい、したわよォ」

今までの全部筒抜けかよ、と思いつつ、再度通話ボタンを押す。

「はい、もしもし、お電話代わりました」

まず聞こえたのは咳払いだった。

『ん……あ、羽田です』

なんか、すごい不思議な感じがした。そういえば、羽田先生とは携帯番号を交換したりしてなかった。あんな重要なことを共有してるっていうのに。

「あ、どうも、昨日は……傷、どうですか」

『いや、それどころじゃないんだ。実は昨日の夜、菅井が、殺されたらしいんだ』

え、といったまま、あたしは固まってしまった。菅井は、あくまでも殺した側であって、殺される側ではないんですけど。いや、昨日ってことは、え、なにそれ——。

『昨日、ここから帰って、アパートで殺されたらしいんだ。こっちには刑事が事情聴取にきて』

「え、病院に、ですか？」

羽田先生は、またちょっと咳き込んだ。

『……そうだよ。そのうち、そっちにもいくと思うが、昨日のことは、私が自分で刺してしまっただけなんだから、ただの事故なんだから、分かってるよな』

「あ、はい……すみません」

それを医者に説明した、菅井が、昨日の夜、殺された——？

「あの、犯人は……？」

『まだ捕まってない。誰かも分かってないらしい』

ふいに、寒気が背中に湧いて広がった。

「あたし、疑われてるんですか」

『いや、それはないはずだけど、でも、気をつけて』

気をつけてっていわれても、何をどうしていいのか――。


下りていくと、リビングのソファにお父さんの後ろ姿があった。飽きもせず、いつもの雑誌「風景写真」をめくっている。

でも正直、いてくれてよかったと思った。自分勝手は承知の上。ご都合主義なのは分かってるけど、でもやっぱ、あたしだって本物の警察は怖い。

あたしはドア口で声をかけ、中に入った。

「お父さん。あの、ちょっと……怒らないで、聞いてほしいんだけど……」

返事はなし。でもなんかそれだけで、肩が怒ったように見えた。怖いけど、でも続けないと始まらない。

「……あたしね、昨日……菅井に、会いにいったんだ」

合皮のソファがギュギュッと鳴る。振り返るや否や、薄めの眉がV字に吊り上がる。

「……なにィ？　お前、なんでその名前」

「ストップ。まだ先があるから、今は怒らないで」

「まだあるのかッ」

だから、怒鳴らないでってば。

「ちょっと待ってよ。今は、はっきりいってそれどころじゃないの。その菅井が、昨日の夜、誰かに殺されたらしいの」

さすがに、お父さんの顔から険が引いた。

「……どういう、ことだ」

「あ、でもあたしは、殺してないよ」

「そんなことは分かってるッ」

「だから、怒鳴んないでってば」

「お前が馬鹿なことをいうからだッ」

そこで玄関のチャイムが鳴った。キッチンにいたお母さんが、はいと出ていく。

「たぶん……警察だと思う」

ぎろりと、爬虫類《はちゅうるい》系の目があたしを捉える。

「お前、何か疑われるようなことしたのか」

「それは、話聞かなきゃ分かんないけど」

お父さんは、呆れたといわんばかりの溜め息をついて立ち上がった。あたしも、あとに続いて玄関に向かう。

廊下に顔を出すと、ちょうどお母さんがドアを開けて、二人のスーツ姿の男が顔を覗かせたところだった。

「恐れ入ります、埼玉県警の者ですが」

手前にいるのは妙に体の分厚い、岩石みたいな、動物ならサイみたいな感じのおじさんだった。年は、お父さんと同じか、ちょっと下くらい。その後ろにいる人は、もっと若くてスラッとしてる。

お母さんはおろおろして、後ろにいるあたしたちと刑事を見比べていた。咳払いをして、お父さんが前に出る。

「何かご用ですか」

「はい。少々お嬢様に、お伺いしたいことがございまして、お訪ねしました」

一応表情はにこやかだけど、声の感じは、硬くて重い。ドーンと低音鍵を叩いて、緊張感を演出するイントロみたいだ。

「込み入った話なら、お上がりになりますか」

「そうさせていただけると、助かります」

肝心のあたしをそっちのけにして、何やら大人たちは早くも軽く衝突し始めていた。お母さんはこっちに上がり、そそくさとスリッパを揃えている。

「どうぞ」

「お邪魔します」

ぞろぞろとリビングに移動。お父さんは二人を、二つ並んだ一人掛けソファにいざない、あたしには向かいの二人掛けに座るよう指示した。お母さんは、キッチンに引っ込んだ。

二人は座る前に、お父さんに名刺を差し出した。サイの名前は森川満《もりかわみつる》、若い方は上田《うえだ》淳一《じゅんいち》。お父さんは頷きながら受け取った。

「恐れ入ります……すみません。あいにく名刺は切らしております。野々村、茂之《しげゆき》です」

森川って人が「いえ」と首を横にひと振りした。

なんかこの二人、全然嚙み合ってないっていうか、とにかく、ものすごい緊迫感がこのリビングを支配していた。あたしはといえば、トイレにいきたくなりそうな予感を、必死で押さえ込んでいた。

四人揃って、ソファに座る。お父さんは二枚の名刺をテーブルに並べた。

「……県警捜査一課の方が、どういったご用件でしょうか」

あたしを矢面《やおもて》に立たせることはせず、お父さんが自分で場を仕切ろうとしてるのがよく分かる。こんなに、お父さんのことを頼もしいと思ったのはいつ以来だろう。ちょっと毛玉のついたカーディガンの背中に、ぴとっとくっつきたい衝動に駆られる。

「ええ。まず最初にお伺いしますが、あなたが、野々村結花さんということで、よろしいでしょうか」

刑事はかまわず、あたしに話を振ってきた。

「あ……はい。そうです」

「昨夜九時頃、あなたはどちらにいらっしゃいましたか」

「ちょっと」

割り込んだお父さんに、森川刑事が鋭い視線を向ける。

「なんでしょう」

「質問をする前に、訪問の理由を聞かせてもらいたい」

二人とも、決して視線を逸らさない。

「はい。菅井清彦……」

ちょうどお茶を持ってきたお母さんが、それを聞いてビクッと立ち止まる。でもすぐ、誰にともなくお辞儀をし、動き始める。お茶を配る。

「……こちらのお嬢様、野々村涼子さんを、事故死させた加害者である、菅井清彦が昨夜、何者かによって殺害されました。その死亡推定時刻が、昨夜の九時頃です。その時間、結花さんはどこにおられましたかと、お尋ねしておるのです」

「それは、結花が犯人である可能性もあると、そちらが考えていると解釈していいわけですか」

お母さんの、お盆を持つ手が震えている。

「いえ。我々はあらゆる関係者に同じ質問をしています。お気を悪くされたのならご勘弁いただきたい。我々がお嬢様を犯人と考えているかどうかというより、その時間どこにいらしたか教えていただくことで、お嬢様に疑惑の目が向かないようにしたいと、そのための質問であると、ご理解いただきたい」

お父さんは息をつき、あたしを見て、小さく頷いた。あたしも、同じようにして返した。

それから、森川刑事を見る。

「……昨日は、九時過ぎに、家に帰ってきました」

「それまではどちらに」

「川口の、病院です。中丸医院……学校の先生が、ちょっと、そこに入院したので」

「なに先生ですか」

知ってるくせに、わざと訊くんだなと思うと、ちょっと、怖くなった。

「……羽田先生です。音楽の」

「入院の理由を、ご存じですか」

胃が、雑巾絞りされるみたいに捻じれていく。嘘って、痛い。

「菅井の、店で、転んで……ドライバーが、お腹に刺さって」

「結花さんは、そのときどこに」

「その場に、いました……」

「なぜそんなことになったのですか」

「それは……」

またお父さんが、身を乗り出して割り込んでくる。

「九時にどこにいたかはお答えしましたが」

「先生の怪我の理由は、同じようには答えられませんか」

あたしはお父さんの膝をそっとさわった。それで、お父さんは分かってくれたみたいだった。

改めて、森川刑事の方を向く。

「……あたしは、姉を殺した、菅井という男を、一度見てみたいと思っていました。それで、訪ねていきました。菅井は、あたしが怨《うら》み言《ごと》をいっても、普通に、仕事をしていて……」

「それで？」

ほんの一瞬、詰まることも許されない。

「それで……菅井が、ちょっと、そこのドライバー取ってって、先生にいって、先生は、それを取って、渡そうとして、そしたら、何かにつまずいて、転んで、そしたら、ドライバーがお腹に刺さってて……」

刑事は無表情で聞いてたけど、やがてコクっと、小さく首を傾げた。

「なぜそこに、羽田教諭が同席することに?」

あ、どうしよう。それ、どういったらいいんだろう。

「あの、羽田先生は……」

「羽田先生は?」

えっと、えっと――。

「……その、羽田先生は……じゃなくて、学校の、他の先生たちは、あたしが菅井について訊いても、誰も何も、教えてくれなかったんですけど、羽田先生だけは、話も聞いてくれたし、親身になって、相談にも乗ってくれて」

「なぜ羽田先生だけ、聞いてくれたんですかね」

なんか、嫌な方、嫌な方に、追い詰められてく気がする。

「それは……羽田先生に訊かないと、分からないですけど……」

ふと、リビングの端にあるアップライトピアノに目がいった。その上に飾られた、いくつかの賞状やトロフィーにも。

そうか。これ、使える。

「……でもたぶん、あたしが、ピアノの世界では、わりと有名だったからなんだと思います。全国優勝とか、前にしてるんで。それで、目をかけてくれたとこ、あると思います」

自分でも、嫌な言い方だなとは思ったけど、この際仕方がない。たぶんの話だから、あとで辻褄合わなくなっても、別にいいし。

森川刑事も、まあまあ納得してるみたいだった。

「その、羽田さんが入院した病院に、菅井もいったそうですね」

「はい。手術が終わるまでは、一緒にいました」

「彼だけ、先に帰った？」

「はい。私は、先生が気がつくまで、いました」

「それから？」

「少し話をして、帰ってきました」

「途中で誰かに会いませんでしたか」

それは、どうだったろう。

「……別に、普通に電車を乗り継いで、いつもの道を通って、帰ってきましたけど」

「昨日の服装を教えてください」

あたしは、棚林の校服の説明をした。紺のブレザー、薄い水色のブラウス、グレーチェックのスカート。靴のサイズも訊かれたんで、二十二センチって答えておいた。

喋るのは森川刑事で、書き取るのは若い上田刑事の役のようだった。他にも、昨日の学校でのこととかを訊かれた。菅井についても。昨日初めて会ったのか、他に何か知っていることはないか、とか。お姉ちゃんのことが、ちらっと頭には浮かんだけど、でもいわなかった。他の知らないことは、正直に知らないと答えた。むしろ、菅井についてはこっちが教えてほしいくらいだった。

あたしは、森川刑事の方に身を乗り出して訊いた。

「あの、警察は、犯人が誰だか、もう分かってるんですか」

森川刑事は首を横に振り、黙った。馬鹿なことを訊くなとでもいいたげだ。

「でも、どんな人かとかは、分かってるんじゃないですか？」

「まあ、ある程度は」

「教えてください。もしかしたら、何か思い出すかもしれないし」

今さっき、他には何も知らないといったのと矛盾する気はしたけど、でも、そういうことだってあるだろって顔で押し通した。森川刑事は、あたしの目を真っ直ぐ、探るように見てから頷いた。

「……犯人は、二人組の男女です。指紋は採取できています。部屋が荒らされていたが、諸々を考えると、普通の窃盗犯が居直って凶行に及んだ、というのではないと思われます……ま、これは私の、個人的見解にすぎませんが」

訊いたのはあたしなのに、森川刑事は、最後の方はお父さんにいってるみたいだった。

でも、なんで犯人の指紋は採れているのに、あたしのを採らせてくれとはいわないのだろう。それを照合すれば、あたしが犯人じゃないってことだけははっきりするのに。

また話を聞きにくるかもしれない、みたいにいって二人は席を立った。三人で玄関で見送って、お母さんが最後に鍵を閉めた。

「……なんなのかしら、一体」

そのお母さんの言葉に、大した意味はなかったのだと思う。でもお父さんは、それを、とても重く受け止めたようだった。

「奴らが疑ってるのは、結花じゃなくて、俺なんじゃないかな」

ツキン、と細い針が、背筋を貫いて落ちた。

そんな考え方があるなんて、あたしは今まで、思ってもみなかった。

3

私が聞いたところによると、菅井清彦の事件の概要はこうだ。

野々村結花との一件があった翌日、つまり土曜日の朝、いつも八時くらいに出勤してくる菅井が、八時半を過ぎても出てこない。不審に思った店主、池上明夫は、菅井の携帯にかけてみたが、出ない。菅井は鑑別所を出て以来、無断欠勤は疎《おろ》か遅刻すらしたことがなかったという。

池上は菅井のアパートに向かった。店からバイクで五分とかからない場所だそうだ。

着いてみると、ドアに鍵は掛かっていなかった。開けると、菅井は玄関を入ってすぐのところに倒れていた。全身を十数ヶ所、鋭利な刃物で滅多刺しにされ、すでに死亡していた。

その場で池上は警察に通報。昨日の救急車騒ぎについても述べ、警察が救急隊に問い合わせたところ、私の入院先である中丸医院が割れた、という経緯のようだった。

私自身のアリバイについては、まったく疑問の余地はなかった。何せ前日の夕方に運び込まれて以来、警察の事情聴取を受けるまで、私はトイレに立った以外はずっとベッドの上だったのだから。院内関係者の証言にも矛盾点はなかったはずである。そう。だからこそ、警察は私に事件の概要を話して聞かせたのだろう。

むしろ、気がかりなのは野々村結花だった。彼女が中丸医院を出たのが、確か当夜の八時四十分頃。菅井の死亡推定時刻は九時前後だという。結花がここから菅井の住まいに直行すれば、運悪く犯行時刻に間に合ってしまう勘定になる。

それを警察がどう思ったかは、私には分からない。後日またくると言い置いて、その日彼らは引き上げていった。私はすぐ、結花に連絡をとった。彼女の携帯番号は知らなかったが、何かのときにと思って涼子と付き合っていた頃、自宅番号も携帯のメモリーに入れておいたのだ。

私が彼女にいえたのは、私の怪我は私のせいだ、疑われるかどうかは分からないが、気をつけろ。その、たった二つだった。気の利いたことなんて何一ついえない自分が、ほとほと嫌になった。

夜、菅井の事件はテレビのニュースでも流れた。埼玉県川口市で、十八歳、バイクショップ店員の少年が、鋭利な刃物で全身を滅多刺しにされ、殺害された。部屋も荒らされていたため、埼玉県警と川口署は、強盗と殺人の両面で捜査する方針である、と。

それから慌てて、受付の近くに置いてある新聞掛けを見にいった。だが、そこに夕刊はなかった。看護師に訊くと、そこに出すのは朝刊だけだと教えられた。だがあとで、気を利かせた彼女が夕刊を病室まで持ってきてくれた。残念ながら、その新聞に菅井の記事は載っていなかった。

他は読む気になれず、そのまま畳んだ。

そうなって初めて、私は気づいた。

涼子を事故死させたとはいえ、菅井清彦はかつて教え子だった少年だ。前日には自分を膝に抱き、介抱してもくれた。そんな彼の死を、今の自分はほとんど悲しんでいない。私はいつ、そんな基本的かつ人間的な感情を失ってしまったのだろうか。

ひどく気分が落ち込んだ。自分がいかに薄っぺらな人間であるかを、思い知らされた気がした。

夜の八時頃になって、今度は病院に、結花から電話が入った。ある程度事情を把握している病院側は、迷惑がらずに取り次いでくれた。

やはり、野々村家にも警察は聞き込みにいったようだった。結花は、私の傷についてはいわれた通りに説明したといい、また何度も詫びた。さらに、

「……で、本当は、今日もお見舞いにいこうと思ってたんだけど、でも父が、今は、迂闊《うかつ》に動かない方がいいだろうって……」

すまなそうに、そう付け加える。

私は「そうだね」といっておいた。今後のこともあるので、互いに携帯番号を教え合って切った。

腹の傷は思ったより軽く、ばい菌の感染や化膿《かのう》などの症状もないようなので、ちょうど一週間後には退院の許可が出た。私は金曜の朝一番で清算を済ませ、西麻布の自宅に戻った。

すると、それを待っていたかのように警察から連絡が入った。また少し話が聞きたいということだった。自分はもう退院し、自宅に戻っていると告げると、向こうもそれは承知していたようで、一時間後に訪ねていいかと訊かれた。拒む理由もないので、私はかまわないと答えた。

きっちり一時間経った頃、一階ロビーからの呼び出しチャイムが鳴った。カメラ映像を

チェックしたが、先日中丸医院にきた刑事ではない。

「はい、どちらさまでしょう」

相手はあらぬ方を見ながらマイクに顔を寄せた。カメラ位置が分からないため、訪問者はたいがいこういった顔に映る。

『恐れ入ります。先ほどご連絡いたしました、埼玉県警の、モリカワと申します』

「はい、どうぞ。お入りになってください」

オートロックを解除し、彼らが七階にくるのを待つ。まもなく今度は玄関のチャイムが鳴り、私は今一度カメラ映像をチェックし、ドアを開けた。

「……はい」

「お休みのところ、申し訳ございません。埼玉県警の、森川です」

手帳を見せながら名乗った彼は四十代後半の、えらく分厚い上半身をした男だった。後ろに控えている、上田と名乗った若い刑事が痩身のため、余計にそんな印象を受ける。

「どうぞ」

私は二人をリビングに通した。買い置きのウーロン茶を注いで出す。二人は遠慮がちに、ひと口ずつ口をつけた。

「いや、立派なお住まいですな……」

森川は、いくつかの社交辞令を述べたあとで、私がタバコを銜えると、よろしいですかな、と自分も箱を取り出した。

「ええ。どうぞ」

私は自分の側にあった灰皿を、彼とのちょうど真ん中まで押し出した。若い上田は、吸わないようだった。

二人がそれぞれ一本ずつ灰にし、森川の「さて」のひと言で、互いに姿勢を正した。

「今日、お伺いしたのはですな」

「はい」

隣で、無言の上田がシステム手帳を構える。

「こちらも捜査を進めて参りまして、いくつか、分かってきたことがございます。それについてちょっと、ご意見をいただければと思いまして」

森川の目に、険しいものが宿る。

「……羽田さんは、菅井清彦が起こした事故の被害者、野々村涼子という少女を、ご存じですか」

さっと、自分の顔色が変わるのが分かった。そっちの線はまったく予期していなかった。

だが、まだ挽回は可能だと思った。

「……ええ。うちの、生徒でしたから」

そう。少し冷静に考えれば、菅井と野々村結花が絡んでいるのだから、そこに涼子の名前が出てきても、なんら不思議はないのだ。そして私が彼女を知っていることについても、別段不自然はない。涼子は、棚林の生徒だったのだ。

それでも森川の目つきは、依然として険しかった。

「その、野々村涼子と菅井清彦なんですが、当時の朝霞署の調べでは、あの一件、単なる交通事故として処理されていたわけですが」

意味深な沈黙がはさまる。

「はあ……」

「ですが、今回改めて調べてみるとですね、実はあの二人、事故前から、ある特別な関係にあった疑いが、出てきたんです」

キュッ、と胸の奥が、硬く縮むのが分かった。

涼子と、菅井が――。

あのだらしない長髪の少年が、雪のように穢れなき涼子の、痩せた肩を抱く。背中を撫で、腰を引き寄せて歩き出す。そんな図が、否が応でも頭に浮かぶ。

そこではたと我に返った。いま自分は、一体どんな表情をしていたのだろう。

私は慌てて口を開いた。

「そんな……だって、事件当時は、全然そんなこと……むろん、我々学校側も、そういったことは把握していませんでしたが、でも、今になってそんな」

森川は眉をひそめて頷いた。

「仰るのはごもっともです。ですがね、羽田先生。加害者が自首してきている交通事故と、刃物で滅多刺しにされての殺人事件とでは、警察だって対処方法から担当部署から違うわけですよ。前者は所轄署の交通捜査係。今回のような場合は県警の、捜査一課が主動で捜査を行う。投入される人員も、捜査におけるノウハウもまったく違う。……同じ教師といっても数学と音楽じゃ、求められる資格も資質も違いますでしょう。それと同じですよ。そこのところ、何卒ご理解いただきたい」

そうまでいわれると、こっちも黙って頷くほかなくなる。

森川は一つ、咳払いをはさんだ。

「んん……まあ、簡単にいうとですね、以前菅井が住んでいたアパートに、野々村涼子が出入りしていたのではないかと、そう思われる目撃証言が、相次いで得られたわけです。しかも、菅井と野々村は二人きりではなく、そういうときは必ずもう一人、別の若い男が一緒だった」

涼子と、菅井と、もう一人の若い男――。

退院して間もないからだろうか、急に気分が悪くなってきた。脳がぐらぐらと揺れる。苦いものが食道を這い上がってくる。できることなら、このままソファに倒れ込みたい。何も考えず、何も思い出さず、ただ、眠ってしまいたい。

「……お心当たり、ありませんか。菅井と野々村と行動を共にした、もう一人の若い男」

私はかぶりを振った。脳の揺れが激しくなる。

「そうですか……じゃあ、もう一つ。例のバイク屋の店主ですが、彼は、あの店に何度か、髪の長い女が菅井を訪ねてきたことがある、というんです。一瞬、それも野々村涼子かと思いましたが、よくよく聞くと、菅井があの店で働き始めたのが鑑別所以後のようですから、それはまったくのハズレということになる。念のため、野々村結花の写真も見せると、これは救急車の娘でしょう、この娘ではないと、彼ははっきりいった。じゃあ、誰なんでしょうね……菅井を店まで訪ねてきた、長い髪の女ってのは」

それにも、かぶりを振るほかなかった。

「……私は、この怪我をした日に、初めて菅井の店にいったんです。そこにどんな女性がきていたかなんて、分かりようもありませんよ。それに、菅井や野々村と親しかった生徒についてだったら、二人のいたクラスを担任していた、井上教諭に訊いていただいた方が、分かるかと思いますが」

森川は、曖昧に頷いた。

「ええ、まあ……そっちはそっち、なんですがね」

隣の上田が、手帳のページをめくる。かまわず森川は続けた。

「先日病院にお訪ねした者が申し上げたかどうかは分かりませんが、犯人は、男女の二人組なんです。土足でアパートに上がり込み、何かを物色している。手口はまったくの素人です。ある程度の隠蔽《いんぺい》工作は試みたんでしょうが、指紋も多数拭き残してあった。しかも、十九ヶ所の滅多刺し。物取りで、なおかつ怨恨《えんこん》、顔見知りの犯行……そういう見方が、現状されているわけです」

男女の二人組、というのは初耳だった。思わず、野々村結花とその父親、という組み合わせを頭に浮かべてしまったが、それはすぐに打ち消すことができた。涼子と菅井と一緒にいた男、菅井の店を訪ねてきた長髪の女。二つのキーワードが、野々村親子の存在を否定した。そんなことで、わずかばかりの安堵を得る。

「お心当たりは、ありませんか」

顔色を見られている。だが、知らないものは知らない。その点について、私は潔白だった。

「分かりません。お役に立てなくて、申し訳ありませんが」

そうですか、と森川は落胆してみせた。だが、それは単なるポーズだろうと、私は察した。

まもなくして、二人はウーロン茶を最後まで飲み干して帰っていった。

むしろ、二人が帰ってからの方が、動悸は激しくなった。

涼子と菅井は、生前に関係していた。

しかももう一人、そこには誰か、男がいた。

それと、菅井の勤め先を、数回に渡って訪ねてきた女。

警察はその二人が犯人である可能性を、どれくらい見込んでいるのだろうか。

またそこまで調べがついていて、私と涼子の関係は、本当に警察に知られていないのだろうか。本当は見当がついているのに、菅井の件との関係が見出せないから、話題にしなかっただけなのではないのか。現に結花は——。

いや待て。そういえば結花は、私と涼子の関係を、どうやって知ったといっていたのだったか。

4

あたしが刺しちゃってから十日して、羽田先生は学校に復帰してきた。

羽田先生が怪我をした現場にあたしがいたことも、殺される前の菅井に会ってることも他の先生たちは知ってたから、校長先生を始め、学年主任とか、色んな人に色んなことを訊かれた。

でも、あたしの答えはいつも同じだった。羽田先生は転んで怪我をした。菅井は病院まできたけど、あたしより先に帰った。そのあとのことは分からない。ずっとそれで通した。

変わったことといえば、事件が起こったことで、学校内でも羽田先生と話がしやすくなったってこと。廊下で話してても、音楽室で話してても変じゃない。何しろ羽田先生が怪我したところに居合わせたわけだから、どうですか傷は、くらいの話をしにいくのは、むしろ当たり前なのだ。

「……抜糸とか、まだなんですか」

放課後の音楽準備室。あたしは、先生の淹れてくれた紅茶のカップをテーブルに置きながら訊いた。

「もう、そろそろだと思う。明後日、近所の外科で診てもらって、それでよければ抜糸なんじゃないかな……それより」

先生はちらりと準備室の外を見た。大丈夫。教室の引き戸はちゃんとあたしが閉めた。

「なんですか」

「ああ。退院してすぐ、うちに刑事がきてね。色々いって帰った」

「なんですか、色々って」

「まあ、菅井殺しの、犯人のことだよ」

あたしは背筋を伸ばした。

「なんですって？」

「うん。今のところ、犯人が男女の二人組ってところまでは、分かってるらしい。室内には物色された形跡があって、菅井は十九ヶ所、滅多刺しにされて死んだらしい」

十九ヶ所――。

「知らなかったか」

「うん。十九ヶ所っていうのは……男女二人組っていうのは、うちにきた刑事もいってた気がしますけど」

「そっちにいったのは、なんていう刑事だった？　うちにきたのは森川っていう」

「あ、サイみたいにごっつい？」

先生は眉をひそめたが、

「相棒は上田っていう」

「若くてひょろっこい」

そこで一致したみたいだった。

「……そうか、同じ刑事だったのか。何回きた？」

「一回だけです。あの日、一回だけ」

あたしはまたカップを手に取った。

先生はポケットから、タバコの箱を取り出した。

「それと警察は、菅井と涼子が、生前に関係があったようにもいっていた」

「えっ」

運悪く、ひと口飲み込んだところだった。

「ふぐっ……」

むせた。激しく。吐きそう——。

「おい、大丈夫か」

「ううーぇ」

大丈夫じゃない。喉も頭も倍くらいに膨らんで、破裂しそうだった。体の中にあった空気は出ていくばかりで、いつまでたっても、ちっとも入ってきやしない。

「ううーぇ」

本気で吐くかと思ったけど、先生が背中を叩いてくれたお陰で、なんとかそれは堪えられた。

しかし警察が、生前のお姉ちゃんと菅井の関係を、つかんでいたなんて——。

先生は、ゼェゼェいってるあたしにティッシュの箱を差し出しながら続けた。

「でな……実は、それだけじゃないんだ。菅井と涼子が一緒のときは、もう一人、別の男も一緒だったという、目撃情報があるらしいんだ。……君なにか、心当たりはないか」

お姉ちゃんと菅井のことはともかく、その組み合わせに、さらにもう一人？　それは、まったく心当たりがなかった。

あたしはティッシュを口に当てたまま、首を横に振った。まだちょっと、上手く喋れそうにない。

「君、私がいく前に、何か菅井と話していただろう。何を話していたんだ。なぜ君は、あんなものを持って叫んでいたんだ」

そうだった。あのときあたし、ドライバーを持って叫んでたんだった。

でも、どうしよう――。

とてもじゃないけど、菅井に聞いた話を、そのまま先生に伝えることはできない。ただでさえ、お姉ちゃんがひどい目に遭ってたなんて、他人には知られたくないのに、先生がお姉ちゃんを真面目に愛していたのなら、なおさらあんなこといえない。先生とのことを写真に撮られて、それで脅されて、いいなりになってたなんて――。

と、そこまで考えて、何か閃《ひらめ》いた気がした。

でもそれがなんなのか、すぐにははっきりしなかった。

あれ、なんだったんだろう。マズい。今ちゃんと捕まえないと、永遠に分かんなくなっちゃいそう。

お姉ちゃんと、菅井と、もう一人――。

それって、恐喝云々に、もう一人加担してた人間がいた、ってこと？　あれ、そういえば菅井は、羽田先生とお姉ちゃんの写真だけじゃなくて、自分との場面も写真に撮って、がんじがらめにした、とかいってたな。

お姉ちゃんと、自分の場面。それって、しながら自分で撮れるもの？　そう考えると、もう一人いたってのは、なんかあり得ることのような気がしてくる。

でも、だったらどうして、菅井はそのことをあたしにいわなかったんだろう。お姉ちゃんを恐喝したのは、自分一人みたいにいったんだろう。

あれあれ、なんだろう。もう一歩、何かもう一つヒントがあったら、すっきり答えが分かる気がするのに。

「そういえば君は、どうして私と涼子が付き合っていたことに、気づいたんだ」

なんだろう、なんだろう、あれ、あれ――。

「なあ、野々村くん。どうして君は」

「先生、ちょっと黙ってて」

もう一人、いた。その一人が、写真を撮った？　いや、写真撮っただけか？　一緒になって、お姉ちゃんを――。

「どうしたんだ」

あれ、あ、どうしよう。イメージが、逃げていく。掌に落ちた雪みたいに、確かにそこに見えていたものが、ほんの一瞬でその輪郭を失い、ただの水玉に還っていく。

ああ、消える――。

結局、駄目だった。分かんなくなっちゃった。先生が邪魔したせいだ。まったく、どうしてくれるのよ。

「……なんですか。今、何かいいましたか」

「あ、うん……君はどうして、私と涼子が付き合っていたことに気づいたんだったかな、と思って」

あたしが、お姉ちゃんと先生の不倫に気づいたのは――。

「ああ、あれね」

「あれって、何」

「それはいえませんって、前にいいませんでしたっけ」

「なんだよ、いまさら」

なんだよ、って何よ。子供じゃあるまいし。

あ、そうだ。菅井といたもう一人って、もしかしたら吉沢さんに訊いたら、なんか分かるかもしれないな。

家に帰って、二階の部屋に入った途端、携帯がやかましくピーピー鳴り始めた。電話でもメールでもない、電池切れの音だ。

もう寿命なのか、あたしの携帯は最近、二日にいっぺんは電池切れになる。外でちょっと話したりすると、家に帰るまで持たなかったりする。

困ったな。パールブルーのこれ、すごい気に入ってるのに。お姉ちゃんのとお揃いだから、できることならずっと替えたくないと思ってたのに。でも、替えの電池って異様に高いって郁子がいってた。お店にいったら、絶対新しいのに機種変更した方がいいっていわれるに決まってるって。

嫌だな。好きなのに。これ——。

あたしはお姉ちゃんの机に目をやった。最期の日まで使ってた、緑色のトートバッグが載っている。その中には、あたしのとは色違いの、パールグリーンの携帯電話が入っている。

電池だけ、もらっちゃおうか——。

そう思いつくと同時に、あたしは思い出した。

菅井はあの日、事故が起こる直前、お姉ちゃんが菅井に電話をしてきたっていった。それって、本当だろうか。

もしそれが本当なのだとしたら、お姉ちゃんが菅井を呼び寄せて、自分からバイクに飛び込んだって話にも、信憑性が増す。納得できる。菅井が殺されてしまった今となっては、そんな納得、それこそ意味あるのかなって気もしなくはないけど、でも、菅井が嘘つきかどうかは、なんか気になる。特に、あの涙——。

確かめてみるか。

あたしは机の前で手を合わせてから、お姉ちゃんのトートバッグを引き寄せ、チャックを開けた。中にはノートとか、教科書とか筆箱とか、お財布、定期入れ、文庫本、iPodにポーチ、それと携帯があった。あと、ちっちゃな箱も。

あれ、こんな箱、前から入ってたっけ。亡くなってからバッグを開けるのって、別に今が初めてじゃないんだけど、こんなプレゼントみたいな包み、前からあったっけ。

あたしはお姉ちゃんの携帯を自分の充電器に差して、その箱を手にとった。

なんだろう、すごく軽い。ほとんど箱だけみたいな軽さだ。裏を見ると、まだテープが貼ってある。剝がした形跡はない。ということは、これは未開封ということか。

開けちゃおうか。中身、見ちゃおうか。でも、なんか悪い。亡くなったからって、お姉ちゃんのものを勝手に開けて見たりするの、性に合わない。でも、すごい重要な何かが入ってたらどうする？　重要かどうかは、開けて見てみなければ分からない。でもその、勝手に開けるという行為自体に、抵抗があるわけで――。

あたしは卓上時計を見た。五時二十五分。

よし。五分、悩んでみよう。

五分経った。やっぱ見たい。

あたしは再び手を合わせて、さっきよりちょっと長めに合わせて、それから包みのテープを剝がした。

あたし、基本的に指先は器用な方だから、こういうの綺麗に剝がすの得意なんだけど、確実にこれ、貼ってから何ヶ月も経ってるものだから、あんまり上手くいかなかった。途中から面倒になって、びりびりに破いちゃった。お姉ちゃん、重ね重ねごめん。

中から出てきたのは白い箱だった。もうその段階で、中身の予想は大体ついていた。開けてみたら、案の定そうだった。

ハンカチ。白い、周りに刺繡が施してある、妙に女の子っぽい、だっさいやつ。これは完全に、お姉ちゃんの趣味じゃない。お姉ちゃんはもっと、控えめで美しい、それでいてちょっと気の利いたワンポイントが入ってるのが好きだった。ということは十中八九、これは男からのプレゼントということになる。誰からだろう。羽田先生か。いや、時期的にそれはないか。じゃあ菅井か？

箱から出して広げてみる。やっぱださい、と思った瞬間、何かがぽろりと転げ落ちた。

一瞬、ゴキブリかと思って身構えた。けど違った。

黒くて、小さくて、平べったい、そこまでは同じだけど、形はほとんど真四角。完全なる人工物だった。

つまみ上げてみる。

これ、携帯とかデジカメに使う、メモリーカードじゃん。

5

復帰した翌日の、三時間目のあとの休み時間。両方とも学校にいる時間だというのに、なぜか結花から電話がかかってきた。

『……もしもし』

一瞬、どきっとした。涼子に、声がよく似ていたのだ。結花と電話で喋るのはこれが初めてではなかったが、なぜか、このときはそう思った。

「なに、どこからかけてるの」

『……屋上』

「なんだ。だったら、直接くればいいじゃないか」

数秒、沈黙がはさまる。

『……先生、今日、暇ですか』

「いや、放課後は、合唱の部活があるけど」

『それ、ちょっと……抜けられませんか』

部活自体は、ずっと私が見ていなければいけないものではないし、最終的な音楽室の見回りも、別の誰かに頼むことができないわけではない。佐久間辺りはいつも、ずいぶん遅くまでこもって絵を描いているから、彼にならば、気兼ねなく頼める。

「できなくはないけど、でも……なに」

沈黙の醸し出す雰囲気まで、涼子のそれと酷似している。

『……夕方五時、ちょっと前に、十条駅に……いや、現場に直接、きてもらった方がいっか……』

結花は結局、十条駅から徒歩で十分ほどの、環状七号線沿いにあるファミリーレストランを指定してきた。そこなら、私も車で通ったりして心当たりがある。

「そこに私がいって、なんだというんだ」

『あたし、たぶん先にいってますけど、なるたけ離れた席に座って、あたしの向かいに座る人の顔を、確認してもらいたいんです。でもその人に、先生は顔を見られないようにしてください。あたしにも、声かけたりしないでください』

「私はその誰かを見て、確認して、でもその相手に私は見られるな、ということか」

『そうです』

「それちょっと、物理的に難しくないか」

『でもそうしてください。絶対そうしてください。じゃあ』

「おい」

切られた。むろん、かけ直すこともできたが、無駄だろうと思ってやめた。

六時間目終了後。私は部活動に参加できない旨を部長を務める男子生徒に告げ、急いで学校を出た。

すでに五月も半ばに入っている。天気がいい今日のような日は、外を歩くと少し汗ばむくらいだった。

十条駅から北に歩き、環状七号線に出る。学校のある赤羽からここはひと駅しか離れていない。当然のように通り沿いの風景も、都会的とはいいがたいものにしかなり得ない。西日を浴びるビルは五階建てくらいがせいぜいで、中にはなんの商売をやっていたのかも分からない、シャッターを閉めた二階建ての家屋も見受けられる。古びたラブホテル、メーカー直営の自動車販売店、大型チェーンのタイヤショップ、総合病院。

だが、ふと気づく。ではこれは、田舎の風景なのかと。

違う。決して田舎のそれではない。その証拠に、ほとんど自然の緑というものが見当たらない。あるのはせいぜい街路樹程度で、それも終わりなき排気ガスの猛威に晒《さら》され、半ば生気を失っているという有り様だ。

ここを少し西にいったところにある中山道《なかせんどう》との大交差点は、日本で一番空気が汚い地点だと聞いたことがある。なるほど、そういった意味ではこの辺りも大都会か。これも、一種の都会的風景なのか。

　そんな眺めの中に、結花の指定してきたファミリーレストランはあった。

　そこも、だいぶ強烈に西日を浴びている。店舗である二階部分の窓すべてに、暖色系の模様が描かれたロールスクリーン・カーテンが下りている。あの分では、窓際はかなりの暑さになるだろう。誰も座りたがらないのではないか。そんなことを思いながら、外階段を上った。

「いらっしゃいませ。お客様は、一名様ですか？」

　二十歳前後のウェイトレスに頷いてみせ、それとなく店内を見回す。結花は、もうきていた。ちょうどフロアの真ん中辺りに座っている。まだ一人のようだった。他に客は、商談中のサラリーマンふう三人組と、若い女性の二人組、それと大学生ふうの男女、二対二の四人組、その三組だった。

　あまり結花を見ないようにしながら、その向こうの席を希望する。好都合にも、その辺りは喫煙席だった。結花との間には、ボックス席が一つと通路。私の視力でも、充分に相手の顔が確認できる距離と思われた。

　水が運ばれてきた。私は、まだオーダーを決めかねていた。

　ドリンクバーは、結花の席の少し先にある。私がそこにいくには、当然彼女の横を通ることになる。もしタイミング悪く相手が現われたら、鉢合わせしてしまう可能性がある。

その相手が誰なのかは分からないが、結花は顔を見られてはならないといった。つまり、私はドリンクバーを避けるべき、ということだ。

通りかかったウェイトレスを呼び止める。

「すみません、シーザーサラダを一つ、お願いします」

「……ご注文は、以上でよろしいですか？」

「はい、それだけで」

向こうも客商売だ。別に怪訝な顔はしなかった。

結花は、背もたれに寄りかかったまま、ずっと出入り口の方を向いていた。その肩が、緊張して見えるのは気のせいだろうか。妙に姿勢がよく、微動だにしない。

空いているからだろう。私のシーザーサラダはものの五分ほどで運ばれてきた。

「ご注文の品は以上でよろしかったでしょうか」

「はい……」

ウェイトレスはプラスチックの筒に伝票を差し、去っていった。

腕時計を見る。五時三分。待ち合わせは、五時ではなかったのか。

結花が、アイスティーのようなものをひと口飲む。なんとなく手持ち無沙汰で、私もフォークでサラダを弄った。

まだ硬そうなクルトンを脇に避け、底に溜まったドレッシングを全体に馴染ませる。そういえば涼子は、野菜を塩で食べるのが好きだった。レストランでも、何度かドレッシングはかけないでくれといったことがあった。

私は、ダイエットをしているのかと訊いた。君にその必要はないだろうとも付け加えた。涼子は、即座に違うと答えた。そして「サラダ」の語源について、得意そうに語った。

ラテン語で「塩」を意味する「ｓａｌ」がそれであり、サラダとは本来、生野菜に塩で味を付けて食べることである、と。なるほど、そうやって食べてみると、野菜本来の味がよく分かる気がした。私はどちらかというと調味料を工夫し、凝った味付けにしてしまう性質なので、そんな彼女の食べ方には新鮮な驚きを覚えたものだった。

と、そんな思いに耽っていたら、ふいに入り口に人影が現われた。

入ってきたのは中背の、細身の女性だった。タイトなデザインの、淡いグレーのスーツを着ている。それと、大きめのサングラス。それでも誰だか分かったのだろう、結花は、さっと高く左手を上げた。

頷いた女が、真っ直ぐこっちに歩いてくる。徐々に私にも、彼女の細部が見えるようになってくる。

ショートカットかと思われた髪は、後ろで上げてまとめてあるだけのようだった。実際どれくらいの長さなのかは、その状態では分からない。

そこで、ある言葉が脳裏に蘇《よみがえ》った。

菅井を訪ねてバイク屋にきていた、長い髪の女――。

ほどくと、あの髪はどれくらいの長さなのだろうか。

しかし、もしいま目の前にいる女がそれなのだとしても、その女をなぜ、結花が呼び出す？　いや、結花が呼び出したとは限らない。逆に呼び出された可能性だってある。

女は結花のいるテーブルまできて、軽く一礼して向かいに座った。待った？　といったのが、口と眉の動きから分かる。結花はかぶりを振り、女はサングラスをはずした。

思わず、私は息を呑んだ。

知っている顔だった。

年は二十歳過ぎ。二十二、三といったところか。切れ長の目と、男好きする厚めの唇が特徴的な顔だちだ。

誰だったか、この女は――。

自分に心当たりがある二十代前半の女性といえば、棚林の卒業生というのが最も考えやすい。つまり涼子より、少し上の代か――。

記憶を手繰《たぐ》ることに躍起になり、いつのまにかよそ見をしていたのだろうか、前方に目を戻すと、また別の客が店内に入ってきていた。

かなりの団体客だ。しかも全員がスーツの男性だ。どれもこれも体格がよく、動作がきびきびとしている。全部で七人、いや八人。物々しい雰囲気といってもいい。応対するウエイトレスも困惑気味だ。だが話もまとまらないうちに、全員が店内に進んでくる。しかもふた手に分かれて、こっちに向かってくる。

ものの二、三秒で、なんと、結花のいるボックス席が囲まれてしまった。そのときになって、私はようやく気づいた。八人の中には、あの森川や上田がいる。よく見れば、最初に私の病室を訪れた二人の刑事もいる。

「……カヤマハツミさん、ですね」

森川の手前にいる年配の男がいった。

カヤマ、ハツミ。あ、香山初美！

そう、それは確かに香山初美という、棚林高校の生徒だった女性だ。その弟は確か、卒業後にモデルになった、あの香山瞬。そして香山瞬は、涼子や菅井の同級生だった。

声をかけた男が、何やら紙切れを懐から取り出し、香山初美に見せた。彼女はビクッとし、立ち上がろうとしたが、横から森川が肩に手をやると、途端に大人しくなった。

その後の会話は小声で交わされたため、よく聞き取れなかった。ただ、香山初美が消沈した様子で、何度も力なく頷く姿だけが、刑事たちの隙間から見えた。

結花は、固まっていた。

やがて香山初美は、数人の男たちに囲まれるようにして出入り口へと連れ出された。テーブルには森川一人が残り、結花に何事か諭すように話していた。

私が立ち上がると、森川の目がこちらに向いた。少し驚いた顔をされたが、それもほんの一瞬のことだった。

会釈をした彼は踵を返し、小走りで去っていった。香山初美を囲んだ集団に加わり、そのまま店を出ていった。

私は結花のもとに駆け寄った。

「……おい、大丈夫か」

結花はもともと大きな目を、不気味なまでに見開いて私を見上げた。なぜか、下唇に大きめの絆創膏《ばんそうこう》が貼ってある。まるで喧嘩をして殴られた痕のようだ。自分でもそれを思い出したのか、急に恥じるように前を向いた。

「大丈夫。……でも、びっくりした」

ハッ、と息を吐き、胸を押さえる。そこにある激しい動悸が、私にも聞こえた気がした。いや、違う。私自身の鼓動が激しく乱れている。そのことに、いま気づいた。

結花は、ふいにストローに食らいつき、アイスティーを勢いよくすすった。だが足りなかったのか、コップの水も一気に飲み干す。

私は、結花がひと息つくのを待って訊いた。

「……これは一体、どういうことなんだ」

結花は、カクカクと何度も頷いた。

「ああ、あ、あたしにも、よく、分かんないんだけど、でも、つまり……菅井を殺したのは、香山瞬と、その姉である、香山初美……ってことなんだと、思う……」

ふと見ると、店員も他の客も、こっちを注視していた。

急にばつが悪くなり、私は誰にともなく頭を下げた。

結花は、ぼそりと呟いた。

「とりあえず……出よっか」

私は、ああ、と頷いた。

結局、サラダはひと口も食べなかった。

終章　赦す光

謎のハンカチから転がり出てきたメモリーカードには、内容を口にするのもはばかられるような写真画像が、何十枚も収められていた。

羽田先生と、お姉ちゃん。

菅井清彦と、お姉ちゃん。

もう一人、知らない誰かと、お姉ちゃん。

頭が変になりそうだった。

知らない男に押さえつけられて、泣いている、裸のお姉ちゃん。

引き裂かれるような叫び声が、パソコンのスピーカーから聞こえてくる気がした。

あたしは口に手をやって悲鳴を押さえ込み、あとからあとから溢れる涙を、拭って拭って画面を睨んだ。膝を叩き、髪を掻き毟り、拳で頭を殴りつけた。

声をあげたかったけど、すごく痛かったけど、でもせめてそれくらい我慢しなきゃ、お姉ちゃんが可哀想でいられなかった。

そこにあったシャーペンを握り、思いきり振り下ろした。尖った先端はジーパンを貫通し、右腿に突き刺さった。

引き抜くと、ジーパンに空いた小豆《あずき》大の穴から、瞬くまに血が湧き出てきた。もう一度刺そうとしたけど、本気で刺そうと思ってたけど、本当はグサグサになるまでやるつもりだったんだけど、でも、どうしてもできなかった。

痛かったから。たったこれだけでも、痛くて痛くて仕方なかったから。もう一度同じところを刺すなんて、あたしにはできない。でもお姉ちゃんは、もっともっと、つらいことに耐えていた。お腹にどす黒い血が溜まって、ぐずぐずになるような痛みに、たった一人で耐えていたんだ。

それは、羽田先生を守るため。

そして、このあたしを守るため。

寂しかったよね。悲しかったよね。苦しかったよね。なのに、あたし――。

嚙みすぎて唇が切れた。血が出た。涙が沁みた。塩と鉄の味がした。

誰か、あたしを、罰して――。

お姉ちゃんがこんなことされてたなんてあたし、ちっとも気づかなかった。助ける以前に、手を差し伸べる以前に、お姉ちゃんが危険に晒されてるってことに、気づいてもあげられなかった。

誰か、この馬鹿な妹を、罰してください――。

この頃のあたしは、お姉ちゃんと毎日、何をしてたんだろう。ちゃんと思い出せない。ごめん、ごめん、ごめんなさい、お姉ちゃん――。

でもたぶん、ピアノの練習を見てもらって、勉強を教えてもらって、一緒にテレビを見てたんだ。それで、そこまでしてもらっててあんた、そんなに近くにいてあんたは、本当に何も気づかなかったの？　ねえ、どうして気づいてあげられなかったの――。

そのときのお姉ちゃん、どんな顔してた？　ねえ、どんな顔してた？　それくらい、思い出しなさいよ。

そう。それだけは、分かる。

きっと、笑ってくれてた。お姉ちゃんは、いつだって優しく、笑いかけてくれてたんだ。陰ではこんなことされてたのに、普通の女の子だったら死にたくなるような、つらい目に遭ってたにもかかわらず、でもそんな顔、少しも見せないで、あたしに、微笑んでくれていた――。

本当に、強い人だったんだ。

そう思うと同時に、菅井に対する憎しみが、改めて湧いてきた。

でも、その菅井清彦も、もうこの世にはいない――。

これらの画像を直視することは、あたしに与えられた試練なのか。それとも、これらを見るという行為自体が、お姉ちゃんに対する冒瀆《ぼうとく》なのか。

あたしは、目を背けては見る、背けては見るを繰り返した。

モニターの表面に反射して映る自分の顔は、夜叉《やしゃ》だった。

いや、口から血を吐き、吊り上がった目で画面を睨むあたしは、もはや鬼だった。


お母さんが、ご飯だって呼んでいる。

いつのまにか、夜も七時を過ぎていた。今夜はお父さんも早く帰ってくるっていってた。

それは、色んな意味でマズい。気分的にも、ルックス的にも。

「ちょっと、お腹痛いのォ」

二階からこういえば、お母さんには通じる。これで夕飯はパスだ。

あたしはカーテンを閉めて、部屋の明かりを点けた。

鏡を見る。唇が、紫に腫れ上がってる。腿を見ると、ジーパンに掌大の血痕ができていた。

仕方なく、自分で治療する。消毒薬と絆創膏くらいはこの部屋にだって置いてある。ジーパンは、洗濯すればまた穿《は》けるだろう。こんな穴の空いたのなんて、とお母さんに捨てられなければ、だけど。

メモリーカードに収録されていた写真については、多少、考えがまとまっていた。

菅井はあの日、羽田先生の運び込まれた病院の廊下でいった。

「お前の姉ちゃん、何かっちゃあ人のこと心配したり、ああ……この怪我、わざわざ自分のハンカチ当てて、応急手当てしたりよ」

たぶんこのハンカチは、お姉ちゃんが最期の日に、菅井からお返しとして渡されたものなんだ。菅井はその中に、恐喝のネタであるメモリーカードを忍ばせていた。そうやって、お姉ちゃんに渡した。つまり、菅井は本気で、この恐喝行為を終わりにするつもりだった。それだけは、信じていいと思う。むろん、このカードのコピーが他にないとは断言できない。でも、仮にないとすると、色々と辻褄が合ってくる。

写真に写ってた、菅井ではない、もう一人の男。

それに対してあたしにできることなんて、一つしかなかった。卒業アルバムのチェック。あの男がお姉ちゃんと同学年の棚林の生徒じゃなかったらアウトだけど、でもやっぱりそうだった。

三年B組、香山瞬。

ただ不思議なことに、あたしはこの人を知っている気がしてならなかった。切れ長の目、ちょっと厚めの唇。どこで見たんだろう。おととしの文化祭とかだろうか。思い出せない。

あたしはすぐに、ヒロミさんに電話をかけた。

『ああ、結花ちゃん、久し振り。あ……聞いたよ。菅井、殺されたんだってね』

しばらくは、事件のことについて話した。ヒロミさんは、あたしが死ぬ直前の菅井に会いにいったというと、ひどく驚いていた。

「……で、ちょっと訊きたいんですけど、香山瞬って、どういう人ですか」

それにも、ヒロミさんは驚いていた。

『結花ちゃん、知らないの？　香山瞬』

「え？　……うん、知らない」

『卒業前からモデルやってて、最近テレビCMとかにも出てるんだけど』

あ、それなら知ってる。ああ、それが香山瞬か。

そこでもう、あたしは完全にピンときていた。

モデルデビューしてテレビCMにも出るようになった香山瞬にとって、この写真画像は、絶対に世に出てはならないものだったはず。香山瞬はこれを捜しに菅井の部屋に入り、結果として——。

決まりだ。菅井殺しの二人組の、男の方は香山瞬だ。

じゃあ、女の方は？

それが分かったのは、ほんの偶然からだった。

次にあたしはもっと情報がないかと思い、前にもらった名刺を探し出し、「週刊ゲンザイ」の編集部に電話を入れた。それで、吉沢潤子さんを呼び出してもらった。

『はい、お電話代わりました。吉沢でございます』

でも、その声を聞いた途端、あたしはうろたえた。

全然違うのだ。声の質が。あたしの知ってる吉沢さんとは、まったくの別人だった。電話に出た吉沢さんは、失礼を承知の上でいえば、ガラガラのおばさん声をしていた。

あたしは、無意識のうちに電話を切っていた。

冷や汗で、おでこがじっとり濡れていた。

じゃあ、あたしに会いにきた吉沢潤子は、一体誰だったの――。

手にしていた名刺を裏返すと、携帯番号が書かれていた。ご丁寧にも、連絡はこっちに、と書き添えてある。でもそういう注意書きは、表に書かないと意味ないと思う。いや、連絡はこっちにね、とかいわれてたのに、あたしが聞いてなかっただけか。

とにかくあたしは、次にその携帯番号にかけた。

『はい、もしもし』

間違いない。今度は、あの吉沢潤子だった。

「……あの、野々村です」

『あ、ああ……結花さん。どうしたの、何かあった?』

すごい、緊張してる声だった。震えてるっていうか、おどおどしてる。そこでもう、あたしは完全に怪しいと睨んだ。

たぶん、その瞬間だ。

机に広げてた卒業アルバム、そこに写ってる香山瞬。

パソコンモニターの中の、お姉ちゃんを押さえつけてる香山瞬。

その顔に、あたしの記憶の中の、吉沢潤子が重なった。

そっくりだった。

香山瞬と、吉沢潤子は、まるで姉弟のように、悔しいくらい、よく似ていた。

あたしは続けた。

「……あの、実は……お姉ちゃんの、バッグから、メ、メモリー、カードが……出て、きたんです」

ものすごい勢いで、相手が息を呑むのが分かった。

『ちょっと、その中身、見た？』

「はい、い、一応……」

相手の魂胆が、手に取るように分かった。あたしは、ここは一つ、芝居が必要だと思った。

「でも、一枚目で、もう、あたし……見られなくて……菅井と、お姉ちゃんが……こんな、こんな……」

『分かった。明日会いましょう。それ、私がきちんと分析して、警察に届けてあげるから、持ってきてちょうだい。この前のファミレスでいいでしょう？　何時？　何時ならこれる？　なるべく早い時間がいいわ』

また、ぞわっと冷や汗が湧いてきた。

もしかして今、あたしは、人殺しと、会う約束をしようとしているのか――。

膝が、ガタガタと震え始めた。ファミレスのテーブルを乗り越えて、あの吉沢潤子が、さっさとカードよこしなさいよと、ナイフを突きつけてくるのを想像した。

でも、まだ明日は火曜日。授業がある。半日考える時間があるし、その間に、羽田先生に相談することもできる。

「ご……五時なら、いけます」

『うん、分かった。五時ね。必ずいくから、絶対にそのメモリーカード、持ってきてね。ああそれから、もうそれ以上見ない方がいいわよ。ちょっと、高校生には刺激が強すぎるから』

なんであんたがそんなこと知ってんのよ、と思ったけど、あたしは「はい」といって切った。

その後に思い出して、もう一度ヒロミさんに電話を入れた。

香山瞬に、お姉さんっていいますかね。

ヒロミさんは案の定、「いるいる」と答えた。

『確か、モデルのオーディションに応募したのも、奴の姉さんだったんじゃないかな。なんかそんな話、聞いたことある。あのお姉さんだって、棚林の卒業生だよ。私らの二つ上だったと思う』

もう充分だった。あたしは丁寧にお礼をいって切った。


まあ、警察があの場に踏み込んできたのは予想外だった。つまり、警察は警察で、香山姉弟をマークしてたというわけだ。香山瞬の方は、自宅で逮捕されたという。あたしの調べなんて、結局あってもなくても同じだったわけだ。

あの現場で、刑事の森川さんはいった。

「……これで、お姉さんの件も、全容解明できるだろう。だからあとは、警察に任せてくれ。な」

つまり、そういうことだったわけ。


十九歳である香山瞬の名前は、新聞などでも一切報道されなかった。一方、共犯の香山初美については実名が出された。その代わり、瞬の姉であるということは伏せられた。まあどっちにしろ、「モデル・タレントの少年」で、共犯が「香山初美」なら、分かる人には分かっちゃうだろうけど。

警察の捜査で、お姉ちゃんの事件との関わりがどれくらい重視されているかは、よく分からなかった。でも今、あたしはそれでいいと思っている。菅井は死に、香山瞬は殺人犯になった。それでもう、充分なんじゃないか、って。

真相を追い求めて、菅井を見つけ出して、話を聞いて。それで何か変わったかっていうと、結局、あたしが傷ついただけだった。

お姉ちゃんの受けた傷は、ほんの一パーセントくらいかもしれないけれど、あたしの中に転移して残った。あたしは今、この秘密を抱えたまま、ずっと誰にも話さないで生きていこうと思っている。お父さん、お母さんはもちろん、羽田先生にも、絶対知らせてはならないと思っている。

世の中には、知らない方がいいことだってある。このことは、まさにそれだと思う。知ったって、誰も幸せにはなれない。だから、あたし一人の胸にしまっておく。

それで、いいよね、お姉ちゃん――。

そんなふうに考えるようになったせいだろう。最近、ワイドショーを見るのが、とにかく嫌になった。

動機はなんなんでしょうね。真相を解明してほしいですね。犯人には、早く本当のことを語ってほしいですね。

まったく、フザケるな、だ。

あんたらは、野次馬根性で知りたがってるだけじゃないか。他人の不幸を食い物にして、自分じゃなくてよかったって思いたいだけじゃないか。

奇しくも、菅井の言葉が脳裏に蘇る。

そんな、普通じゃない人間の普通じゃない理由なんて聞いたってしょうがない。そんなもん、聞いたって納得できっこない。そんな納得できない話聞かされたって、胸糞悪い思いをするだけだ――。

全部が全部、そうじゃないかもしれない。でもそういうこともあるなって、あたしは思う。今やってる事件報道だって、ほんとのこと全部洗いざらいぶちまけられちゃったら、悪くもないのに傷つく人、たくさん出てくると思う。

香山瞬が菅井を殺した動機について語って、そこでお姉ちゃんのことまで全部報道されちゃったら、お父さんだってお母さんだって、羽田先生だって、ものすっごい苦しむ。死んだお姉ちゃんの尊厳だって大きく傷つく。中には憶測で、尾ひれつけて書く人だって出てくるかもしれない。そんなのあたし、報道の自由でもなんでもないと思う。今度ばかりは、少年法の縛りに少なからず感謝している。

だから菅井のいったことにも、あたしはある程度、納得している。

償いが必要ならなんでもする。進んで死刑になる。だったら、別に本当の理由なんて、知ったって知らなくたって同じじゃないか。

ほんと、知らなくても同じだった。実際、例のメモリーカードはお姉ちゃんの手元にきちゃってたわけだから、菅井と香山瞬の衝突は避けられなかった。あたしが茶々入れても入れなくても、菅井は香山瞬に殺され、香山瞬は殺人犯になった可能性が高い。

罰は、下ったのかな、って思う。

ただ釈然としないのは、あたしが菅井を、メモリーカードのありかを語らないまま死んでいった菅井を、心のどこかで認めてしまったということだ。認めるということは、赦《ゆる》すことに限りなく近い。そして、赦すということでしか、最終的な決着ってつかないのかな、って思う。

憎んで相手を殺しても、たぶん、納得はできない。

殺さなきゃ治まらない相手もいると思うけど、でもそれでも、殺してしまっては、悲しい気持ちが残るだけなんじゃないだろうか。

一番いいのは、相手が、赦せる人間になってくれること。甘いかもしれないけれど、漠然と、そんなふうに思う。そういった意味では、あたしは菅井が殺される前に、会いにいけてよかったって思ってる。もちろん百パーセントじゃない。十パーセントとか、もしかしたらひと桁かもしれないけれど、でもちょっとだけ、憎しみは薄らいだ。それが、たった一つ挙げられる、今回の収穫だったんじゃないだろうか。

それとは別に、疑問として残ったのは、香山初美だ。

そもそもあの人、なんであたしに会いにきたんだろう。菅井とお姉ちゃんの関係をあたしにバラしたり、お姉ちゃんの不倫疑惑を匂わせたり。それで何か、自分たちに有利に事を運ぼうとしていたのだろうか。分からない。結局あの人も、理解不能な普通じゃない人、ってことなんだろうか。

その後にも一度、あの森川刑事と上田刑事がうちにきて、あたしにファミレスにいた理由とかを訊いた。

ええー、あの人って「週刊ゲンザイ」の記者じゃないんですかァ？　メモリーカードぉ？　なんのことですかァ？　ってとぼけ続けるのは大変だったけど、でもあっちもあんまりしつこくは訊いてこなかった。もしかしたら、分かってるけど突っ込まないようにしてくれたのかもしれない。だとしたら、それにも感謝だ。

ちなみに香山初美は、「週刊ゲンザイ」の編集部で雑用のアルバイトをしていたらしい。吉沢潤子さんの名刺も、そこで手に入れたものだったのだろう。表の番号にかけたら、すぐに別人だってバレるのに。やっぱちょっと、あの人馬鹿なのかも。

私のところに埼玉県警の森川刑事から電話があったのは、香山瞬、初美の両名が逮捕されてから、ちょうど一週間後のことだった。

『……今夜、お時間よろしいですか』

ひどく暗い声だった。私はかまわないと告げ、どこにいけばいいのかを訊いた。

『ご自宅の近くに、緑地公園がありましたね。あそこの、入り口付近で。分からなければ、携帯を鳴らします。夜七時で、よろしいですか』

了解し、私は電話を切った。

そのときから私の中には、少なからず予感があった。

＊

約束の時間、指定された公園にいくと、森川は入ってすぐのところのベンチに座っていた。いったん立ち、挨拶を交わす。そしてすぐに、掛けてくださいと促した。

「はい……失礼します」

直接会っても、森川の声は暗いままだった。少なくとも、マンションを訪ねてきたあの日の態度とは明らかに違っている。

「今日は、どういった……？」

そう訊いても彼は、すぐには答えなかった。街灯に照らされたジャングルジムの辺りを睨んでいる。

私も、重ねては訊かなかった。

やがて、彼は苦い唾を飲むようにして頷いた。

「……今日私は、刑事としてではなく、一人の同年代の男として、あなたに、お話をしにきました」

やはり、涼子に関することなのだな、と察した。

「はい……」

私は、黙って聞くことにした。最初の内は、必要とあらば肯定や否定を、動作や声にして表した。しかし途中から、私はそれすらもできなくなった。

彼が語ったのは、私の甘い認識や覚悟、自尊心といったものを容赦なく打ち砕き、踏み潰し、靴底で地面にこすりつけ、自我を保つことすら許すまいとする、地獄の厳科にも等しい、一連の事件の顚末《てんまつ》だった。

私と涼子の不倫。それをネタにした菅井と香山瞬による恐喝。関係の強要。証拠写真の行方。菅井と香山姉弟の間に生じた確執。その結果として起こった、菅井清彦殺害事件——。

脳裏に蘇ったのは、あの夏の日、西麻布のマンションを訪れたときの、涼子の様子だ。白くて、綺麗だった私を、忘れないで。そして、ときどきでいいから思い出して。最後にそう語った彼女の心にあったものは何か、あの別れの本当の意味とはなんだったのか、初めて理解できた気がした。

なんということだ——。

もしここがビルか何かの屋上であれば、私はのちの迷惑も省みず、柵を乗り越えてこの身を躍らせたことだろう。車道に面していたならば、最初にきた車の前に飛び出していただろう。

だが、ここは公園。

むろん樹木や遊具を利用し、ベルトで首を吊ることもできなくはない。だが、それでは森川に止められてしまう。もっと早く、一瞬で死ねる方法が望ましい。しかし、一挙動で私を絶命させてくれそうな無機的な殺意は、この公園内には何一つ存在しなかった。ここに至って私は初めて、森川がこの場所を指定してきた意味を悟った。

震えがきた。

樹上の闇が、物陰の暗黒が、泥流となって押し寄せてくる。毛穴から侵入したそれは、血と混じり合って体内を駆け巡り、温度という温度を奪っていく——。

私は、嘔吐《おうと》した。体力のない老人や薬物中毒者はときに、自らの吐瀉物《としゃぶつ》を喉に詰まらせて窒息死するという。私は心から彼らを羨《うらや》んだ。吐いて、途中でそれを吸い上げようと試みた。だが、上手くいかなかった。私の消化器官はその機能のすべてを逆転させ、体内にあるものをことごとく外に押し出すよう働いた。

目、鼻、口。顔の穴という穴から粘液がほとばしった。

耳には何も入ってこなかった。聞こえるのは内なる鼓動と、もう何も出すものはないのに臓器を絞り続ける、空嘔吐の唸りばかりだった。


衝撃が心の底に沈殿し、納得できる事実の形に落ち着くまで、森川は私のそばにいてくれた。背中をさすり、水道水で濡らしたハンカチを差し出し、場所を替えようと別のベンチにいざなった。

植え込みから出てきた野良猫が、悠然と目の前を通り過ぎていく。

「……野々村涼子は、たった一人で苦しみ、耐え難き痛みに耐え、死んでいった。それについてあなたが何も知らないというのは……他人事ながら、私には納得できない。あなたは真実に対して、何かしら答えを出す義務がある。違いますか」

公園の入り口、歩道の向こうを、一台のタクシーが通り過ぎる。ただそれは、通り過ぎただけだった。

「曲がりなりにもあなたは、教職にある身だ。広義でいえば、野々村涼子、菅井清彦、香山姉弟……四人ともあなたの教え子だった。それを踏まえたうえで、あなたは、大人としての責任を取るべきでしょう」

じゃあ、私はどうしたら。そういってはみたが、声にはならなかった。唇も動かない、息だけで形作った言葉だった。それでも森川は、その意味するところを汲んだようだった。

「それくらい、自分で考えてください。それくらいしたって、罰は当たらんでしょう。……野々村涼子の妹、あの娘だって今、同じ痛みに耐えている」

吐いて体内に生じた虚無は、瞬くまに烈火に晒される激痛へと姿を変えた。

そう。森川は事件の顛末と共に語った。恐喝のネタとなり、菅井と香山の確執の原因ともなった写真画像。それらを収録したメモリーカードは今、結花の手元にあるらしいと。

「あの娘は強い。私が訊いても、なんのことだか分からないという顔でとぼけ通した。……まあ、あのカード自体はなくとも公判は維持できる。香山姉弟に有罪判決を食らわせることは充分に可能だ。だから私は、無理に出せとはいわなかった。私の裁量でできることなんて……ま、せいぜいその程度ですよ」

森川は懐からタバコを出し、私に勧めた。遠慮すると、彼は一人で一服つけた。

蒼白い煙が、闇間を静かに、流れていった。

誰もいない部屋に帰りつき、私は、照明も点けずに床に寝転んだ。

涙は、どこかで管が詰まってしまったのか出てこなかった。嗚咽《おえつ》を上げる生気すら、今の私には乏しい。大の字になって、リビングの暗い天井を見上げる。それ以上も以下も、今の私には相応《ふさわ》しくない。

カーテンを開けたままの窓から、周囲のビルの明かりが忍び込んでくる。遠い六本木のネオンが、白い壁に映って微かに瞬く。

私との関係が、涼子を死に追いやった。

私との関係が、涼子に生き地獄を味わわせた。

私との関係が、幾人もの若者を狂わせ、罪を犯させた。

やはり、死ぬしかないだろう。

それ以外、今の私に何ができる。

だが、それはどうにか思い留まった。脳裏に浮かんだのは、やはりあの夏の日の、涼子の姿だった。

今もし私と言葉を交わすことができたとしても、涼子は私に、死ねとはいわないだろう。あの世で再び会うことができるのだとしても、決してそういうことをいう娘ではなかった。

だから、死なない、というのではない。だから死ねない、というのも違う。ただ、自ら命を絶つのは、最も苦しい選択ではない。それは、おそらく間違いのないところだろう。私に、いくらかでも楽な道を選ぶ権利など、あろうはずがない。

上半身を起こし、辺りを見回した。いくら白く飾っても、光のない部屋には闇しか訪れないのだと、愚かしくも当たり前のことを思った。溜め息が、ひどく臭い。ズボンの裾に、だいぶ吐瀉物が跳ねている。おそらく、森川にも少しはかかっただろう。申し訳ないことをしたと、しばし自己嫌悪に没した。

サーチライトのように、何かの明かりが壁を舐める。こんな動きをする明かりが、周囲にあっただろうか。いや、いつもはカーテンを閉めているから、気づかなかっただけか。

そんなことを思っていると、また同じ明かりが巡ってきた。だが私は、その源を探るより前に、あるものに目を留めた。

ピアノ。ベヒシュタインの、グランドピアノ。以前は妻の発声練習の伴奏に使ったが、ここ数年はフタを開けることもなくなっていた。幸福の残滓《ざんし》、死した楽器、志の亡骸《なきがら》——。

それだというのに、私は立ち上がり、歩を進めていた。背もたれのない椅子を引き、尻をすべらせるようにして座る。掃除はしているので埃こそ積もってはいないが、フタを開けると、変に軋んだ音がした。

クロスを剝ぐ。窓から射し込んでくるのは、あの音楽室とは似ても似つかない極彩色の明かりだが、それでも、ないよりはマシだった。

鍵盤に手をかざす。十本の指は自然と、低音鍵の方に導かれていった。

ゆったりとした、三連符のアルペジオ——。

弾いているのは自分だというのに、私はその音を耳にし、息を呑んだ。

なぜだ。なぜ弾けるのだ、こんな夜に限って。

鍵盤から目を離し、辺りを窺う。

すると、包まれていた。月光に――。

涙が、溢れて止まらなくなった。

虚飾と、欺瞞《ぎまん》と、諦念に充ちていたこの部屋が、幻の月光に今、優しく照らされている。

涼子――。

君は今、なぜ私にこれを弾かせるのだ。こんな私に、何を伝えようというのだ。

だが、それこそが答えなのだった。

それが森川のいった、大人の責任に相当するかどうかは分からない。だが、少なくともまだ、私には成すべきことがある。それは、間違いないように思われた。

＊＊

何日かして、あたしは羽田先生に呼び出された。

写真部の部活を終えてからいくと、先生は暗いままの音楽室の、ピアノの前に立っていた。

「なんですか、こんな時間に」

暗くて、先生の顔は見えなかった。でも空気の優しさっていうか、なんかそんなものは感じ取れた。

「……ちょっと、そっちに座れよ」

「なんで暗くしてんですか」

「いいから座れって」

先生が指したのは、ピアノの椅子だった。っていうか、なにその命令口調。

「やですよ。弾けないっていったじゃないですか」

「いや、いいから。座って弾いてみろよ」

「なにをですか」

「なんでもいいが、リクエストするとしたら……やはり、『月光』かな」

なんで、よりによってお姉ちゃんの十八番《おはこ》を、と思ったけど、だからこそなんだっていうのも、まあ分かる。

「ほら」

先生はこっちにきて、あたしの肩を、椅子の方にそっと押した。

「そんな……」

「いいから」

鍵盤のフタは、もう開けてあった。

強引に座らされた。

ここから見上げると、斜めに射し込む街灯の明かりは、まるで本物の「月光」のようだった。

ここで、お姉ちゃんは弾いたのか。先生の前で、得意の『月光』を――。

でも、あたしに弾けるのかな。

本当にあたし、弾いてもいいのかな――。

目を閉じ、息を整える。

何も見ない。何も聞かない。何も思わない。自分も、ピアノも、ここには、何もない。

次第に、あたしの胸の奥にあった硬い何かも、するするとリボンがほどけるように、消えてなくなっていく。

いつのまにかあたしの両手は、羽が生えたみたいに軽くなり、十本の指は、自動的に、鍵盤の上に配置された。

目を開けると、先生はなんともいえない表情で、じっとあたしを見ていた。

鍵盤の上には、白い手。あたしの手。同じ形の、蒼い影。

弾けるのか、あたし――。

恐る恐る、肩の力を抜く。

すると、自然と、左手が動いた。

指を開いて、低音鍵を押す。

同時に右手が、三連符のアルペジオを紡ぎ始める。

ほっ、と息が漏れた。

まるで、何も考えなくても弾けた、あの頃のようだった。

お姉ちゃんが生きていた、あの頃に戻ったみたいだった。

そして小指を伸ばして叩く、単音の主旋律――。

一音一音が、体の芯《しん》に、沁みてくる。

体温と同じ温度の熱が、どこからか背筋に流れ込んでくる。

眠ってしまいたい、そんな音と、空気と、響き――。

この曲の短調は、決して悲しみを意味しない。闇の深さと、対をなす月の明るさ、その澄んだ輝きを思わせる。

凍てつくほど冷たく、それでいて静かに流れている、小波《さざなみ》のような美しさ。だからこそ、愛しい――。

最後に二つ、静かに和音を落として終わる。

余韻は波紋のように広がり、やがて、消えていった。

——赦し——


そんな言葉が、ふと脳裏に浮かぶ。

赦されたのか、あたしは——。

はっと息を呑み、辺りを見回した。でもそのときにはもう、先生の姿はどこにもなかった。

立ち上がり、ふらふらと教室の真ん中に進み出る。

明かりのない、空っぽの準備室を覗くと、わけもなく、涙が溢れた。

もう二度と、羽田先生に会うことはない。なぜだか、そんな予感がした。

あたしは、祈った。

今ここに射した、赦しの光——。

あの明かりが、羽田先生にも、届きますように、と。

そして私たちに、前に進む勇気を、与えてくれますように、と。

-了-

参考・引用文献
『少年裁判官ノオト』井垣康弘　日本評論社
『「少年犯罪」の正体』別冊宝島編集部編　宝島社
『伝説のワニ　ジェイク』シャノン・K・イヌヤマ
犬童一心・山草鶉子訳　アーティストハウス

解説

吉野仁

ベートーヴェンのピアノ・ソナタ「月光」。

クラシック音楽に馴染みのない方でも、おそらくどこかで耳にしたことがあるだろう。あまりにも有名なピアノ曲である。

本作は、この名曲をそのままタイトルにした学園ミステリーであり、とうぜん作品の大きなモチーフとなっている。ぜひ読みはじめる前でも途中でも読み終えたあとでもいいので、いまいちどベートーヴェン「月光」を聴いてほしい。収録CDを持っていなくても、いまはネットの映像や音楽サイトなどで容易に聴くことができるだろう。小説の最後のページをめくりながらこの曲を聴きつつ、夜の深い闇に輝く月の光を思い浮かべれば、さらにしみじみと物語を味わうことができるに違いない。

ごぞんじのとおり、近年、『ジウI　警視庁特殊犯捜査係』（中公文庫）にはじまる〈ジウ〉シリーズや『ストロベリーナイト』（光文社文庫）にはじまる〈姫川玲子〉シリーズなど、誉田哲也による警察小説が相次いで大ヒットし、ドラマ化されている。もしくは映画化された『武士道シックスティーン』（文春文庫）の〈武士道〉シリーズのファンも多いに違いない。いずれも若く美しいヒロインが活躍する物語だ。

青春学園ミステリーである本作もまた、女子高校生の結花《ゆか》が主人公をつとめている。だが、作品のテイストは一連の警察サスペンスや武道小説とはいささか異なっており、作者の新たな一面を目にすることだろう。

バイク事故で亡くなった姉と同じ高校に入学した妹の結花は、関係者を訪ね歩き、姉の死の真相をさぐっていく。一見ストーリーは単純に見えるかもしれないが、その向こうに描かれているものは、きわめて複雑で奥深い。男女の恋愛心理が絡んでおり、通り一遍の勧善懲悪では裁けない罪がそこにある。

もう少し詳しく物語を振り返ってみることにしよう。

棚林高校に入学した野々村《ののむら》結花は、姉の涼子《りょうこ》と同じ写真部に入ることに決めた。涼子は、一年前の九月に、ある高校生が無免許で運転していたバイクに撥《は》ねられ死亡した。結花は、世界でいちばん自分を愛してくれた姉の死の真相を知ろうとした。加害者は姉と同じクラスの男子、菅井清彦《すがいきよひこ》だった。ところがある日、写真部に残してあった姉のフィルムに、意外な人物が多く写っていることを知る。音楽教師の羽田《はた》だった。

姉の死の真相を探る結花の物語に加え、菅井清彦や羽田の視点などによるさまざまな現在と過去が語られていく。

羽田は既婚者だったが、オペラ歌手である妻のユリアが海外で成功をおさめたことにより、すでに夫婦生活は破綻していた。あるとき、音楽室で野々村涼子が弾くピアノ演奏を耳にして自然と彼女に惹きこまれてしまう。

一方、菅井清彦は、高校三年生になったばかりのころ、教室でオレンジをカッターナイフで切ろうとして指を怪我してしまった。そのとき野々村涼子が近寄って、自分のハンカチで清彦の左手の指を巻き止血したのだ。

やがて、涼子、羽田、清彦の関係が交錯していったあげく、もうひとり、清彦の友人だった香山瞬《かやましゅん》が関わることで、とりかえしのつかない悲劇へとむかっていく。

おそらく、この小説の読み方は、読者の性別や年齢によって、大きく異なるのではないだろうか。

本作に限ったことではないが、誉田哲也のヒロインは、基本的には美しく魅力あふれる女性である。もちろん、それぞれにキャラクターは異なっている。しっかりした気の強い女刑事もいれば、根はしとやかで優しい女の子も登場するなど、それぞれに個性的だ。その点、本作における影のヒロイン・野々村涼子は、妹思いであるばかりか、誰に対しても優しい人気者の美少女だった。男の理想ともいえる女性キャラクターだ。

一方、本作における男たちはどうだろうか。教師の羽田は、破綻した結婚生活に疲れ、その欲求不満のみならず、なんらかの癒しを野々村涼子に求めていたようだ。さらに、菅井清彦の場合は、もともと涼子に対し、ほのかな恋愛感情を抱いていたようだが、彼女の秘密を知ることでねじまがり、やがて思春期の旺盛な性欲と暴力性を抑えこむことができなくなっていく。自身の悲惨な境遇も、そのもとにあったとはいえ。

女性には分からないかもしれないが、十代後半から二十代にかけて男子の頭の中は、それはもうセックス願望だらけなのだ。いや、三十代四十代はおろか幾つになっても同じかもしれない。すなわち自分を満たしてくれる裸の女を求めている。純真な恋心と卑猥な妄想が混在している。

また、十代後半から二十代にかけては、いまだ何者でもない自分に対するあせりを強く抱いているはず。一人前の男として認めて欲しいのに、それだけの男になりきれない愚かで頼りない自分がそこにいる。肥大した自尊心と激しいコンプレックス。ゆえに、素直な気持ちを相手や周囲に示せない。

なんと醜く厭らしく情けない存在か。どんなに否定し、表向きは明るく快活にしてみせたとて、隠しようもない男の性《さが》がそこにある。まっとうな理性を抱き、正義を貫こうとしても、ときに人はどうしようもない罪を犯し、地獄へ堕ちてしまうのものなのである。その果てに取り返しのつかない事件が起きてしまった。では、この物語の奥に隠された真相とは何か。

単純なミステリーでは、犯人すなわち悪だ。罪を犯した人物を見つけだし、その所業をあばくことで事件は解決する。あとは警察につきだし罰を加えるだけだ。その点、本作は、野々村結花が探偵役となり、事件の犯人を暴くという、表向きこそ正統派のミステリーの形をとっている。しかし、冒頭から涼子を殺した男の正体は明かされているではないか。これはどうしたことか。

どうも作者はそうした過ちを犯した者への「罪と罰」にはこだわっていないようだ。むしろ語られていくのは、情けなくてスケベでどうしようもなくダメな男たちをはじめ、あらゆる人間が抱える「業」であり、慈悲深い「赦し」の心をもつ女性の姿なのかもしれない。「月光」という曲および物語のテーマが胸に響く。それは「聖母」のイメージにほかならない。

読者の性別や年齢によって読み方が違うというのは、この点にあるだろう。とくに若い読み手ならば、本作に描かれている犯罪はどんなことがあっても決して許すことができないはず。女性の立場からすれば、なおさらだ。また、羽田にも、教師にあるまじき行為を重ねた責任があると思うだろう。

男たちは自分勝手で醜悪で汚らしく野蛮。にもかかわらず、涼子は優しく、まるで月の光のごとく醜い男たちを照らしていく。無償の愛をそそぐ。赦しを与える。

もっとも、姉のあとを追い続け、事件の犯人を暴こうとした妹の結花もまた、最後に、その真相を知って自らが傷つくことになる。姉の意思を裏切ることになりかねないと気づく。結花もまた、姉の赦し、月の光に照らされたひとりなのだ。

ごぞんじのとおり、作者の誉田哲也は、多くの作品で男の主人公ではなくヒロインの活躍を描いている。あるインタビューによると、女性ヒロインの小説を依頼されることが多いからとのこと。それぞれの主人公になりきって書いている、という。

もちろん、先にも述べたとおり女性の主人公といっても多様なタイプがあり、たとえば、ボーイッシュな行動派だったり、まじめで知性的な美女だったりする。それぞれのキャラクターが書き分けられており、そのためお互いの個性が読み手に印象づけられているのだろう。さらには、そうした清く正しく美しいヒロインの登場に対し、残酷な事件や訳ありの登場人物など、さまざまなコントラストが鮮やかに描かれていることで、より物語の奥行きが深まっているに違いない。

あらためて本作をふりかえると、一種のトリックのような仕掛けが織り込まれているものの、犯人探しのミステリーというよりは、むしろ、そこはかとない悲哀や生き物としての罪深い姿が浮かび上がってくる小説といえるのではないだろうか。

本作は、二〇〇六年十一月に徳間書店より単行本として刊行され、二〇〇九年三月に徳間文庫に収録されたものの再文庫化版である。

作者の誉田哲也に関しては、もはや詳しく紹介する必要はないだろう。二〇〇二年『妖の華』で第二回ムー伝奇ノベル大賞優秀賞を受賞し作家デビューした。二〇〇三年に『アクセス』で第四回ホラーサスペンス大賞特別賞を受賞。その後も作品を数多く発表したが、一気にブレイクしたのは、先に紹介した〈姫川玲子〉シリーズのほか、二人の女性警察官が活躍する〈ジウ〉シリーズの人気によるものだった。さらに、『ドルチェ』（新潮社）にはじまる女刑事・魚住久江《うおずみひさえ》の恋愛捜査シリーズなど警察小説を精力的に発表する一方、〈武士道〉シリーズや本作のような青春小説などを手がけている。いずれの作品でも魅力を発揮しているのは、ヒロインはもちろんのこと、続々と登場する個性的な人物だ。半端なくキャラがたっている。

本作でも高校生たちのくだけた日常会話が見事に再現されていた。現代におけるさまざまな人物の話し言葉がうまく活字に表されている。作者は作家になる以前、バンド活動をしてプロを目指していたそうだが、もしかすると、優れた音感、すなわち音色の聞き分けやリズム感の良さが、生き生きとした科白《せりふ》のやりとりを書く力に転換されているのだろうか。その臨場感あふれる文章と展開は、映像を喚起せずにおれない。次々に作品がドラマ化されるのも納得である。あるインタビューによれば、登場人物の設定の際には、実際に活躍している俳優を思い浮かべているらしい。となれば、この『月光』における結花や涼子はどんな若手女優が演じれば一番ふさわしいか、考えてみるのも一興である。

（よしの・じん　ミステリー書評家）

この作品はフィクションであり、作中に登場する人物、団体名、場所等は、実在するものとまったく関係ありません

『月光』単行本版　二〇〇六年十一月　徳間書店刊
文庫版　二〇〇九年三月　徳間書店刊

中公文庫

月《げっ》光《こう》

2013年4月25日　初版発行
2018年11月30日　12刷発行

著　者　誉《ほん》田《だ》哲《てつ》也《や》

発行者　松田陽三

発行所　中央公論新社
〒100-8152　東京都千代田区大手町1-7-1
電話　販売 03-5299-1730　編集 03-5299-1890
URL http://www.chuko.co.jp/

DTP　嵐下英治
印　刷　三晃印刷
製　本　小泉製本

Published by CHUOKORON-SHINSHA, INC.
Printed in Japan　ISBN978-4-12-205778-4 C1193

中公文庫既刊より

各書目の下段の数字はＩＳＢＮコードです。978－4－12が省略してあります。

ほ-17-1
ジウⅠ　警視庁特殊犯捜査係
誉田　哲也

都内で人質籠城事件が発生、警視庁の捜査一課特殊犯捜査係〈ＳＩＴ〉も出動するが、それは巨大な事件の序章に過ぎなかった！　警察小説に新たなる二人のヒロイン誕生!!

205082-2

ほ-17-2
ジウⅡ　警視庁特殊急襲部隊
誉田　哲也

誘拐事件は解決したかに見えたが、依然として黒幕・ジウの正体は摑めない。捜査本部で事件を追う美咲。一方、特進をはたした基子の前には謎の男が！　シリーズ第二弾。

205106-5

ほ-17-3
ジウⅢ　新世界秩序
誉田　哲也

〈新世界秩序〉を唱えるミヤジと象徴の如く佇むジウ。彼らの狙いは何なのか？　ジウを追う美咲と東は、想像を絶する基子の姿を目撃し……!?　シリーズ完結篇。

205118-8

ほ-17-4
国境事変
誉田　哲也

在日朝鮮人殺人事件の捜査で対立する公安部と捜査一課の男たち。警察官の矜持と信念を胸に、銃声轟く国境の島・対馬へ向かう。〈解説〉香山二三郎

205326-7

ほ-17-5
ハング
誉田　哲也

捜査一課「堀田班」は殺人事件の再捜査で容疑者を逮捕。だが公判で自白強要の証言があり、班員が首を吊った姿で見つかる。そしてさらに死の連鎖が……誉田史上、最もハードな警察小説。

205693-0

ほ-17-7
歌舞伎町セブン
誉田　哲也

『ジウ』の歌舞伎町封鎖事件から六年。再び迫る脅威から街を守るため、密かに立ち上がる者たちがいた。戦慄のダークヒーロー小説！〈解説〉安東能明

205838-5

ほ-17-8
あなたの本
誉田　哲也

読むべきか、読まざるべきか？　自分の未来が書かれた本を目の前にしたら、あなたはどうしますか？　当代随一の人気作家の、多彩な作風を堪能できる作品集。

206060-9

ほ-17-9

幸せの条件　誉田哲也

恋にも仕事にも後ろ向きな役立たずOLに、突然下った社命。単身農村へ赴き、新燃料のためのコメ作りに挑め⁉ 人生も、田んぼも、耕さなきゃ始まらない！

206153-8

ほ-17-10

主よ、永遠の休息を　誉田哲也

この慟哭が聞こえますか？ 心をえぐられた少女と若き事件記者の出会いが、やがておぞましい過去を掘り起こす……驚愕のミステリー。〈解説〉中江有里

206233-7

ほ-17-11

歌舞伎町ダムド　誉田哲也

今夜も新宿のどこかで、伝説的犯罪者〈ジウ〉の後継者が血まみれのダンスを踊る。殺戮のカリスマ vs. 新宿署刑事 vs. 殺し屋集団、三つ巴の死闘が始まる！

206357-0

こ-40-24

新装版 触発 警視庁捜査一課・碓氷弘一1　今野敏

朝八時、霞ヶ関駅で爆弾テロが発生、死傷者三百名を超える大惨事に！ 内閣危機管理対策室は、捜査本部に一人の男を送り込んだ。「碓氷弘一」シリーズ第一弾、新装改版。

206254-2

こ-40-25

新装版 アキハバラ 警視庁捜査一課・碓氷弘一2　今野敏

秋葉原を舞台にオタク、警視庁、マフィア、中近東のスパイまでが入り乱れるアクション&パニック小説。「碓氷弘一」シリーズ第二弾、待望の新装改版！

206255-9

こ-40-26

新装版 パラレル 警視庁捜査一課・碓氷弘一3　今野敏

首都圏内で非行少年が次々に殺された。いずれの犯行も瞬時に行われ、被害者は三人組で、外傷は全くないという共通項が。「碓氷弘一」シリーズ第三弾、待望の新装改版。

206256-6

こ-40-20

エチュード 警視庁捜査一課・碓氷弘一4　今野敏

連続通り魔殺人事件で誤認逮捕が繰り返され、捜査は大混乱。ベテラン警部補・碓氷と美人心理調査官・藤森のコンビが真相に挑む。「碓氷弘一」シリーズ第四弾。

205884-2

こ-40-21

ペトロ 警視庁捜査一課・碓氷弘一5　今野敏

考古学教授の妻と弟子が殺され、現場には謎めいた古代文字が残されていた。碓氷警部補は外国人研究者を相棒に真相を追う。「碓氷弘一」シリーズ第五弾。

206061-6

各書目の下段の数字はISBNコードです。978-4-12が省略してあります。

こ-40-33
マインド　警視庁捜査一課・碓氷弘一6　今野　敏
殺人、自殺、性犯罪……。ゴールデンウィーク最後の夜に起こった七件の事件を繋ぐ意外な糸とは？　藤森紗英も再登場！　大人気シリーズ第6弾。
206581-9

と-26-9
SRO Ⅰ　警視庁広域捜査専任特別調査室　富樫倫太郎
七名の小所帯に、警視長以下キャリアが五名。管轄を越えた花形部署のはずが――。警察組織の盲点を衝く、連続殺人犯を追え！　新時代警察小説の登場。
205393-9

と-26-10
SRO Ⅱ　死の天使　富樫倫太郎
死を願ったのち亡くなる患者たち、解雇された看護師、病院内でささやかれる『死の天使』の噂。SRO対連続殺人犯の行方は。待望のシリーズ第二弾！　書き下ろし長篇。
205427-1

や-53-1
もぐら　矢月秀作
こいつの強さは規格外――。警視庁組織犯罪対策部を辞し、ただ一人悪に立ち向かう「もぐら」こと影野竜司。最凶に危険な男が暴れる、長編ハード・アクション。
205626-8

す-29-1
警視庁組対特捜K　鈴峯紅也
本庁所轄の垣根を取り払うべく警視庁組対部特別捜査隊となった東堂絆を、闇社会の陰謀が襲う。人との絆で事件を解決せよ！　渾身の文庫書き下ろし。
206285-6

す-29-2
サンパギータ　警視庁組対特捜K　鈴峯紅也
非合法ドラッグ「ティアドロップ」を巡り加熱する闇社会の争い。牙を剝く黒幕の魔の手が、絆の彼女・尚美に忍び寄る⁉　大人気警察小説、待望の第二弾！
206328-0

す-29-3
キルワーカー　警視庁組対特捜K　鈴峯紅也
「ティアドロップ」を捜索する東堂絆の周辺に次々と闇社会の刺客が迫る。全ての者の悲しみをまとい、絆が悪の正体に立ち向かう！　大人気警察小説、第三弾！
206390-7

す-29-4
バグズハート　警視庁組対特捜K　鈴峯紅也
ティアドロップを巡る一連の事件は、片桐、金田ら多くの犠牲の末に、ようやく終結した。片桐の墓の前で死を悼む絆の前に、謎の男が現れるが――。
206550-5